ZABÓJSTWO W SISSINGHAM HALL

Zagadki kryminalne Angeli Marchmont - Tom 1

CLARA BENSON

Przekład

AGATA HILLS

MOUNT
STREET
PRESS

Tytuł oryginału angielskiego: *The Murder at Sissingham Hall*
Copyright © Clara Benson 2013
clarabenson.com

Przekład: Agata Hills
Korekta: Magdalena Białek
Polish edition copyright © Clara Benson 2021
Polish translation copyright © Agata Hills 2021

ISBN (ebook): 978-1-913355-16-6
ISBN (print): 978-1-913355-17-3

Projekt okładki: Shayne Rutherford z Wicked Good Book Covers

Zabójstwo w Sissingham Hall

Po powrocie z Afryki Południowej Charles Knox zostaje zaproszony na weekend do wiejskiej posiadłości sir Neville'a Stricklanda, z którego piękną żoną Rosamundą był niegdyś zaręczony. W środku nocy sir Neville zostaje zamordowany. Przez kogo? Podejrzenie pada kolejno na wszystkich gości, a Knox staje w obliczu kłamstwa i zdrady, które stopniowo osaczają go ze wszystkich stron. Zagadkę rozwiązać może tylko tajemnicza Angela Marchmont...

Ta powieść detektywistyczna, której akcja toczy się w tradycyjnej angielskiej posiadłości wiejskiej w latach 20. ubiegłego wieku, zachwyci wszystkich miłośników zagadek kryminalnych.

Rozdział 1

Powrót do kraju po długim pobycie za granicą zawsze wiąże się z mieszanymi odczuciami. Miasta i wioski, ludzie biegający za swoimi sprawami, nawet pogoda, wszystko wydaje się znajome, ale równocześnie obce. Przypomina mi to uczucie, którego doświadczyłem, gdy raz przypadkowo zobaczyłem swoje odbicie jednocześnie w dwóch lustrach ustawionych względem siebie pod kątem prostym. Widok własnej twarzy z innej perspektywy był dla mnie szokujący, uświadomiłem sobie bowiem, że jest kompletnie asymetryczna.

Gdy z pokładu „Ruthin Castle" ujrzałem w oddali nabrzeże, wyczekiwane niecierpliwie po długiej podróży, poczułem nagłą radość, ale równocześnie dziwną nieśmiałość, jak mały chłopiec, któremu rodzice kazali stanąć na środku salonu i recytować wiersze siedzącym wokoło surowym ciotkom.

„Nikt nie wyjdzie mi na powitanie", myślałem sobie, gdy statek ociężale wpływał do doku w Southampton. „Jestem obcy we własnym kraju. Ciekawe, czy kiedykolwiek znów poczuję się tu jak w domu?"

Trap został spuszczony i wraz z resztą pasażerów zszedłem na ląd, sam w kłębiącym się tłumie ludzi. Przez chwilę stałem

2

na nabrzeżu. Postawiłem stopę na angielskiej ziemi po raz pierwszy od ośmiu lat, więc czułem się wytrącony z równowagi tłumem zaaferowanych pasażerów, marynarzy i tragarzy, i niepewny, w którą stronę się udać. Ale gdy zaczynałem już z całego serca żałować, że nie zostałem w Południowej Afryce, nagle wśród gwaru usłyszałem przenikliwe gwizdnięcie i odwróciwszy głowę, zobaczyłem dwie postaci z mozołem przepychające się w moją stronę. Z radości serce zabiło mi szybciej. Jednak nie byłem tu całkiem obcy.

– Bobs! – zawołałem.

Był to rzeczywiście mój najstarszy przyjaciel „Bobs" Buckley w towarzystwie wyjątkowo atrakcyjnej dziewczyny, której twarzy nie rozpoznawałem. Napisałem do Bobsa, zawiadamiając go o swym powrocie, ale nie spodziewałem się, że wyjedzie mi na spotkanie. Ruszyłem w jego stronę.

– Bobs! Jak miło cię widzieć – powiedziałem z szerokim uśmiechem, potrząsając jego dłonią. – Nie miałem pojęcia, że się tu zjawisz. Myślałem, że będę musiał wkradać się do miasta całkiem sam, jak skompromitowany krewny.

– Nie ma sprawy, Charles – odparł z uśmiechem. – Nie mogłem zawieść starego kumpla. Pomyślałem, że zrobimy ci niespodziankę. Prawdę mówiąc, przyjechałeś w świetnym momencie. Już dawno chciałem przetestować moją lagondę na dłuższej trasie, żeby zobaczyć, co potrafi. Słowo daję, gdybyś widział, jak sunęła!

– Och, miałam takiego stracha, że chyba nigdy nie dojdę do siebie. Na pewno całkiem posiwiały mi włosy! – wykrzyknęła dziewczyna. – Bobs, jestem pewna, że rozjechałeś tego kota w Winchesterze.

– Zapewniam cię, że to była tylko wyrwa w drodze – skwitował nonszalancko Bobs. – Tak czy owak, sam sobie winien, jeśli go rozjechałem. Nie powinien mi wchodzić w drogę, gdy się spieszę.

– Ty baranie! – odrzekła dziewczyna z irytacją i zwróciła się do mnie. – Jak ci minął rejs, Charlesie? Czy warunki były znośne? Gdzie masz swoje rzeczy? Proszę wziąć torby! – rzuciła do tragarza. – Nawiasem mówiąc, zakładam, że zatrzymasz się u nas, w Bucklands? To znaczy, chyba nie masz w mieście żadnych niecierpiących zwłoki spraw? Matka i ojciec bardzo się cieszą na spotkanie z tobą.

– Ja, ja... – zacząłem, oszołomiony takim potokiem słów i niepewny, na które pytanie odpowiedzieć w pierwszej kolejności. Zanim jednak zdołałem wydobyć z siebie głos, olśniło mnie, z kim rozmawiam, i aż podskoczyłem ze zdziwienia.

– Sylvia! – wykrzyknąłem. – Ledwo cię poznałem. Mój Boże! Nie miałem pojęcia, że jesteś już dorosła. Czy naprawdę tak długo mnie nie było?

Gdy po raz ostatni widziałem siostrę Bobsa, chodziła jeszcze do szkoły i była niezgrabną panienką z umazaną twarzą i lekceważącym podejściem do stanu swego ubioru, kompletnie odmienną od eleganckiej, modnie ubranej młodej kobiety stojącej przede mną w tej chwili. Nie mogłem przestać wpatrywać się w nią, zaskoczony, jak bardzo się zmieniła, aż w końcu oblała się lekkim rumieńcem i zrobiła tak głupią minę, że natychmiast zobaczyłem w niej dawną chłopczycę. Zacząłem się śmiać.

Staliśmy w miejscu przez kilka chwil, uśmiechając się do siebie niemądrze i nie zwracając uwagi na otaczający nas tłum. W końcu Bobs powiedział:

– Musimy ruszać, bo nie dojedziemy do Bucklands przed wieczorem.

– No tak – westchnęła Sylvia. – Wygląda na to, że znów muszę zaryzykować życiem i zdrowiem... Naprawdę nalegam, jedź z nami – ciągnęła, biorąc mnie pod ramię i kierując się w stronę potwornej, ciemnozielonej maszyny, która musiała należeć do Bobsa. – W przeciwnym wypadku przez całą drogę do Bucklands będę musiała słuchać głupot, które wygaduje Bobs.

– Bzdura. Świetnie wiesz, że każde moje słowo to perła mądrości. Popatrz, czy to nie piękność? – powiedział z zapałem Bobs, wskazując auto. – Nigdy nie miałem podobnego samochodu. Na pustej drodze bez trudu wyciąga osiemdziesiąt mil na godzinę.

Gdy należycie wyraziłem swój podziw, Bobs pozwolił mi zająć miejsce w środku. Bagaż został bezpiecznie umocowany, a tragarz odpowiednio wynagrodzony, po czym ruszyliśmy z zawrotną prędkością, ledwo unikając potrącenia dystyngowanego dżentelmena i niani z wózkiem. Oczywiste było, że Sylvia nie przesadzała, gdy mówiła o umiejętnościach Bobsa jako kierowcy.

– Widzę, że wciąż szukasz niebezpieczeństwa, gdzie tylko się da, Bobs – zauważyłem, gdy dotarliśmy na drogę do Londynu i szybki pojazd zaczął pokonywać milę za milą.

Bobs wzruszył ramionami.

– Wiesz, jak to jest. Po wojnie jakoś nigdy nie mogłem się przyzwyczaić do normalnego życia. Zamierzałem wstąpić do lotnictwa, ale ojciec nie chciał nawet o tym słyszeć. Rozumiesz, nie po śmierci Ralpha. – Ralph był starszym bratem Bobsa. Zginął pod Arras. – Więc ograniczam się do spokojniejszych zajęć. – Wyglądał, jakby chciał coś dodać, ale się rozmyślił.

Odpowiedziałem coś krótko, po czym taktownie zmieniłem temat.

Ze zrozumiałych względów Sylvia wolała siedzieć z tyłu. Odwróciłem się do niej i pochwaliłem jej dzisiejszą elegancję.

– Pamiętam, jakby to było wczoraj, jak mi włożyłaś żabi skrzek do kieszeni. A teraz tak się zmieniłaś! Jesteś naprawdę szykowną damą. Doprawdy nie wiem, co powiedzieć.

Sylvia przyjęła moje komplementy z całkowitym spokojem.

– Ależ Sylvia nadal wkłada ludziom skrzek do kieszeni – zapewnił mnie Bobs. – Na przykład w ubiegłym tygodniu, gdy przyjmowaliśmy amerykańskiego ambasadora, niemal nie doszło do kłopotliwego incydentu. Na szczęście Rankin w ostatniej chwili uratował sytuację. Naprawdę nie wiem, co byśmy zrobili bez Rankina. Prawdę mówiąc, wcale bym się nie zdziwił, gdyby ojciec mnie wydziedziczył i uznał Rankina za swojego spadkobiercę. Nie mam wątpliwości, że bardziej na to zasługuje.

– No cóż, jestem pewna, że nie rozjeżdża cudzych kotów – powiedziała Sylvia.

– Oczywiście, że nie! Jest na to o wiele za poważny i za smętny. Nie uważacie, że „smętny" to cudowne słowo? I pasuje do Rankina jak ulał. Nie, wątpię, żeby rozjeżdżał koty, ale nie zdziwiłbym się, gdyby im dla zabawy skręcał karki – kontynuował ponuro. – Gdybyśmy weszli do jego pokoju, zobaczylibyśmy pewnie, jak wiszą na ścianach dla ozdoby.

– Co za absurdalny pomysł! Widzisz, Charlesie, on się wcale nie zmienił. Tak naprawdę ja też nie. Wyglądam tylko trochę lepiej, od kiedy Rosamunda wzięła mnie pod swoje skrzydła.

Bobs rzucił jej ostrzegawcze spojrzenie – niestety zbyt późno – a mnie przeszedł dreszcz.

– Rosamunda? – zapytałem. – Rosamunda Hamilton?

– Teraz Rosamunda Strickland – poprawiła mnie Sylvia.

– Tak, oczywiście, zapomniałem. Czyżby dawała ci lekcje dobrego stylu i zachowania? Podnoszenie chusteczek i tym podobne rzeczy?

– Coś w ten deseń. Kilka lat temu, gdy była w Bucklands, powiedziałam jej, jak podobają mi się jej suknie. Ona zaczęła nalegać, że poleci mi swoją krawcową. Wiesz, jaka jest moja matka… Chodzi z głową w chmurach i woli grzebać sobie w ogrodzie cała ubrana w tweed… Więc to była prawdziwa ulga, gdy ktoś się mną zainteresował. Dostajemy teraz tyle zaproszeń… Sama sobie w ogóle nie radziłam, a błaganie matki, żeby pojechała ze mną do miasta, nie przynosiło efektów. Na szczęście Rosamunda przyszła mi na ratunek. Zna wszystkie najlepsze sklepy, a matka z ulgą pozbyła się tego obowiązku. Uwaga! – krzyknęła nagle, a Bobs gwałtownie skręcił, żeby ominąć bażanta.

Sylvia i Bobs zaczęli się kłócić, a ja rozmyślałem w milczeniu. Był to dla mnie szok – usłyszeć imię Rosamundy tuż po przyjeździe do Anglii. Teraz zacząłem dokładnie analizować swoje uczucia i nie do końca umiałem się w nich rozeznać. Przyznałem sam przed sobą, że oczywiście nie powinienem być zaskoczony wzmianką o niej – w dawnych czasach zawsze należała do naszej paczki i nie było żadnego powodu, aby się to zmieniło, tym bardziej że wyjechałem z Anglii tuż po zerwaniu naszych zaręczyn. Nie mogłem oczekiwać, aby przestała widywać moich znajomych tylko dlatego, że ja zszedłem ze sceny. W istocie wyglądało na to, że w międzyczasie ona i Sylvia zostały przyjaciółkami od serca. Rosamunda nie była powodem mojego wyjazdu z kraju... a przynajmniej zawsze tak sobie mówiłem. Ale czy to była prawda? W każdym razie ubolewanie nad tym, co się stało, nie miało sensu, bo wyszła za mąż niemal zaraz po moim wyjeździe. A ja – no cóż, okazało się, że w gorącym, nieubłaganym klimacie Afryki miałem inne problemy.

Po namyśle powiedziałem sobie z uśmiechem, że romantyczne uczucia, które kiedyś żywiłem do Rosamundy, już dawno zniknęły. W rzeczy samej, miło byłoby znów ją zobaczyć. W końcu zawsze była wyjątkowo czarującą kobietą i umiała sprawić, że każdy mężczyzna czuł się przy niej najdowcipniejszy i najatrakcyjniejszy pod słońcem. Choć byłem znużony i rozczarowany losem, cieszyłem się z powrotu do kraju i z możliwości udowodnienia światu, że choć życie mnie nieco poturbowało, na pewno mnie nie wykończyło, i że nadal jestem tym samym człowiekiem, co kiedyś.

Reszta podróży upłynęła spokojnie. Gdy skręciliśmy w bramę wjazdową na teren posiadłości Bucklands, Bobs spojrzał na mnie z ukosa.

– Wszystko w porządku, stary? – zapytał.

Wiedziałem, o co mu chodzi.

– W porządku – odpowiedziałem z uśmiechem.

– Jesteśmy na miejscu. Nic specjalnego, ale dom to dom –

powiedział, podjeżdżając pod okazały gmach, który jak mówiono był siedzibą rodziny Buckleyów mniej więcej od czasu Restauracji Stuartów.

Ród Buckleyów sięgał korzeniami odległej przeszłości. Od wieków trwał i prosperował dzięki sprytnemu trzymaniu z właściwą stroną w czasach konfliktów, koligaceniu się z odpowiednimi rodzinami oraz wysyłaniu synów do Parlamentu w pościgu za długą, pełną zasług karierą. Obecne pokolenie nie należało do wyjątków.

Zawsze uważałem lorda i lady Haverfordów za przybraną rodzinę, gdyż moja własna była pod wieloma względami bardzo nieszczęśliwa. Zostałem przez nich powitany bez ostentacji, ale szczerze. Dostałem ciepły, wygodny pokój i zostałem serdecznie zaproszony, abym pozostał w Bucklands tak długo, jak będę chciał.

Wieczór spędziliśmy radośnie, gadając bez ustanku i wspominając dawne czasy. Wszyscy dziwili się mojej opaleniźnie i gorąco prosili, abym opowiedział o swoich przygodach za granicą. Muszę przyznać, że były one mniej ekscytujące, niżby się chciało. Nie dla mnie śmiałe, niebezpieczne życie prawdziwego pioniera czy łowcy dzikich zwierząt. Wyjechałem z Anglii do pracy w charakterze zarządcy na szacownej farmie. Niestety rolnictwo mnie rozczarowało, więc zacząłem szukać szczęścia w wydobyciu złota i niemal natychmiast trafiłem w dziesiątkę. W związku z tym większość czasu na obczyźnie spędziłem na codziennych zajęciach związanych z prowadzeniem firmy. Na szczęście te przygody, które przeżyłem, wystarczyły do zabawienia słuchaczy. Zwłaszcza lord Haverford wspomniał, że chciałby kontynuować naszą rozmowę później, skupiając się na interesach.

Rozmawialiśmy do późnej nocy mimo mego zmęczenia po długiej podróży. W końcu senność zmorzyła wszystkich członków rodziny i po kolei udali się spać. Zostaliśmy tylko Bobs i ja, siedząc w przyjaznej ciszy w dwóch fotelach po przeciwnych stronach kominka. Przyglądałem się przyjacielowi, który patrzył na tańczące płomienie. Wcale się nie zmienił. Nadal miał ten sam wymowny uśmiech oraz swobodny sposób bycia, skłonność do żartów i zabawiania towarzystwa. W młodości był powodem wielu zmartwień swoich rodziców ze względu na niefortunną skłonność do latania po mieście za nieodpowiednimi młodymi kobietami. Zastanawiałem się, czy w ogóle spoważniał.

Spojrzał na mnie i zauważył mój uśmiech.

– Myślałem sobie właśnie o dawnych czasach i zastanawiałem się, czy twoi rodzice dalej przez ciebie rwą włosy z głowy? – wyjaśniłem.

Roześmiał się.

– Tak, był ze mnie prawdziwy rozrabiaka, prawda? Matka żyła w ciągłym strachu, że ucieknę do Paryża i ożenię się z jakąś piosenkareczką. Prawdę mówiąc, były chwile, gdy niewiele brakowało. Pamiętasz Lili Le Sueur?

Pamiętałem ją doskonale. Bobs poznał ją, gdy tańczyła w zespole w jakimś niewielkim teatrzyku. Z powodów zawodowych podawała się za Francuzkę, ale w rzeczywistości była Amerykanką z wesołymi oczami i wspaniałym poczuciem humoru.

– Jak mógłbym zapomnieć! Ale wydaje mi się, że wszystko się między wami skończyło, zanim wyjechałem z Anglii. Czy nie wróciła do Ameryki?

– Tak. Powiedziała, że chce grać w filmach, ale słyszałem, że po powrocie do Wisconsin wyszła za dentystę. Na pewno już się roztyła i straciła urodę – powiedział z żalem Bobs. – To jest u mężatek najgorsze. Zakładają dom, zaczynają się ekscytować domowymi sprawami i wkrótce nie ma nawet na co popatrzeć.

Zacząłem się zastanawiać, czy Rosamunda straciła urodę, i od razu poczułem irytację do samego siebie. Jakie to może mieć znaczenie? „Muszę być zmęczony po podróży", pomyślałem, „bo w przeciwnym razie nie pozwoliłbym sobie na taką słabość". Rosamunda należała do przeszłości, a ja chciałem patrzeć w przyszłość.

– Czyli przestałeś spoufalać się z nieodpowiednimi panienkami? – zapytałem półżartem.

Bobs nie odpowiedział od razu. Wydawał się pochłonięty ogniem, a może myślami o czarującej pannie Le Sueur. Wzdrygnął się, gdy powtórzyłem pytanie.

– Co mówisz? A tak, skończyłem z takimi rzeczami. Jestem starszy, więc i tarapaty, w jakie się pakuję, są inne.

W oczach miał coś dziwnego. Zerknąłem na niego pytająco, ale nic nie dodał, tylko dalej wpatrywał się tęsknie w palenisko.

Po płomieniach pozostał tylko tlący się żar. Po latach spędzonych w słońcu, poczułem chłód angielskiego października.

– Myślę, że trzeba iść spać – powiedziałem, wstając i przeciągając się. – Naprawdę wspaniale jest znów cię widzieć, Bobs. Nie wyobrażasz sobie, jaki jestem wam wdzięczny, że przyjechaliście po mnie do Southampton. Miałem przed sobą perspektywę noclegu w ponurym londyńskim hotelu. O ile przyjemniej jest spędzić ten pierwszy wieczór wśród przyjaciół!

Niedbale machnął ręką w odpowiedzi na moje podziękowanie.

– Idź i śpij dobrze, stary. Śnij o afrykańskich krajobrazach.

Także życzyłem mu dobrej nocy i zmęczony wspiąłem się po schodach do swojego pokoju. Moje rzeczy były już starannie rozpakowane i ułożone. Rozebrałem się pospiesznie, rzuciłem na łóżko i szybko zapadłem w głęboki sen, którego nie psuły mi żadne koszmary.

Rozdział 2

Następnych kilka dni spędziłem z Buckleyami, towarzysząc im w typowych wiejskich rozrywkach i spotkaniach towarzyskich, które zazwyczaj wiążą się z taką posiadłością jak Bucklands. Byłem zaskoczony, że po tak długiej nieobecności tak łatwo wróciłem do dawnych zwyczajów. Upał i pył, dźwięki i zapachy Afryki zaczęły mi się wydawać tak odległe, jakby należały do poprzedniego życia, i po zaledwie paru dniach przestałem się czuć jak cudzoziemiec we własnym kraju. Bobs i ja spędziliśmy kilka przyjemnych dni na łowieniu ryb w strumieniu płynącym przez Bucklands Park. Wieczorami odbywały się przyjęcia koktajlowe i proszone kolacje. Rzadkie dni, w które nie było gości, spędzaliśmy razem, rozmawiając i śmiejąc się do późnej nocy.

Podczas tego tygodnia spędziłem też sporo czasu, odnawiając znajomość z Sylvią – a raczej poznając energiczną młodą kobietę, na którą wyrosła z psotnego dziecka, które kiedyś znałem. Długie godziny mijały nam na spacerach po okolicy. Ona zadawała mi inteligentne pytania o życie wydobywcy złota i rozśmieszała mnie zabawnymi historyjkami o swych londyńskich znajomych, którzy wydawali mi się wyjątkowo nieprzewidywalną paczką. Polubiłem jej towarzystwo i czułem, że ona również mnie lubi. Zacząłem nawet snuć bardzo przyjemne mrzonki: Myślałem, że powinienem ułożyć sobie życie, zanim za bardzo nie zdziwaczeję, i że Sylvia jest dokładnie taką dziewczyną, do jakich zawsze mnie ciągnęło: ładną, inteligentną i życzliwą. Ponadto byłem pewien, że nie spotkam się ze sprzeciwem ze strony lorda i lady Haverfordów. Pomimo niepowodzeń, moje pochodzenie było niemal bez zarzutu, a ponieważ stałem się teraz człowiekiem sukcesu, na pewno pozbyli się wszelkich dawnych wątpliwości. Wahałem się jednak zadeklarować, gdyż miałem na uwadze fakt, że dopiero wróciłem do Anglii i że nie powinienem działać pochopnie ani robić nieodwracalnego kroku, którego mogę później żałować.

– Wydajesz się nieobecny, Charlesie. O czym tak rozmyślasz? – zapytała Sylvia, patrząc na mnie z ukosa.

Spacerowaliśmy właśnie po różanym ogrodzie, ciesząc się krótkim przebłyskiem jesiennego słońca po kilku dniach mżawki. Ocknąłem się z zadumy.

– Nieładnie z mojej strony. Obawiam się, że pozwoliłem sobie odbiec myślami do interesów – odparłem. – Wygląda na to, że nie otrząsnąłem się jeszcze z przyziemnych trosk. To może być jedyny powód, dla którego odwróciłem od ciebie uwagę.

– Ach, mój drogi! Cóż, musimy spróbować cię rozerwać. Tuż po przyjeździe byłeś wyjątkowo sztywny i powściągliwy, ale ostatnich kilka dni zdziałało cuda. Możemy jednak postarać się jeszcze bardziej. Za parę tygodni Bobs i ja jedziemy do Sissingham Hall odwiedzić Stricklandów. Musisz pojechać z nami. Poproszę Rosamundę, aby cię zaprosiła.

Musiałem się zawahać, bo Sylvia natychmiast oblała się rumieńcem, podniosła dłoń do ust i zawołała:

– Jak niemądrze z mojej strony, zupełnie zapomniałam! Oczywiście, przecież nie widziałeś Rosamundy od czasu…

Czując, że muszę ją szybko uspokoić, tak ze względu na siebie, jak i na nią, roześmiałem się jak najnaturalniej i powiedziałem, żeby się nie wygłupiała.

– Rosamunda i ja jesteśmy starymi przyjaciółmi, nic więcej – zapewniłem ją swobodnie. – Nasze zaręczyny były błędem i oboje szybko sobie to uświadomiliśmy. Rozstaliśmy się w wielkiej przyjaźni i z radością zobaczę się z nią po tych wszystkich latach.

Sylvia patrzyła na mnie uważnie podczas tej nie do końca prawdziwej przemowy, a gdy skończyłem, wyglądała na przekonaną.

– Cieszę się – powiedziała. – Obawiałam się, że wyrwałam się jak filip z konopi. Zawsze tak robię. Moja matka mówi, że nigdy nie będzie ze mnie żony dyplomaty.

Ponownie zapewniłem ją, żeby się nie przejmowała, i zdecydowanym tonem powiedziałem, aby nie unikała wspominania o Rosamundzie w mojej obecności, że cieszę się na spotkanie ze swą byłą narzeczoną i że nie mogę się doczekać odnowienia znajomości z jej mężem, sir Neville'em Stricklandem. Zasugerowałem też, że są inne kobiety – konkretnie jedna kobieta – które obecnie wydają mi się bardziej atrakcyjne. Sylvia całkiem słusznie wyśmiała te niezdarne umizgi, ale wyglądała na przekonaną moimi słowami.

– W każdym razie – wróciła do tematu mojej transformacji – mam nadzieję, że planujesz zostać z nami jeszcze przez jakiś czas. Ja... my wszyscy cieszymy się bardzo, że tu jesteś. A poza tym – kontynuowała praktycznym tonem, który bardziej do niej pasował – wczoraj wieczorem ograłeś mnie ze wszystkiego i chcę się odegrać.

Roześmiałem się i dyskutowaliśmy na ten temat przez całą drogę do domu.

– O czym tak poufale gawędziliście sobie w ogrodzie różanym? – mruknął do mnie Bobs, podnosząc brwi, gdy tylko weszliśmy na herbatę.

– Nie masz nic lepszego do roboty niż przyglądanie się ludziom spacerującym po ogrodzie różanym? – odpowiedziałem spokojnie.

Bobs jeszcze bardziej uniósł brwi, ale nie kontynuował tematu.

– Charles, mój drogi – huknął lord Haverford, wchodząc do pokoju. – Musimy wreszcie porozmawiać o tych koncesjach górniczych. Mam przygotowane wszystkie mapy.

– Jestem gotowy już teraz, proszę pana, jeśli pan chce.

– Chodźmy zatem do mojego gabinetu, nikt nam tam nie będzie przeszkadzać. A jeśli chodzi o wciągnięcie w interes jeszcze jednej osoby, mam idealnego kandydata. Czy znasz sir Neville'a Stricklanda? Prowadzi już interesy w Afryce i wie, jak to działa.

Sylvia podniosła wzrok z obawą i zanim wyszedłem z pokoju, nasze spojrzenia się skrzyżowały. Uśmiechnąłem się szeroko, a ona puściła do mnie oko, co najwyraźniej rozbawiło Bobsa. Poczułem się winny, że ją zostawiam samą na pastwę bezlitosnych kpin brata, ale lordowi Haverfordowi się nie odmawiało. A poza tym uznałem, że musi już być do tego przyzwyczajona.

Po około tygodniu mniej lub bardziej leniwych rozrywek z ociąganiem uznałem, że muszę jechać do Londynu. Czekały tam na mnie interesy, ale jeszcze pilniejszy był fakt, że moje lekkie ubrania okazały się kompletnie niewystarczającą ochroną przed październikowym chłodem i wilgocią. I tak, ubrany w ciepły garnitur pożyczony od Bobsa, przyjechałem na stację Waterloo na swoje pierwsze od ośmiu lat spotkanie z londyńskimi mgłami. Po ujnacji i konsekutywnej śmierci mojego ojca opuściłem miasto niemal bez grosza, mając w posiadaniu niewiele więcej niż ubranie na własnym grzbiecie. Teraz, gdy zatrzymałem taksówkę i wypowiedziałem dobitnym tonem słowa „Hotel Ritz", miałem poczucie triumfu, za które chyba nie można mnie winić.

Zainstalowałem się wraz z całym dobytkiem w tym luksusowym przybytku, po czym spędziłem następnych kilka dni na załatwianiu najważniejszych spraw. Bardzo szybko nabyłem odpowiednią garderobę i przeglądając się uważnie w dużym lustrze, uznałem z satysfakcją, że gdyby nie opalenizna, nie można by mnie od razu zaklasyfikować do kolonistów. Następnym krokiem było rozpoczęcie poszukiwań dyskretnego służącego. Wystarczająco długo żyłem w niewygodzie i teraz byłem zdecydowany korzystać z wszystkich dogodności, na jakie pozwala życie w Londynie. Oczywiście musiałem też znaleźć mieszkanie, ale nie była to jeszcze pilna sprawa.

W mieście o tej porze roku było dość pusto, ale udało mi się odnaleźć kilku dawnych szkolnych kolegów, którzy bardzo chętnie widywali się ze mną, a przynajmniej sprawiali takie wrażenie, i ratowali mnie przed nudą i samotnością. Jadałem na mieście, obnosiłem się po najnowszych i najmodniejszych klubach jazzowych, tańczyłem z pięknymi kobietami i generalnie strząsałem ze stóp pył Afryki Południowej.

Tuż po przyjeździe do Londynu otrzymałem od sir Neville'a Stricklanda zaproszenie na obiad w jego klubie w celu omówienia koncesji górniczych. Zostałem wprowadzony do wielkiego, wyłożonego drewnianą lamperią pokoju, w którym na przestrzeni lat dyskutowano o tylu ważnych sprawach państwowych – i zawarto tyle podejrzanych umów. Sir Neville podniósł się i podał mi dłoń.

– Jak miło znów cię widzieć, mój drogi chłopcze – przywitał mnie. – Musiało już minąć z pięć lat, od kiedy wyjechałeś, nieprawdaż?

– Osiem, sir – odparłem.

– W rzeczy samej? Tak długo? Mój Boże, jak ten czas leci! Cóż zrobić. Usiądźmy. Co zjesz? Mają tu świetną rybę.

Sir Neville był rumianym mężczyzną koło pięćdziesiątki, który czuł się o wiele lepiej na wsi niż w mieście. Zadał mi kilka pobieżnych pytań o mój niedawny powrót do Anglii, po czym przeszedł prosto do bieżących interesów. Omawialiśmy je aż do kawy, gdy nagle zmienił temat i zaprosił mnie do Sissingham Hall.

– Będzie nam niezmiernie miło cię widzieć – powiedział. – Wiem, że zwłaszcza Rosamunda chce, abyś przyjechał. Przecież jesteście starymi przyjaciółmi. Przyjeżdża też młody Buckley i jego siostra plus jedna lub dwie inne osoby. Spodziewam się, że będziemy się dobrze bawić. Co ty na to?

Przyjąłem jego zaproszenie z podziękowaniem i obiecałem, że zrobię co w mojej mocy, aby to był niezapomniany weekend. Gdy to mówiłem, nie miałem pojęcia, jak bliskie prawdy okażą się moje słowa.

– Jak się ma Rosamunda? – zapytałem.

– Och, wspaniale, wspaniale. Oczywiście strasznie ją nudzi życie na wsi, dlatego tak bardzo się cieszy na przyjazd gości. Naturalnie zostawiam jej organizację wszystkiego. Zgodzisz się chyba z tym, że kobiety są w tych sprawach o wiele lepsze. Najlepiej jak my, mężczyźni, trzymamy się od tego z daleka! – Parsknął krótko śmiechem.

Pamiętałem dobrze, jak Rosamunda uwielbiała pławić się w luksusie wielkich przyjęć, w radosnym blasku świateł, w podziwie innych gości. Odczuwała niemal dziecięcą przyjemność, gdy była w centrum uwagi. Odwdzięczała się za wyrazy czci i uwielbienia, łaskawie obdarzając swych wielbicieli uwagą, nagradzając ich olśniewającym uśmiechem i kilkoma momentami w jasnym kręgu jej blasku. Przez krótki czas sam należałem do takich akolitów, ale tym razem miałem zamiar oprzeć się jej urokowi.

Rozmowa przeszła na sport i rybołówstwo, a potem wróciła do polityki i spraw publicznych. Sir Neville narzekał na rosnące koszty utrzymania majątku i gorąco wypowiadał się na temat podatków. Ja potakiwałem i w odpowiednich momentach udzielałem współczujących odpowiedzi, choć prawdę mówiąc, nie słuchałem. Zamiast tego medytowałem nad dziwnymi siłami, które przyciągają do siebie ludzi. Sir

Neville i jego żona byli kompletnie różnymi osobami. Na pierwszy rzut oka nie mieli ze sobą nic wspólnego. On – stateczny mężczyzna w średnim wieku, mocno przywiązany do wiejskiego życia, preferujący spokój i rodzinę. Ona – żywa, piękna, młoda kobieta z szerokim kręgiem przyjaciół i zamiłowaniem do ekscytujących rozrywek. Ale wszystko wskazywało na to, że są sobie oddani, i nikt nie wątpił w ich wzajemne przywiązanie. Być może Rosamunda zmieniła się podczas ośmiu lat od naszego ostatniego spotkania. Czas powoduje wiele zmian – wiedziałem o tym aż za dobrze.

Pożegnaliśmy się przyjaźnie, po czym sir Neville wrócił do swojej posiadłości w Norfolku, a ja do mojego apartamentu w Ritzu, gdzie miałem kilka listów do napisania. W recepcji czekał na mnie telegram o następującej treści:

Mam nadzieję, że Neville nie zapomniał zaprosić Cię do Sissingham. Proszę, przyjedź. Ciebie nie może zabraknąć. Małomówny męski typ niezbędny do skompletowania grupy.

MUSIAŁEM SIĘ UŚMIECHNĄĆ. Możliwe, że Rosamunda się zmieniła pod innymi względami, ale nadal była tak impulsywna jak dawniej.

Dwa dni później przypadkowo wszedłem do restauracji, która była w pewnych kręgach dobrze znana z dyskrecji, i zauważyłem Bobsa z nieznaną mi efektowną kobietą. Wyglądało na to, że prowadzą prywatną rozmowę, więc aby uniknąć kłopotliwej sytuacji, chciałem taktownie poprosić o stolik z dala od nich, gdy Bobs zauważył mnie i skinął na mnie ręką.

– Witaj, stary. Chodź, przyłącz się do nas. Właśnie mówiliśmy o Sissingham. Czy znasz panią Marchmont? Angela, to jest mój dobry przyjaciel Charles Knox. Angela to kuzynka Rosamundy. Długo mieszkała w Ameryce, ale niedawno wróciła do Anglii i w przyszły weekend przyjeżdża do Sissingham. Nawiasem mówiąc, nie zrażaj się faktem, że czasami jada kolacje z podejrzanymi typami, takimi jak ja. To kobieta o nienagannej reputacji, a przy tym jest uroczym kompanem do rozmowy.

Pani Marchmont przyjęła te komplementy z uśmiechem.

– Dobry wieczór, panie Knox – powiedziała. – Bobs ma rację. Obawiam się, że widzi mnie pan w niekorzystnym świetle. Cóż, sądzę, że zwyczaje społeczne się zmieniają. Wie pan, że w Stanach traktujemy te sprawy o wiele mniej poważnie. To musi mi wystarczyć za wymówkę!

Przy tych słowach obrzuciła mnie szerokim uśmiechem i podała mi rękę. Muszę przyznać, że natychmiast mi się spodobała. Wysoka, ciemnowłosa i ubrana elegancko, ale nie ostentacyjnie, w mieniące się błękity i zielenie, na pierwszy rzut oka wyglądała na najwyżej trzydzieści lat. Dopiero bliższe spojrzenie ujawniało jedną lub dwie zmarszczki wokół oczu i ust, które wskazywały, że jest inaczej. Nie była pięknością, ale miała w spojrzeniu coś, co przyciągało, ale i rzucało wyzwanie. Oczywiście słyszałem o kuzynce Rosamundy z Ameryki. Mgliście pamiętałem, że były sobie bliskie jako dzieci, ale nie widziały się od czasu wyjazdu pani Marchmont z Anglii.

Kelner dostawił dla mnie krzesło i usiadłem.

– Jak długo była pani w Ameryce? – zapytałem uprzejmie.

– Och, trudno zliczyć! Jak się nad tym zastanowić, musiało to być piętnaście lat – odpowiedziała. – Wyjechałam na rok lub dwa przed wojną. Ale teraz, po powrocie, czuję się, jakby to było wczoraj.

Opowiedziała mi, jak się cieszy ponownym spotkaniem z Rosamundą po tak wielu latach rozłąki. Jako dzieci były niemal jak siostry, ale życie je rozdzieliło i teraz nie mogła się doczekać ponownego zapoznania się z kuzynką. Mówiła o niej z ogromną serdecznością.

Pani Marchmont wydawała się ogromnie zaprzyjaźniona z Bobsem, co mnie nie zaskoczyło, bo Bobs znał wszystkich.

Miała wiele ciekawych przeżyć w Ameryce i inteligentnie wypowiadała się na temat zmian, do których doszło w Anglii od czasu jej wyjazdu. Pod tym względem mieliśmy ze sobą wiele wspólnego: oboje spędziliśmy czas z dala od ojczystej ziemi i oglądaliśmy ją po raz pierwszy od wielu lat z punktu widzenia obcokrajowca.

Pani Marchmont nie została z nami długo, bo była umówiona gdzie indziej. Odprowadziłem ją do samochodu.

– Bardzo miło było pana poznać – powiedziała, gdy podjechał jej pojazd. – Nie mogę się doczekać na ciąg dalszy naszej rozmowy w Sissingham.

Zapewniłem ją, że z wzajemnością, po czym przez chwilę obserwowałem odjeżdżający samochód. Uderzyło mnie, że pani Marchmont w żaden sposób nie przypomina swej kuzynki. Gdy wróciłem do naszego stolika, Bobs właśnie zapalał cygaro.

– Co za wspaniała kobieta – zauważył.

Zgodziłem się z nim bez wahania.

– I równocześnie chyba wyjątkowo nieprzenikniona – powiedziałem. – Robi wrażenie osoby zupełnie odmiennej od przeciętnych kobiet, które interesują się wyłącznie biżuterią i strojami. Może wyda ci się to dziwne, ale podczas naszej rozmowy miałem osobliwe uczucie, że zna wiele tajemnic i mogłaby wyjawić wiele ciekawych rzeczy, gdyby tylko chciała.

– Tak, sprawia takie wrażenie, prawda?

– Czy istnieje pan Marchmont? Nic o nim nie wspominała.

– Nie potrafię ci powiedzieć. O ile wiem, istnieje lub istniał. Finansista, przemysłowiec czy coś w tym stylu, ale w Ameryce.

– Z tego, co mówiła, kiedyś były z Rosamundą jak papużki nierozłączki.

– Tak, to prawda… pomimo różnicy wieku – powiedział Bobs. – Wiesz, że Angela jest sporo starsza od Rosamundy. O ile wiem, zawsze się nią bardzo opiekowała, zwłaszcza po tych tarapatach starego Hamiltona. Ale rodzina Angeli też nigdy nie była zamożna. Angela musiała sama sobie radzić w życiu, więc ich drogi się rozeszły. Najpierw była sekretarką jakiegoś księcia, a potem pracowała dla Bernsteina, tego finansisty. Tak trafiła do Ameryki. W tym czasie Rosamunda była jeszcze dzieckiem. Została w Anglii z matką i dorastała w biedzie. Ale oczywiście o tym wszystkim już wiesz.

Rzeczywiście, wiedziałem. Gdy mój ojciec stracił cały majątek i w moim życiu zaczął się okres nieszczęść i trudności, przynajmniej przez krótki czas czułem, że Rosamunda i ja mamy ze sobą coś wspólnego. Ale wkrótce stało się dla mnie jasne, że nie mogę się spodziewać, że będzie ze mną żyć w ubóstwie. Rosamunda może i wychowała się bez pensa, ale nie była osobą kojarzącą się z oszczędnością i skromnym życiem. Nie mogłem wyobrazić sobie, jak z uśmiechem zamawia u rzeźnika najtańsze mięso, ceruje skarpetki lub sama myje naczynia, gdy służąca ma wychodne. Zawsze widziałem ją w wielkim, eleganckim, ciepłym salonie, otoczoną jasno płonącymi światłami i ubraną w efektowny strój. Nie, proste życie Afryki Południowej, walka o byt, niepewność jutra nie były dla niej.

– Opowiedz mi o Sissingham – poprosiłem.

Bobs machnął lekceważąco cygarem.

– Och, cóż mogę ci powiedzieć. Dom jest dość wygodny. Raczej niewielki, ale na terenie posiadłości jest kilka naprawdę przyzwoitych miejsc na polowania. Na końcu świata oczywiście.

Uwagę o rozmiarach domu przyjąłem z przymrużeniem oka, gdyż dobrze wiedziałem, że Bobs mierzy wszystko jedną miarą i porównuje wszystkie budynki do Bucklands.

– Sylvia spędza tam sporo czasu, prawda? – zapytałem.

– Tak, ona i Rosamunda to teraz wielkie przyjaciółki. Prawdę mówiąc, oboje dość często jeździmy do Sissingham. Stricklandowie lubią przyjmować gości. Przynajmniej Rosamunda. Neville mniej.

– Jak to „mniej"?

Bobs się uśmiechnął.

– Och, on wolałby spędzać każdy wieczór, siedząc sobie przy kominku lub pracując samotnie w swoim gabinecie. Ale robi dobrą minę do złej gry, bo Rosamunda ma tu nad nim przewagę. Przecież nie można poślubić tak pięknej kobiety i trzymać jej w zamknięciu na odludziu, prawda?

– Czy spędzają dużo czasu w mieście?

– Mniej niż chciałaby Rosamunda. Dlatego tak często zapraszają do siebie gości, żeby jej się nie nudziło.

– Czy wiesz, kto przyjeżdża w przyszły weekend?

– O ile wiem, będzie tylko kilka osób. Oprócz nas i Angeli mają przyjechać tylko MacMurrayowie. Wątpię, abyś ich znał. Hubert MacMurray jest kuzynem Neville'a.

– MacMurray... MacMurray. Nie kojarzę nazwiska. – Zmarszczyłem brwi, zastanawiając się.

– Nie? No cóż, wkrótce ich poznasz. On to całkiem przyjemny gość, ale nie ufałbym mu, gdyby chodziło o coś poważniejszego. Jego żona jest dość interesującą kobietą.

– Jak to „interesującą"?

Bobs uśmiechnął się tajemniczo i zniżył głos do poufnego szeptu.

– Jej status społeczny troszkę się poprawił ostatnimi czasy, ale znałem ją co nieco, gdy spotykałem się z Lili. Pamiętaj po prostu, aby nie wierzyć w nic, co mówi o sobie. Nic więcej ci nie powiem. – Wymownie puścił do mnie oko.

Cofnąłem się na siedzeniu.

– Bobs, ależ z ciebie okropny plotkarz! – upomniałem go. – Jak stara baba. Aż mi wstyd, że słucham takich bzdur!

Bobs skwitował moje uwagi uśmiechem.

– Nie widzę niczego złego w kilku niewinnych ploteczkach. Jestem pewien, że uznasz ją za fascynującą kobietę. Na swój sposób ma w sobie pewien urok. Prawdę mówiąc, zanosi się na niezwykle interesujący weekend... przyjeżdżają MacMurrayowie, ty masz się spotkać z Rosamundą po raz pierwszy od czasu wyjazdu z Anglii...

Uznałem to za wyjątkowo złośliwą postawę i oznajmiłem mu to z godnością. W głębi serca czułem jednak, że może mieć rację.

Rozdział 3

Było mroźne jesienne popołudnie, gdy wysiadłem z pociągu osobowego na małej stacyjce w Tivenham St. Mary, mrużąc oczy w blasku szybko zachodzącego słońca. Sir Neville powiedział, że ktoś wyjedzie mi na spotkanie, ale miejsce wyglądało na opustoszałe. Podniosłem torby, dziękując tragarzowi machnięciem ręki, i wyszedłem przed budynek stacji. Wokół nie było nikogo, ale gdy upajałem się czystym wieczornym powietrzem, porównując je do dławiących mgieł Londynu, usłyszałem w oddali silnik i zobaczyłem szybko nadjeżdżający drogą samochód. Podjechał do mnie, a przez okno wyjrzała zaciekawiona twarz z okularami w rogowej oprawce na nosie.

– Dzień dobry. Czy pan Knox? – zapytał przybysz.

Potwierdziłem. Zaciekawiona twarz wysiadła z samochodu. Należała do wątłego młodego człowieka o skromnym sposobie bycia.

– Nazywam się Simon Gale, jestem sekretarzem sir Neville'a. Przysłał mnie po pana. Mam nadzieję, że nie czekał pan długo. Obawiam się, że trochę się spóźniłem.

– Nic nie szkodzi. Pociąg przyjechał zaledwie kilka minut

temu – odrzekłem. – Rozkoszowałem się właśnie świeżym powietrzem.

– Och, to dobrze – odparł z widoczną ulgą. – Czy to pana bagaże? Proszę pozwolić mi je zabrać.

Włożył je do samochodu i zabezpieczył.

– Proszę wsiadać. To niedaleko, choć najszybciej jest na piechotę przez pola – powiedział i ruszył ze zgrzytem skrzyni biegów. – Czy był pan już kiedyś w Sissingham?

– Nie, nigdy – odpowiedziałem. – Ale słyszałem, że to piękne miejsce.

– Tak, bardzo piękne. Wspaniały stary dom. Otoczony równie wspaniałymi krajobrazami.

– Czy długo już pan tu jest?

– Około półtora roku. Naprawdę mi się udało z tą posadą. Sir Neville jest dla mnie bardzo dobry. Oczywiście miewa swoje humory, jak każdy, ale... – przerwał gwałtownie i zaczerwienił się, być może obawiając się, że powiedział zbyt wiele – ...ale nigdy nie byłem szczęśliwszy, niż odkąd przyjąłem pracę w Sissingham.

– Naprawdę pochlebne świadectwo! – powiedziałem, zastanawiając się, co miał na myśli, mówiąc o „humorach".

Jechaliśmy miarowo wiejską drogą, a Gale od czasu do czasu wskazywał mi godne uwagi punkty. Rzeczywiście cała okolica wyglądała na odciętą od świata. Na przestrzeni wielu kilometrów nie było widać niemal żadnego budynku. Gdyby ktoś chciał się całkowicie odciąć od ludzi, tu z pewnością by mu się to udało.

Z półsnu, w którym jechałem, obudził mnie gwałtownie nagły ryk silnika. Obejrzałem się i zobaczyłem doganiający nas szybko dobrze mi znany ciemnozielony pojazd. Choć droga była na to zbyt wąska, zaczął nas wyprzedzać.

– Dobry Boże! Co to jest? – krzyknął Gale, gwałtownie odbijając w lewo, aby uniknąć paskudnego zderzenia.

Na szczęście droga w tym miejscu poszerzała się nieco i

jakimś cudem uniknęliśmy wpadnięcia do rowu. Zielona lagonda z rykiem silnika pomknęła dalej.

– Jeśli się nie mylę, to był pan Buckley z siostrą – wykrztusiłem, postanawiając, że powiem Bobsowi, co myślę o jego zachowaniu, gdy tylko go zobaczę.

– Wielkie nieba! Wielkie nieba! – wybąkał Gale. Biały jak ściana, siedział pochylony nad kierownicą i wyglądał na prawdziwie wstrząśniętego.

– Już dobrze, człowieku, to był tylko Bobs – powiedziałem, próbując go rozweselić. – Powinien się pan cieszyć, że jest pan w tym samochodzie, a nie w tamtym. Jakby pan siedział w samochodzie Bobsa, dopiero miałby pan powód do zdenerwowania. On jest postrachem całego kraju. – Miał to być żart, ale Gale dalej kręcił głową, trzęsąc się jak osika.

– Przepraszam, panie Knox, ale ja mam problemy ze zdrowiem, spore problemy – mówił słabym głosem. – Słabe nerwy, wie pan. Nagłe głośne dźwięki naprawdę mnie przerażają.

Miałem wrażenie, że to za mało powiedziane, ale już rozumiałem, dlaczego praca w tak cichym, odległym miejscu wydała mu się atrakcyjna.

– Cóż, już odjechali – powiedziałem. – Możemy jechać dalej. Czy czuje się pan na siłach?

– Tak, tak, dziękuję. Czuję się już znacznie lepiej – odpowiedział i rzeczywiście kolor zaczął powoli wracać na jego policzki. – Przepraszam, że tak źle zareagowałem, ale obawiam się, że od kiedy zapadłem na zdrowiu, nie radzę sobie wcale nawet z najmniejszym hałasem i zdecydowanie wolę spokój i ciszę.

– To zrozumiałe, całkiem zrozumiałe – odparłem lekkim tonem, starając się zatuszować niezręczny moment. – I wybrał pan na to idealne miejsce.

Ruszyliśmy ponownie i dotarliśmy do bram posiadłości już bez żadnych kłopotów. Dwór był położony w samym centrum parku, z widokiem na wszystkie strony. Stanowił mieszankę różnych stylów. Gale powiedział mi, że pierwotny budynek pochodził z czasów elżbietańskich, ale niewiele z niego zostało, gdyż kolejni właściciele burzyli pewne elementy, a dodawali inne. Efekt końcowy nie był brzydki, a budowla harmonijnie wpisywała się w krajobraz.

Podjechaliśmy statecznie do drzwi wejściowych i wysiedliśmy. Serce waliło mi jak oszalałe z obawy przez zbliżającym się pierwszym spotkaniem z Rosamundą. Jednak zamiast niej w drzwiach przywitała nas okrągła, ponura dziewczyna, której twarzy nie rozpoznawałem. Usiłowała utrzymać pod kontrolą dwa rozbrykane teriery.

– Pan Knox, nieprawdaż? – powiedziała bezceremonialnie, wyciągając do mnie rękę. – Rosamunda odpoczywa w swoim pokoju, ale Bobs i Sylvia są w salonie. Nie wiem, gdzie jest Neville... Wcześniej miał paskudny humor. Nawiasem mówiąc, ja nazywam się Joanna Havelock. Niech pan uważa na psy, bo pana przewrócą.

Zaskoczony tym obcesowym powitaniem, wszedłem za nią do wielkiej sieni, z trudem unikając terierów, które szczekały z uciechą i rzeczywiście robiły, co mogły, żeby mnie sprowadzić do parteru. Joanna Havelock zaprowadziła mnie do dużego, ładnie urządzonego salonu, w którym już się zgromadziło kilka osób. Bobs stał w oknie, rozmawiając z nieznaną mi kobietą. Odwrócił się i przywitał mnie z zawstydzonym uśmiechem.

– Nie masz co na mnie krzyczeć – powiedział, nim zdążyłem się odezwać. – Zostałem już ostro zbesztany przez Sylvię.

Starałem się zrobić minę wyrażającą dezaprobatę, ale jak zwykle gniewanie się na Bobsa okazało się niemożliwe, więc zrezygnowałem.

– Obyło się bez trwałej szkody. Byliśmy tylko trochę roztrzęsieni – odpowiedziałem. – Czego się należy spodziewać, gdy się wpada do rowu.

Postanowiłem przemilczeć atak nerwów Simona Gale'a, bo nie chciałem go bardziej zawstydzać.

– No cóż, koktajl zaraz postawi cię na nogi – powiedział Bobs, gdy zbliżyła się do nas taca pełna drinków. Odwrócił się do swojej rozmówczyni. – Gwen, o ile wiem, nie znasz Charlesa Knoxa. Charles, to jest Gwendolen MacMurray.

– Niezmiernie mi miło pana poznać – powiedziała pani MacMurray. Opróżniła kieliszek, zabrała kolejny z tacy, podała mi rękę i obrzuciła mnie od stóp do głów taksującym spojrzeniem, wszystko w jednym płynnym ruchu. – Słyszałam, że prowadzi pan kopalnię złota, panie Knox. Proszę mi powiedzieć, jaka jest prawdziwa Afryka? Czy naprawdę tak niebezpieczna, jak mówią? Mój mąż chciał jakiś czas temu wejść w wydobycie złota, ale słyszy się takie historie o upałach i zwierzętach, i tubylcach, że nie chciałam nawet o tym słyszeć! Ja po prostu nie toleruję takich rzeczy, a Hubert oczywiście nie mógł znieść myśli o wyjeździe beze mnie, więc nic z tego nie wyszło. Ale czasami zastanawiam się, czy nie byłoby lepiej, gdybyśmy wyjechali. Słyszy się o zdobywaniu takich ogromnych fortun na tamtejszych polach złota – westchnęła. – Czemu zarabianie pieniędzy musi być takie trudne? Wydaje mi się to strasznie niesprawiedliwe.

Bobs wybuchnął śmiechem.

– Czyż ona nie jest kapitalna? Gwen chciałaby spędzać całe dnie otulona w drogie futra, obsypana klejnotami i obsługiwana przez falangę oddanych wielbicieli. Wcale tego nie ukrywa.

Pani MacMurray wydęła lekko usta.

– Nie widzę niczego złego w tym, że chcę mieć ładne rzeczy. Wielu ludzi ma ładne rzeczy. Ja po prostu chcę należeć do tych ludzi, to wszystko. Nie wyobrażam sobie życia w małej chatce, o chlebie i wodzie, bez służby.

Gdy się jej przyglądałem, uderzyło mnie, że jest to mało prawdopodobne. Gwendolen MacMurray najwyraźniej była kobietą, która wiedziała, czego chce. Była nienagannie ubrana

– w suknię, która nawet na moje nieprzeszkolone oko była bez wątpienia szczytem drogiej paryskiej mody – i niemal obwieszona sznurami korali. Jej twarz była piękna urodą porcelanowej lalki. Podejrzewałem, że wiele zawdzięcza salonom kosmetycznym, podobnie jak jej starannie uczesane jasne włosy. Przysunęła się do mnie poufale, chwiejąc się lekko. Najwyraźniej wypiła już kilka koktajli. W międzyczasie Bobs oddalił się w kierunku panny Havelock.

– Czy to pana pierwsza wizyta w Sissingham? – zapytała.

– Hubert i ja przyjeżdżamy kilka razy w roku. Wie pan, że matka Huberta była kuzynką Neville'a, a Hubert jest jego najbliższym żyjącym krewnym? W istocie – kontynuowała, zniżając głos – jeśli Stricklandowie nie będą mieć dzieci, Sissingham Hall przejdzie na Huberta – przerwała i przez chwilę patrzyła bezmyślnie przed siebie. – Oczywiście Sissingham to piękne stare miejsce, ale raczej nie chciałabym mieszkać tu przez cały czas. Tak stąd daleko do Londynu. Może moglibyśmy sprzedać cały majątek. Wtedy moglibyśmy mieć dom w Londynie i spędzać resztę roku w Monte Carlo, a może w Juan les Pins… nie, myślę, że Monte byłoby przyjemniejsze. Widuje się tam więcej interesujących ludzi.

Poczułem lekki niesmak. Chciałem uwolnić się od mojej rozmówczyni, ale byłem przyparty do muru w kącie obok okna. Tymczasem najgorsze było dopiero przede mną, gdyż pani MacMurray błysnęła nowa myśl, odrywając ją od wizji przyszłych bogactw.

– Oczywiście! Już pamiętam pana nazwisko! – wykrzyknęła. – Czy nie był pan kiedyś zaręczony z Rosamundą? Ktoś… kto to mógł być? Ktoś mówił mi, że wszystko się między wami skończyło, a pan wyjechał do Afryki ze złamanym sercem. Mój biedny, drogi chłopcze! Wie pan, myślę, że to niezmiernie romantyczne. Wykazał się pan dużą odwagą, wracając tutaj, nieprawdaż? Jak ja bym chciała, żeby to o mnie walczyło dwóch silnych mężczyzn. W rzeczy samej – kontynuowała poufnie, ściszonym głosem – był czas, gdy mogłam przebierać wśród kandydatów na męża, ale potem poznałam Huberta i na tym się skończyło. – Położyła dłoń na sercu i zachwiała się lekko.

Rzuciłem w panice wzrokiem po pokoju, mając nadzieję na ucieczkę, i zobaczyłem, że Bobs stoi w pobliżu ze złośliwym uśmieszkiem na twarzy. Najwyraźniej ogromnie go bawił mój dyskomfort i nie miał najmniejszego zamiaru przyjść mi na ratunek. Na szczęście wybawiło mnie wejście sir Neville'a z człowiekiem, którego wziąłem za męża pani MacMurray, Huberta. Jeśli sir Neville rzeczywiście był wcześniej w podłym nastroju, jak mówiła panna Havelock, najwyraźniej mu przeszło, gdyż uśmiechał się szeroko.

– Tak się cieszę, że przyjechałeś – powiedział, podchodząc do nas. – Przykro mi, że nie mogłem cię osobiście powitać, ale wyskoczyła mi pilna sprawa… Sam wiesz, jak to jest. Ale widzę, że Gwen cię zabawia. Gwen, moja droga, czy czujesz się całkiem dobrze? Wyglądasz trochę kiepsko.

Gwen podjęła widoczny wysiłek, aby się pozbierać.

– Dziękuję, Neville, czuję się całkiem dobrze, oprócz lekkiego bólu głowy. Myślę, że to skutek długiej podróży. Położę się na chwilę, gdy pójdziemy się przebrać, i zaraz będę jak nowo narodzona.

Biorąc pod uwagę jej zainteresowanie Sissingham, Gwen MacMurray oczywiście nie chciała popaść w niełaskę sir Nevilla'a i zmiana w jej zachowaniu była imponująca. Po naszej wcześniejszej rozmowie byłem zaskoczony, gdy zobaczyłem, jak skromnie spuszcza oczy i wdzięcznie odpowiada na pytania naszego gospodarza. Wyglądała jak kompletnie inna osoba. Przypomniałem sobie aluzje Bobsa do jej przeszłości i przyszło mi do głowy, że może kiedyś występowała na scenie. Z pewnością była imponującą aktorką.

Skorzystałem z przybycia sir Neville'a, aby dyskretnie odsunąć się od Gwen i zostałem przedstawiony jej mężowi, Hubertowi MacMurrayowi. Uznałem, że wśród kobiet pewnie uchodzi za przystojnego mężczyznę, ale mnie wydało się, że jego usta zdradzają pewną słabość, nie do końca ukrytą przez wąsy. Zadał mi kilka typowych pytań o Afrykę oraz mój powrót do życia w Anglii.

– To chyba duża odmiana, co? Strzelanie do bażantów w dolinie zamiast do lwów na równinie. – Ryknął śmiechem z własnego żartu. – Prawdę mówiąc, sami niemal wyjechaliśmy do Afryki kilka lat temu, ale Gwen stchórzyła w ostatniej chwili. Nie chciała mieszkać tak daleko od swoich znajomych. Ani od paryskich domów mody. – Ponownie się roześmiał. – Gdy spotykam takich ludzi jak pan, którzy tam zbili fortunę, czasami żałuję, że nie nalegałem. Ale nie mogę narzekać. Ogólnie rzecz biorąc, żyje nam się dobrze, a ja nie zamieniłbym Gwen na wszystkie skarby świata.

Zauważyłem, że gdy mówił do mnie, stale patrzył w kierunku żony, i zastanowiłem się, czy rzeczywiście tak myśli.

Gwen zauważyła jego wzrok i podeszła do nas.

– Ach, bączku – powiedziała. – Mam nadzieję, że ładnie się bawisz z panem Knoxem i nie zanudzasz go zanadto. Wie pan, on jest taki niesforny – zwróciła się do mnie. – Czasami jest naprawdę całkiem niemożliwy, prawda, mój słodziaku? – Podniosła rękę do góry i podkręciła mu wąsa.

Oblicze pana MacMurraya przybrało wyraz przypominający zahipnotyzowanego barana.

– Dokładnie tak jak mówisz, moja droga – odpowiedział, spoglądając z czułością na swój skarb.

Dzięki Bogu właśnie w tej chwili Gwen została zagarnięta przez Sylwię i Joannę, które chciały porozmawiać o sukniach czy podobnych bzdurach. Odeszła, a ja odetchnąłem z ulgą, gdyż wyraz twarzy pana MacMurraya wrócił do normy, a on jakby nigdy nic wznowił rozmowę.

– Pańska żona to najwyraźniej... niezwykła kobieta – powiedziałem z braku lepszego przymiotnika.

– W rzeczy samej, w rzeczy samej – odparł. – Bez wahania przyznaję, że byłem starym podrywaczem, zanim ją poznałem, ale teraz jestem jak odmieniony. Naprawdę nikt nie hołduje instytucji małżeństwa bardziej niż ja. Gwen jest cudowna. Sam pan widzi, ile ma uroku. Należy do tego rzadkiego gatunku kobiet, które są uwielbiane przez mężczyzn, ale równocześnie nie wywołują zazdrości innych kobiet. Pewnie nie powinienem tak mówić – kontynuował kordialnie – ale naprawdę bawi mnie przyglądanie się, jak flirtuje z innymi mężczyznami i jest przez nich adorowana. Są faceci, którzy by na to nie pozwolili, ale ja sam nie jestem zazdrosny.

Nie do końca wiedziałem, jak na to odpowiedzieć, ale właśnie wtedy dołączyła do nas Sylvia i oszczędziła mi tej konieczności. Wysłała MacMurraya, aby przyniósł jej koktajl.

– Dzięki Bogu, że to ty! – rzekłem cichym głosem. – Zaczynałem się czuć tak, jakbym został uwięziony w scenie z „Alicji w krainie czarów" lub w podobnej bajce.

Sylvia się uśmiechnęła.

– Widzę, że MacMurrayowie nie przypadli ci do gustu – powiedziała. – Przyznam, że trzeba na nich nabrać smaku, jak na niektóre potrawy.

– Interesujący punkt widzenia… – odpowiedziałem. – Ale jak mam nabrać smaku, skoro już po pierwszym kęsie czuję mdłości? Dopiero przyjechałem, a już mam wrażenie, że się przejadłem!

Roześmiała się i zauważyłem, jak jej oczy lśnią w przyćmionym świetle.

– Daj spokój, jesteś po prostu zmęczony i nie w humorze po długiej podróży. Wykazujesz wszystkie cechy człowieka, który nie może się doczekać kolacji. Znam je dobrze. Zobaczysz, że poczujesz się o wiele lepiej, gdy tylko coś zjesz!

– Być może – przyznałem. – Powiedz mi, kim jest panna Havelock?

– Och, nie przedstawiła ci się? To protegowana Neville'a.

– Nie wydawała się zbyt przyjazna.

– Tak, jest dość nieśmiała i nie umie się zachować w towarzystwie, ale gdy ją poznasz, przekonasz się, że jest bardzo miła. Prawdę mówiąc, myślę, że czuje się trochę zepchnięta na drugi plan przez Rosamundę. Ale jest dość dowcipna i o wiele inteligentniejsza ode mnie.

– Niemożliwe! – odpowiedziałem kpiąco, a ona rzuciła mi karcące spojrzenie.

Simon Gale wszedł cicho do pokoju i podszedł do miejsca, w którym stał sir Neville z Joanną. Przy drzwiach tarasowych pani MacMurray próbowała czarować Bobsa.

Hubert MacMurray wrócił z drinkiem Sylvii i poruszył temat najnowszych przedstawień teatralnych. Zostawiłem ich zajętych rozmową i przeszedłem do grupy w kącie. Czułem, że powinienem złożyć wyrazy szacunku mojemu gospodarzowi.

– Spójrz, pan Knox przyszedł nas zabawić – powiedziała Joanna. Najwyraźniej w obecności sir Neville'a starała się być bardziej uprzejma dla gości.

– To za wiele powiedziane – odparłem, udając przerażenie. – Prawdę mówiąc, sam sobie wydałem się przerażająco nudny i miałem nadzieję, że to państwo mnie zabawią.

Roześmiała się, co kompletnie odmieniło jej twarz.

– A my mówiliśmy o pogodzie! Wie pan, tak to jest, gdy widuje się codziennie te same osoby. Z braku laku zaczyna się przeżuwać te same stare tematy.

– Ależ moja droga, skoro mamy gości i jutro możemy zechcieć pokazać im okolicę, pogoda ma pierwszorzędne znaczenie – powiedział nie bez podstaw sir Neville.

– Pewnie masz rację, choć sam wiesz, że ty chętnie włóczyłbyś się po okolicy co dzień bez względu na pogodę, zwłaszcza gdyby było do czego strzelać.

– Może ja tak, ale na pewno nie mogę tego oczekiwać od moich gości.

– Czy pan poluje? – zapytałem Simona Gale'a i nie byłem zaskoczony, gdy potrząsnął głową w odpowiedzi.

– To nie jest sport dla mnie – odpowiedział. – Nie mam talentu do strzelby.

– Naprawdę chciałbym, abyś pan od czasu do czasu zrobił sobie dzień wolnego i poszedł ze mną na polowanie – powiedział sir Neville. – Nie widzisz pan niczego poza pracą. Nigdy nie spotkałem nikogo podobnego.

– Lubię swoją pracę – odparł Gale łagodnie.

– Neville nie potrafi zrozumieć, jak można nie chcieć codziennie polować – powiedziała Joanna. – Z niego jest prawdziwy pasjonat strzelby.

– Przesadzasz, moja droga… choć przyznam, że lubię wychodzić z domu, gdy tylko mogę. Nie da się wyjść na świeże powietrze i choćby na chwilę nie zapomnieć o swoich zmartwieniach.

Joanna prychnęła śmiechem.

– A to dobre, o zmartwieniach! Naprawdę, Neville'u, jakie ty możesz mieć zmartwienia?

– Odezwał się głos młodości i beztroski – wtrąciłem żartobliwie, gdyż zauważyłem, że sir Neville się zachmurzył.

Joanna kontynuowała ze śmiechem:

– Jak to, przecież nikt nie ma mniejszego prawa mówić o zmartwieniach niż Neville! Jest bogaty, ma wspaniały dom i piękną żonę. Może robić, co mu się podoba.

– Chciałbym, żeby tak było, moja droga – powiedział sir Neville, odzyskując spokój. – Ale gdy będziesz trochę starsza, zrozumiesz, że nawet prawdziwi wybrańcy losu miewają swoje problemy.

Czy to ze względu na jego ton głosu, czy z innego powodu, Joanna nie odpowiedziała i nastąpił krótki moment krępującej ciszy. Przerwała ją Sylvia z drugiej strony pokoju.

– Gdzie się podziała Rosamunda?! – wykrzyknęła. – Poszła tylko rozmówić się z kucharką co do kolacji, a nie ma jej już całe wieki.

Przez krótką chwilę, wśród mnogości nowych znajomych, całkowicie zapomniałem o Rosamundzie, ale teraz serce znów zaczęło mi walić – głównie na myśl o tym, że świadkami naszego pierwszego od ośmiu lat spotkania będzie cała ta grupa.

— Może pójdę zobaczyć, gdzie jest? — zaproponowała Joanna i ruszyła w stronę drzwi.

Jednak w tym samym momencie otworzyły się one szeroko i do pokoju weszły dwie osoby. W pierwszej z nich rozpoznałem Angelę Marchmont. Drugą była Rosamunda.

Rozdział 4

W POKOJU ZAPADŁA CISZA. Wszyscy zwrócili wzrok na Rosamundę, która zatrzymała się w drzwiach, obrzucając zebranych spojrzeniem, jakby kogoś szukała. Wreszcie zauważyła mnie i wydała krótki okrzyk.

– Charles, mój złoty! – zawołała, kierując się prosto do mnie i łapiąc mnie za obie dłonie. – Jak bosko znów cię widzieć! Ale, ale, jak ty kwitnąco wyglądasz! Sylvio, ty szelmo, nie powiedziałaś mi, jaki on się zrobił przystojny!

– Nie mogę powiedzieć, że zauważyłam – odpowiedziała Sylvia beztrosko.

– Ja też nie – przyznałem.

Wszyscy zaczęli się śmiać i chwila napięcia minęła. Ponownie podniósł się szmer rozmów.

– Chodź, usiądź tu koło mnie, utniemy sobie miłą pogawędkę przed kolacją – powiedziała Rosamunda, pociągając mnie w kierunku chesterfielda na drugim końcu pokoju. – Nie będę się tobą z nikim dzielić. Rogers, przynieś mi drinka. Charlesie, koniecznie musisz mi opowiedzieć o swoich przygodach od czasu, gdy cię ostatnio widziałam. Czy to prawda, że tam górnicy płacą za wszystko bryłkami złota? Ile lampartów upolowałeś? Musiałeś tam mieć takie ekscytujące życie!

W ostatnich tygodniach wielokrotnie odpowiadałem na dokładnie takie same pytania, które prawdę mówiąc zaczynały mnie już nudzić, ale Rosamunda mówiła te same wyświechtane rzeczy w taki sposób, że brzmiały dowcipnie i świeżo, a co ważniejsze, sprawiały, że człowiek, odpowiadając na nie, czuł się wyjątkowo zadowolony z własnej błyskotliwości. Opowiedziałem jej o swoich początkowych zmaganiach na farmie, jak stopniowo uświadomiłem sobie, że rolnictwo jest nie dla mnie i jak – zrezygnowany – już prawie zdecydowałem się porzucić to wszystko i wrócić do Anglii z podkulonym ogonem i bez nadziei na wzbogacenie, gdy spotkałem w Hotelu Kolonialnym starego poszukiwacza złota, o ogorzałej twarzy i przekrwionym oku, któremu się spodobałem i który przekonał mnie, bym mu postawił whisky, po czym szepnął mi do ucha, że wie, gdzie szukać złota i potrzebuje kogoś młodego i silnego do pomocy w eksploatacji. Staruszek zmarł, gdy tylko zaczęliśmy odnosić sukcesy, a ja go bardzo żałowałem, bo był dla mnie dobry, ale zawziąłem się i postanowiłem, że jego wiara we mnie nie okaże się bezpodstawna. Po kilku latach zacząłem mieć powody do zadowolenia z własnych osiągnięć. Zdecydowałem, że nadszedł czas, aby wycofać się z codziennego prowadzenia firmy i powrócić do Anglii, aby cieszyć się owocami swojej pracy.

Mnie te wydarzenia wydawały się ogromnie nudne i prozaiczne, osiem lat bezustannego ciężkiego trudu, ale Rosamunda reagowała tak, jakby to była fascynująca opowieść. Słuchała z szeroko otwartymi oczami, sporadycznie wydając pełne zdziwienia westchnienia. Pomyślałem, że może moja historia nie jest aż taka ponura i nawet zacząłem stopniowo rosnąć w dumę. Z Rosamundą było tak zawsze: coś w jej sposobie bycia sprawiało, że człowiek czuł się wyjątkowo zadowolony z siebie.

– Ale obawiam się, że cię zanudzam – powiedziałem. – Nic tylko mówię o sobie. Teraz ty musisz mi opowiedzieć, co słychać u ciebie.

– Ależ wcale mnie nie zanudzasz! – wykrzyknęła Rosamunda. – Wiesz, nigdy się chyba tak nie zachwyciłam historią czyjegoś życia. Nikt z tu obecnych nie może się pochwalić takimi ciekawymi przeżyciami. W każdym razie na pewno nie ja. Nie, Charlesie, obawiam się, że wystarczy na mnie spojrzeć, a już widać, co robiłam przez ostatnich osiem lat... Zostałam szacowną małżonką, obrosłam tłuszczem, postarzałam się... Niemal codziennie znajduję kolejny siwy włos! – Roześmiała się i z widocznym zadowoleniem odrzuciła na plecy masę lśniących złotorudych włosów, jakby zadając kłam własnym słowom.

Znałem Rosamundę od dawna i wiedziałem, że doskonale zdaje sobie sprawę z tego, że w najmniejszym stopniu nie obrosła tłuszczem, a w wieku dwudziestu ośmiu lat zdecydowanie nie jest stara. Jedna rzecz, której Rosamunda zawsze była pewna, to umiejętność przyciągania uwagi, a lustro z pewnością mówiło jej, że jest tak piękna, jak zawsze. Wyglądała na tak zadowoloną z siebie jak kot, który dobrał się do śmietanki. Powiedziałem jej to, a ona wybuchła śmiechem.

– Och, nie wyobrażasz sobie, jak się za tobą stęskniłam! – powiedziała, ściskając moją dłoń. – Zawsze wiedziałeś, jak mnie sprowadzić na ziemię. Jeśli tylko poczułam się strasznie ważna i zadowolona z siebie, zawsze patrzyłeś na mnie z ukosa i mówiłeś coś druzgocącego, a równocześnie niesamowicie zabawnego, a ja od razu pokładałam się ze śmiechu. Nigdy nie traktowałeś mnie poważnie, przyznaj się!

– Nigdy niczego nie traktuję poważnie – powiedziałem, czując się jak prawdziwy zawadiaka.

– Na pewno traktujesz poważnie swoje interesy, bo w przeciwnym razie nie odniósłbyś takiego sukcesu. Powiedz mi, czy jesteś strasznie bogaty?

– Och, strasznie. Mam tyle pieniędzy, że nigdy nie uda mi się wszystkich wydać. Może poradzisz mi, co z nimi zrobić?

– Przychodzi mi do głowy mnóstwo rzeczy. Mnie zawsze

brakuje pieniędzy! Gdybym miała ich pod dostatkiem, poka-
załabym ci, jak je wydawać!

– Brakuje ci pieniędzy! Oczywiście żartujesz.

– Myślisz, że żartuję? Może troszkę. Oczywiście należy być
wdzięcznym za to, co się ma, ale prawdę mówiąc, tak łatwo
wszystko przepuścić, że czasami aż się boję pokazać Neville-
'owi swoją książeczkę czekową pod koniec miesiąca. Przyznaję, że czasami bywam trochę ekstrawagancka. –
Powiedziała to z takim ubolewaniem, a równocześnie z takim
urokiem, że uznałem, że sir Neville na pewno uważa płacenie
jej rachunków za zaszczyt.

– W takim razie poradź mi, jak przepuściłabyś mój
majątek – zażartowałem.

– Och, po pierwsze kupiłabym oczywiście duży dom w
mieście. Organizowałabym w nim mnóstwo przyjęć. Nie uwie-
rzyłbyś, Charlesie, ile trzeba wydać, żeby zostać gwiazdą
sezonu! Można przepuścić całe góry gotówki.

– Przecież już chyba macie dom w mieście? – zapytałem
zaskoczony. Rosamunda z żalem potrząsnęła głową.

– Mieliśmy na początku, ale Neville powiedział, że za dużo
go kosztuje i że nigdy go nie lubił. Widzisz, on nigdy nie prze-
padał za mieszkaniem w Londynie, więc przenieśliśmy się tutaj
mniej więcej na stałe, a mnie pozostało wpraszanie się w
gościnę do innych, gdy chcę się rozerwać.

– Nie tęsknisz za miastem?

– Czasami. Głównie wiosną. Sissingham to piękne miejsce,
jednak bardzo stąd wszędzie daleko. Ale nie pozwalam Neville'owi na stałe zagrzebać się na wsi. Nadal jeździmy do Deau-
ville i Cowes, i do podobnych miejsc. Nie można przecież
przez cały czas żyć jak pustelnik, rozumiesz chyba!

– Zawsze myślałem, że życie na wsi nie jest dla ciebie.
Spodziewałem się, że będziesz należeć do śmietanki towarzy-
skiej i wydawać wspaniałe bale, które przejdą do historii.

Nie odpowiedziała od razu, a gdy na nią zerknąłem, zobaczyłem, że odwróciła głowę. Ale gdy ponownie na mnie spojrzała, miała normalny wyraz twarzy i ton głosu.

– Też tak myślałam! Ale wiesz, z wiekiem często stwierdzamy, że to, czego naprawdę chcemy, to nie zawsze to samo, czego chcieliśmy wcześniej. Mój Boże, ale się zaplątałam. Czy to zdanie miało sens? Neville i ja jesteśmy bardzo szczęśliwi i za żadne skarby niczego nie chciałabym zmieniać! Teraz – nagle zmieniła temat – musisz koniecznie poznać Angelę, moją odzyskaną po latach kuzynkę!

– Już się poznaliśmy – odpowiedziałem.

– Naprawdę? Kiedy? Angelo, moja złota – zawołała, podnosząc głos. – Chodź tu z nami porozmawiać. Już jestem gotowa podzielić się Charlesem z innymi.

Angela Marchmont podeszła z miejsca, w którym rozmawiała z Joanną Havelock, i przywitała się ze mną z wyraźną przyjemnością. Była ubrana w takie same mieniące się barwy jak podczas naszego ostatniego spotkania i przypominała pełną wdzięku syrenę lub podobne mityczne stworzenie.

– Jak ładnie z twojej strony, że zainteresowałaś się Joanną – powiedziała Rosamunda. – Ja oczywiście uwielbiam ją, ale czasami bywa okropnie nieokrzesana. Gdy mamy gości, jestem cały czas w nerwach, czy nie obrazi kogoś, na przykład mówiąc coś strasznie gruboskórnego o czyraku majora Lytteltona lub krzywych zębach lady Benlowes. I z kim się wtedy będziemy spotykać w weekendy? Będziemy spędzać każdy wieczór we troje, gapiąc się na siebie przez stół jak ryby i odzywając się tylko po to, żeby poprosić o podanie soli. Będzie tak nudno, że nie da się opisać.

Zaczęliśmy się śmiać z komicznie żałosnej miny Rosamundy.

– Chyba troszkę przesadzasz, moja droga – powiedziała pani Marchmont. – Joanna to urocza dziewczyna, tylko jest w takim wieku, że się krępuje i wstydzi. A dziś wieczorem bardzo się stara, na pewno chce zrobić przyjemność tobie i Neville'owi.

Rzeczywiście, w przeciwległym kącie pokoju Joanna Havelock śmiała się wesoło, słuchając jednej z nieprawdopodobnych opowieści Bobsa. Simon Gale stał cicho obok.

– No cóż, pójdę spełnić swój obowiązek i ją ośmielić – odparła Rosamunda i poszła dołączyć do tej małej grupy.

Ja wdałem się w rozmowę z Angelą Marchmont. Bardzo miło się z nią rozmawiało, a jej towarzystwo było jak powiew świeżego powietrza oczyszczający atmosferę z ordynarności MacMurrayów i zamętu wywołanego pojawieniem się Rosamundy. Gawędziliśmy sobie o tym i tamtym, a ja z ulgą odkryłem, że nie oczekuje, że wyjmę z kieszeni lwią głowę i złożę jej w prezencie; nie pytała mnie też, czy zbiłem w Afrycc wielki majątek, za co byłem jej bardzo wdzięczny. Wcześniej zacząłem mieć nieprzyjemne uczucie, że wszyscy obecni patrzą na mnie tak, jakbym sam był zrobiony ze złota, jakby mieli ochotę odłamać sobie jeden lub dwa kawałki. Przed powrotem do Anglii spędziłem wiele lat, obracając się w najniższych warstwach społecznych. Po powrocie przeżyłem niemały szok, gdy zorientowałem się, jak bardzo kwestia pieniędzy pochłania wszystkich moich znajomych. Gdy wyjeżdżałem z kraju, rozmowa na takie tematy była uważana za szczyt wulgarności. Najwyraźniej już tak nie było. Czułem się jak człowiek z innej epoki. Spojrzałem na panią Marchmont i zobaczyłem, że przygląda mi się uważnie. Nie mogłem się powstrzymać i powiedziałem jej po części, o czym myślałem, choć oczywiście nie wspomniałem bezpośrednio o obecnym towarzystwie. Pokiwała głową ze zrozumieniem.

– Tak, wiem, co ma pan na myśli – powiedziała. – Czułam się dokładnie tak samo, gdy po raz pierwszy znalazłam się w Stanach. Tam wszyscy mówią o pieniądzach... ile zarabiają, ile zapłacili za swój dobytek, ile spodziewają się zarobić w przyszłości. Uważają to za całkowicie normalne i zdrowe, i ani trochę wulgarne. Ale tam patrzy się na świat w inny sposób. W Ameryce uważa się, że jeśli ktoś przez lata ciężko pracował na swój sukces, uzyskał prawo do okazywania swojego bogactwa i mówienia o nim. W Anglii zawsze obowiązywało odwrotne podejście, wie pan, im więcej się ma, tym mniej należy o tym wspominać. Ale myślę, że ostatnio naśladowanie Amerykanów weszło w modę. Ja jestem już do tego przyzwyczajona, ale tym bardziej panu współczuję, bo dopiero niedawno pan wrócił i wszystko jest dla pana nowe.

– Dokładnie – odpowiedziałem. – I chyba raczej mi się nie podoba.

– Ale wie pan, co myślę? W rozmowach o pieniądzach przynajmniej nie ma hipokryzji. Dlaczego niby mielibyśmy o nich nie rozmawiać? Rozmawiamy o pogodzie, polityce, znajomych. Czemu z pieniędzmi miałoby być inaczej? Wszakże należą do najbardziej podstawowych rzeczy w życiu.

Pomyślałem o tym przez chwilę.

– Wiem, co ma pani na myśli – odrzekłem. – Ale nie chodzi tu chyba o same pieniądze, tylko o nieustanne zainteresowanie nimi. Zawsze mnie uczono, abym nie zanudzał ludzi gadaniem o swoich finansach. Nam, Anglikom, nigdy nie podobali się ludzie chwalący się swoim bogactwem lub bardziej zainteresowani posiadaniem pieniędzy niż czymkolwiek innym. Mówiono nam, aby cieszyć się bogactwem lub klepać biedę w dumnym milczeniu. Amerykanie mogą robić, co im się podoba, ale ja chyba wolę nasze podejście.

Pani Marchmont się roześmiała.

– Wobec tego będę uważać, aby nie okazywać nadmiernego zainteresowania pieniędzmi. Jeśli przypadkowo wypadnie mi szyling z torebki, proszę o tym nie wspominać – powiedziała.

– Śmieje się pani ze mnie. Widzę, że moje słowa zabrzmiały bardzo pompatycznie.

– Nic podobnego.

– Nie, ma pani rację, wymądrzałem się. Nie mam prawa narzekać na takie rzeczy.

W rzeczy samej uderzyło mnie, że sam wykazałem się tu hipokryzją. Czyż nie spędziłem ostatnich kilku tygodni, ostentacyjnie jadając w Ritzu i przepuszczając nowo zarobione pieniądze w najlepszych lokalach Londynu? Może ja również przybrałem to nowe podejście, nawet sobie tego nie uświadamiając.

Zabrzmiał gong i wszyscy poszliśmy się przebrać, poganiani przez sir Neville'a, który lubił punktualność. Poprowadzono mnie po imponujących schodach, a następnie długim korytarzem do przestronnego pokoju z ogniem buzującym w kominku. Podszedłem do okna i odsłoniłem zasłonę, ale nie było księżyca i na zewnątrz było zbyt ciemno, aby cokolwiek zobaczyć. Przebierając się, rozmyślałem o ostatnich paru godzinach. Miałem wrażenie, że ogólnie rzecz biorąc, podczas spotkania z Rosamundą wypadłem dość dobrze.

„Jakie to absurdalne", myślałem sobie, „że tak się bałem, że wyjdę na głupca. Tymczasem wszystko odbyło się zupełnie przyjaźnie i normalnie, bez żadnych krępujących momentów".

Gdy spojrzałem w lustro, zobaczyłem, że uśmiecham się idiotycznie i zdałem sobie sprawę, jak bardzo obawiałem się tego spotkania. Czułem się, jakby wielki kamień spadł mi z serca. Właśnie wtedy przyszła służąca.

– Wielmożna pani przysłała mnie zapytać, czy pan czegoś nie potrzebuje – powiedziała.

– Podziękuj pani i powiedz, że o niczym nie zapomniano – odparłem, a ona odeszła.

Wyszedłem z pokoju i zbiegłem na dół z lekkim sercem. U stóp schodów o mało nie wywinąłem koziołka, gdyż jeden z terierów niespodziewanie wypadł z ciemnego korytarzyka i podekscytowany zaczął mi skakać wokół nóg. Gdy przestępowałem z nogi na nogę, mrucząc pod nosem przekleństwa, z korytarzyka wyłonił się sir Neville z drugim psem.

– Dodi! Nie rusz! – rozkazał. – Musisz uważać na psy, Charlesie. Zwłaszcza na Dodiego, to prawdziwe półdiablę. Jest żywy, to wszystko. Bardzo się ekscytuje, gdy mamy gości.

– Właśnie widzę! – wykrzyknąłem. – Muszę zacząć patrzeć pod nogi. Wolałbym nie połamać kości.

Sir Neville prychnął śmiechem.

– Wejdź na chwilę do mojego gabinetu – powiedział. – Akurat mamy czas na szybkiego drinka przed kolacją.

Odwrócił się i poprowadził mnie korytarzykiem w stronę swojego gabinetu. Był on komfortowo urządzony w męskim stylu. Zauważyłem, że niektóre meble są mocno podniszczone, a na różnych półkach leżą dziwne drewniane eksponaty. Widziałem wiele tego typu rzeczy w Afryce i poczułem nagłe i zaskakujące ukłucie tęsknoty.

– Widzę, że oglądasz moje afrykańskie rzeźby – zauważył sir Neville. – Zgromadziłem je lata temu podczas podróży. Większość ludzi uważa, że są brzydkie, ale ja je lubię. Przypominają mi o beztroskich latach młodości. – Wziął karafkę i nalał whisky do dwóch szklaneczek. – Jak widzisz, to jest moja ostoja. Rosamunda chce mi tu wtargnąć i wszystko odnowić, ale ja jej nie pozwalam. Jest mi wygodnie, tak jak jest, mówię jej. – Podał mi szklankę. – No i co o niej sądzisz? Odkryłem ją kilka lat temu. Kupuję ją od znajomego człowieka w Londynie... okropny, mały, wypomadowany cwaniak, ale zna się na rzeczy. Mogę ci podać nazwisko, jak chcesz. Chyba że należysz do tych nowomodnisiów, którzy preferują koktajle.

Wyraziłem należyte uznanie dla whisky, która rzeczywiście była znakomita, po czym przez chwilę siedzieliśmy w milczeniu. Ja zapatrzyłem się w proste drewniane figurki, myśląc o odległym kraju, z którego pochodziły. Nagle moją uwagę przyciągnął lekki szmer. Gdy spojrzałem na sir Neville'a, zobaczyłem, że poprawia się w fotelu i nieswojo odchrząkuje. Najwyraźniej miał mi coś do zakomunikowania.

– Charlesie – zaczął, po czym przerwał i pociągnął się za wąsa. Odkaszlnął i zaczął ponownie. – No i jak ci się podoba nasze małe gospodarstwo?

Byłem prawie pewny, że nie o to chciał mnie zapytać, ale zacząłem gorąco chwalić jego rezydencję, posiadłość, żonę i komfortowe warunki domowe. Uśmiechnął się, ale miałem uczucie, że myśli o czymś innym i nie słucha moich wywodów. Nastąpiła chwila milczenia.

— Wiesz, niezmiernie przypominasz mi swojego ojca — odezwał się.

— Już mi tak mówiono — odparłem.

— Straszna rzecz, jak to się skończyło — rzekł szorstko. — Straszna, straszna.

Nie odpowiedziałem. Był to okres mojego życia, o którym usiłowałem zapomnieć.

— Ale oczywiście twój ojciec to nie ty. Twoje życie potoczyło się zupełnie inaczej. Zahartowała cię ciężka praca i gorący klimat. To są rzeczy, które są prawdziwym sprawdzianem umiejętności i uczciwości człowieka.

Zachmurzyłem się. Mimo opinii całego świata nadal wierzyłem, że mój ojciec był człowiekiem honoru, a sugestie, że było odwrotnie, nadal zadawały mi wielki ból, choć przez wiele lat znosiłem szepty i uwagi na ten temat.

— To trudna sprawa — kontynuował sir Neville, niemal jakby mówił sam do siebie. — Wszystkie takie rzeczy zawsze dzieją się równocześnie. Ostatnio miałem powód do dużego zdenerwowania, bardzo dużego. Wierz mi, Charlesie, kiedy mówię, że nie ma nic gorszego niż odkrycie, że ktoś cię oszukuje. A ja ostatnio zaczynam mieć uczucie, że jestem otoczony kłamcami i intrygantami.

Czyżby mówił o mnie? Trudno nas było nazwać przyjaciółmi, więc wydawało się to mało prawdopodobne. Mimowolnie wróciłem myślami do MacMurrayów, do których te słowa mogły pasować, nawet na podstawie naszej krótkiej znajomości. Czy to ich miał na myśli? Ale w takim razie, dlaczego mi o tym mówił?

— Co ma pan na myśli? — zapytałem.

Dźwięk mojego głosu niejako wyrwał go z zadumy.

— Przepraszam, Charlesie. Wybacz mi moje wywody. Jestem staroświecki i nigdy nie zdołałem się przyzwyczaić się do nowoczesnych zwyczajów i manier. Rosamunda zawsze mi mówi, że tkwię w przeszłości. Śmiem twierdzić, że ma rację. Pomówmy o tej koncesji na wydobycie złota. – Sir Neville zaczął przerzucać papiery w szufladzie biurka. – Chcę ci pokazać coś, co może cię zaskoczyć. W rzeczy samej mnie bardzo zaskoczyło. Chciałbym dowiedzieć się, co masz na ten temat do powiedzenia, bo sam nie wiem, w co wierzyć.

Przeszliśmy na inne tematy.

Kilka minut później z wdzięcznością usłyszałem gong wzywający nas na kolację. Gdy szedłem za sir Neville'em korytarzykiem w kierunku sieni, wróciłem myślami do jego słów. W krótkim czasie, który spędziłem w jego domu, trudno wyrobić sobie opinię, ale wszyscy wydawali się kompletnie zgodni i przyjaźni, a tymczasem sir Neville mówił mi o kłamcach i intrygantach. Kogo mógł mieć na myśli?

Rozdział 5

Jadalnia była wyjątkowo okazała, z drewnianą lamperią na ścianach i bogatymi adamaszkowymi zasłonami. Posadzono mnie między Rosamundą a Gwen MacMurray – kłopotliwa sytuacja, która wymagała ode mnie najwyższej koncentracji, tym bardziej że już podczas zupy stało się jasne, że Gwen jest zdecydowana odwrócić mą uwagę od Rosamundy i ściągnąć ją na siebie, natomiast Rosamunda jest równie przekonana, że powinienem interesować się tylko nią. Bobs tymczasem siedział naprzeciwko z idealnie poważną miną, której kłam zadawał jedynie złośliwy błysk w oku, i robił wszystko, co mógł, aby jak najbardziej zaognić sytuację. Nim na stole pojawiła się ryba, obie panie zaczęły się gorączkować, Bobs zaś z trudem powstrzymywał się od śmiechu. Na szczęście uratowała nas Angela Marchmont, która zwróciła się do Gwen z drugiego końca stołu z jakimś pytaniem, które wymagało długiej odpowiedzi. Konflikt został zażegnany, a na placu boju pozostała zwycięska Rosamunda.

Pogratulowałem jej pysznej kolacji i sprawnego funkcjonowania gospodarstwa.

– Tak – westchnęła. – Ale utrzymanie porządku to ciągła walka. Sissingham jest na takim odludziu, że trudno tu utrzymać dobrą służbę. Dziewczyny chcą teraz pracować tylko w miastach i muszę płacić astronomiczne pensje kucharce i gospodyni, które pierwotnie były w naszym domu w Londynie. Ale nie potrafię się obyć bez żadnej z nich, więc chętnie wykładam pieniądze.

– No i powinnaś – powiedział Bobs. – Na tym odludziu młodej dziewczynie musi się strasznie nudzić, zwłaszcza gdy ma wolny dzień i chciałaby wyjść potańczyć ze swoim absztyfikantem.

– To prawda – powiedziała Rosamunda.

– Ale może kiedyś wrócisz do Londynu. Wtedy będziesz mogła znaleźć sobie tyle dobrych służących, ile serduszko zapragnie, a twoje panny pokojowe będą mogły chodzić na tańce, kiedy tylko zechcą.

– A kiedy to będzie? – zapytała Rosamunda powoli. Miała dziwną minę, którą nie do końca rozumiałem.

– Kiedy tylko zechcesz – odparł Bobs. – Sama najlepiej wiesz, jak się dogadać z Neville'em. Powiedz mu tylko słowo, a wrócisz tam, gdzie twoje miejsce, nim zdążysz mrugnąć okiem!

– Gdyby to tylko było takie proste...

– Ależ oczywiście, że jest! Żona zawsze wie, jak podejść męża, gdy tylko czegoś zechce. Jestem pewien, że nie jesteś pod tym względem wyjątkiem.

– Prosiłam go. Wiesz, że go prosiłam. Wiele razy. Zawsze mówi „jeszcze nie".

– Jesteś strasznym intrygantem, Bobs – powiedziałem. – Naprawdę myślę, że lubisz wywoływać niesnaski, gdzie tylko się pojawisz.

– Och, to prawda! Czyż on nie jest straszny?! – zawołała Rosamunda. – Tym bardziej, że tak się starałam, żeby cię przekonać, że z radością zostanę w Sissingham do końca życia! Powiedziałam ci wtedy absolutną prawdę, Charlesie, ale znasz Bobsa tak dobrze jak ja... on tak kusi i namawia do wybryków. Czasami wydaje mi się, że naprawdę jest z diabłem za pan brat. Zejdź mi z oczu, Bobs! – przykazała kpiąco.

– Bzdura – odparł Bobs. – Mówię po prostu, że jeśli czegoś chcesz, musisz zrobić wszystko, co w twojej mocy, aby to osiągnąć.

– Ale co mam zrobić, jeśli ktoś inny nie chce, abym to osiągnęła?

– Sposób zawsze się znajdzie – odpowiedział tajemniczo Bobs.

– Zgadzam się z Bobsem – włączyła się Gwen, który usłyszała ostatnią część naszej rozmowy. – Gdy czegoś chcę, nie pozwalam nikomu stanąć mi na drodze.

– Ostrożnie, to niebezpieczne słowa – zauważył Bobs.

– Ale to prawda – upierała się. – Zawsze umiem postawić na swoim. Na przykład, gdy poznałam Huberta, był już prawie zaręczony z kimś innym, ale ja przekonałam go, żeby z nią zerwał.

– Naprawdę? Chętnie posłucham dokładnie, jak to zrobiłaś – powiedział Bobs. Jego słowa same w sobie były kompletnie niewinne, ale ton nadawał im ukryte znaczenie.

Gwen otworzyła usta, aby kontynuować, po czym oblała się rumieńcem.

– Ty szkarado! – wykrzyknęła, zadzierając nos do góry. – W takim razie nic ci nie powiem.

Odwróciła się, a Bobs uśmiechnął się złośliwie.

– Bobs, nie mogę ci pozwolić na impertynencje w stosunku do moich gości – mruknęła Rosamunda, ale bez większego przekonania.

– Masz rację – powiedział Bobs. – Gwen, wybacz mi, proszę. Jestem niepoprawnym kpiarzem i powinienem smażyć się w piekle do końca świata.

– Och, niech ci już będzie – odparła nieco udobruchana.

– Ale ostrzegam cię już teraz, że będę się nadal z ciebie nabijać przy każdej okazji.

– To się rozumie samo przez się – powiedziałem.

Rozmowa na drugim końcu stołu dotyczyła poważniejszych spraw. Omawiano tam najnowsze informacje z sensacyjnego procesu, który w ostatnich tygodniach zajmował pierwsze strony gazet. Była to sprawa kobiety oskarżonej o zabicie pogrzebaczem w nagłym ataku gniewu swojej matki staruszki. Ta smutna historia z jakiegoś powodu przyciągnęła uwagę całego społeczeństwa.

– Nieważne, jaka koszmarna była ta staruszka – powiedział Hubert MacMurray. – Nie wierzę, żeby kobieta zdobyła się na uderzenie swej matki w głowę pogrzebaczem. To nie leży w kobiecej naturze. Mógłbym uwierzyć w otrucie, ale nie w przemoc fizyczną. Kobiety tak nie robią.

– Nigdy nie można mieć pewności. Niektórzy potrafią bardzo skutecznie ukrywać swój prawdziwy charakter, czasem nawet latami – powiedziała Joanna. – To kwestia psychologii czy czegoś w tym stylu. Miałyśmy w szkole taką dziewczynę. Wydawała się całkiem normalna, tylko nigdy nie było wiadomo, co sobie myśli. Wreszcie pewnego dnia potrzebowała pilnie swój rower, ale okazało się, że ma przebitą oponę. Wpadła w straszny gniew i zaczęła go kopać i wrzeszczeć. Kopała i kopała, aż powyginała całe koło. Wszystkie dziewczyny przyglądały się, nie wierząc własnym oczom. Potem pobiegła na górę, a godzinę później zeszła na dół do świetlicy jakby nigdy nic. Nikt nie wiedział, co do niej powiedzieć, ale od tej pory wszystkie bardzo uważałyśmy, żeby jej nie obrazić!

Wszyscy roześmiali się, ale zauważyłem, że Simon Gale mocno zbladł. Możliwe, że z powodu swej delikatnej konstytucji źle znosił rozmowy o przemocy.

Wkrótce damy przeszły do salonu, a i my nie siedzieliśmy długo przy stole. Gdy do nich dołączyliśmy, stały roześmiane wokół gramofonu. Wszyscy mieliśmy dobre humory i zaraz jedna lub dwie pary zaczęły tańczyć. Sir Neville wytrzymał, ile mógł, po czym wymknął się, mówiąc, że ma pilne dokumenty do przejrzenia. Najwyraźniej znów popadł w przygnębienie.

– Czy potrzebuje pan mojej pomocy, sir Neville? – zapytał Simon Gale.

– Nie, nie, Gale, nie ma potrzeby. Tutaj jesteś pan bardziej potrzebny damom do tańca – skinął wszystkim głową i wyszedł z pokoju.

– Co ugryzło starego Neville'a? – zapytał Bobs, ale nikt mu nie odpowiedział.

– Chodź, zatańcz ze mną – zaproponowała Sylvia, gdy zaczęła się kolejna piosenka.

– Wedle życzenia, moja pani – odpowiedziałem z ukłonem, a ona pociągnęła mnie w kierunku gramofonu.

Poruszała się z wdziękiem i w trakcie tańca myślałem, jak ładnie wygląda w blasku lamp.

– Wiem, że nie wypada pytać... – zaczęła niepewnie.

Uśmiechnąłem się. Nie miałem wątpliwości, co ma na myśli.

– O co nie wypada pytać?

– No cóż, po prostu myślałam sobie... o dzisiejszym wieczorze, o tobie i Rosamundzie.

– O mnie i Rosamundzie?

– Do diabła, wiesz dokładnie, o co mi chodzi!

– Bardzo ciekawska z ciebie panienka – zauważyłem.

– Och, wiem! – zawołała. – Czy to nie straszne? Tak chciałam posłuchać, o czym rozmawiacie, ale Hubert mnie złapał i zaczął opowiadać jakąś niekończącą się historię i byłam zmuszona go słuchać. Ale teraz musisz mi powiedzieć... jak to było, znów ją zobaczyć po tylu latach? Nie mów tylko, że nic nie czułeś, bo i tak ci nie uwierzę.

Spojrzałem na jej niecierpliwą, niespokojną minę, po czym odrzuciłem w tył głowę i roześmiałem się.

– Ależ z ciebie panna ciekawska! Mam ochotę ci sprawić burę za taką impertynencję. Ale odpowiadając na twoje pytanie, tak, oczywiście, że coś czułem. Czułem się zachwycony, że znów widzę Rosamundę, jak każdą starą znajomą. Oto moja odpowiedź! Czy cię zadowala?

– Nie do końca, ale oczywiście nie mogłam oczekiwać, że mi wszystko zdradzisz. Do diabła z Hubertem i jego opowieściami!

– Nie mam niczego do zdradzenia. Rozmawialiśmy o tym, co oboje robiliśmy przez ostatnie osiem lat, to wszystko – wyjaśniłem.

– Rozumiem – odparła.

Piosenka się skończyła i podeszliśmy do okna wnękowego. Sylvia patrzyła przez chwilę na mroczny ogród, po czym zwróciła się do mnie. Zapaliłem dla nas po papierosie.

– Jak ci się podoba moja sukienka? – zapytała nagle. – Kupiłam ją specjalnie na ten weekend, a ty nawet nie zauważyłeś.

– Jest bardzo ładna – odpowiedziałem, rozbawiony jej bezpośredniością.

Uśmiechnęła się szeroko.

– Ależ oczywiście musisz tak powiedzieć, skoro cię zapytałam. Wiesz, Charlesie, nie można cię nazwać dżentelmenem. Kobieta nie powinna zabiegać o komplementy.

– Myślałem, że dziewczyny nie dbają już o takie rzeczy.

– Oczywiście, że dbamy! Nową sukienkę kupuje się po to, żeby zwrócić na siebie uwagę!

– Obawiam się, że zawsze byłem nieśmiały i nigdy nie umiałem rozmawiać z kobietami. Bobs był zawsze lepszy ode mnie, jeśli chodzi o ładne słówka.

– Nonsens! Nie mów mi, że przez te wszystkie lata za granicą zapomniałeś, jak się zachowywać w towarzystwie kobiet. Przyglądałam ci się przez cały wieczór i po prostu w to nie wierzę.

– Och, przyglądałaś mi się, tak? A w jakim celu?

Lekko się zarumieniła.

– Nie chodzi mi o to, że się w ciebie wpatrywałam. Raczej uważałam na ciebie. Trochę się o ciebie boję.

– Ale dlaczego, u diaska? – zapytałem zaskoczony.

– Cóż, wyjechałeś na tak długo, a w międzyczasie dużo się

zmieniło, czasami w sposób, którego możesz nie być świadomy.

– Nie bardzo rozumiem.

– Trudno mi to wyjaśnić. Jak ci to powiedzieć? Chodzi mi o to, że ty wyjechałeś, zostawiając tu różnych ludzi, którzy żyli sobie dalej i pod twoją nieobecność robili i myśleli różne rzeczy. A wszystko, co dana osoba robi, mówi lub myśli, wywołuje w tej osobie zmiany, choćby maleńkie. Po wielu latach wszystkie te małe zmiany mogą się złożyć na wielką zmianę. Więc rozumiesz, że teraz, po powrocie, może się okazać, że rozmawiasz z kimś, myśląc, że to ta sama osoba co osiem lat temu, ale w rzeczywistości to zupełnie inny człowiek.

– Czyli martwisz się, że będę strzelał gafę za gafą i mówił niewłaściwe rzeczy do niewłaściwych ludzi? – Byłem trochę urażony tą sugestią.

– Nie, oczywiście nie miałam na myśli niczego podobnego. Tylko po prostu ty jesteś ogromnie prostolinijny i uczciwy. Nie chciałabym, żebyś wrócił do Anglii tylko po to, żeby się rozczarować i ponownie wyjechać.

– Co ma tu do rzeczy moja prostolinijność i uczciwość?

– Widzisz! Teraz jesteś zły – powiedziała Sylvia. – Mówiłam ci, że nigdy nie będzie ze mnie żony dyplomaty. Staram się mówić ludziom miłe rzeczy, ale zawsze wychodzi mi nie tak.

– Nie wygłupiaj się. Oczywiście, że nie jestem zły – powiedziałem. – To miłe, że się o mnie niepokoisz, ale zapewniam cię, że jest to zupełnie niepotrzebne.

– O czym wy dwoje rozmawiacie w takiej tajemnicy za zasłoną? – zawołała Rosamunda z drugiej strony pokoju. – Sylvio, bądź tak miła i dołącz do nas na partyjkę.

Przytrzymałem zasłonę na bok dla Sylvii, a ona dołączyła do Rosamundy, Huberta MacMurray i Simona Gale, którzy przygotowywali się do gry w karty.

– Chodź powywijać, Gwen – powiedział Bobs, majsterkując przy gramofonie. – Żeby mi pokazać, że nie czujesz urazy.

– Co za dziwaczne wyrażenie – odparła Gwen, ale wstała bez widocznej niechęci.

Jak zawsze poczułem zabarwiony domieszką zazdrości podziw dla zdolności Bobsa do czarowania wszystkich napotykanych osób. Na przestrzeni lat brał udział w różnych skandalicznych eskapadach. Ponieważ znałem go od dziecka, wiedziałem o nich aż zbyt dobrze i często byłem wzywany, aby go wydobyć z takich lub innych tarapatów. Ale jakoś nigdy nie miał z tego powodu poważnych kłopotów. Zawsze umiał rozbroić obrażoną osobę zniewalającymi przeprosinami i skruszonym uśmiechem, a gdy tylko uzyskał przebaczenie, często od razu szedł robić coś jeszcze gorszego. Gdy myślałem o niektórych jego przygodach, byłem pewien, że byłbym wyrzutkiem społeczeństwa, gdybym to ja robił takie rzeczy.

Angela Marchmont siedziała na uboczu, obserwując Bobsa i Gwen pobłażliwie. Podszedłem do niej.

– Mam nadzieję, że nie przyszedł pan prosić mnie do tańca – powiedziała. – Już raz zatańczyłam z Bobsem i tak energicznie mną kręcił, że bałam się, że skończy się połamaniem kości. Konkretnie moich własnych!

– Proszę się nie martwić – odparłem. – Myślę, że w porównaniu do Bobsa kiepsko bym się prezentował. Jest znany w całym Londynie ze swojego energicznego stylu tańca. Podobno regularnie dostaje rachunki z klubów nocnych za połamane meble.

– Nietrudno w to uwierzyć – odpowiedziała.

Chciałem dowiedzieć się więcej na temat jej relacji z Rosamundą.

– Na pewno czuje się pani dziwnie, poznając kuzynkę od nowa po tylu latach – zauważyłem.

– Na początku rzeczywiście tak było. Wie pan, jestem od niej mniej więcej dziesięć lat starsza, więc gdy wyjeżdżałam z Anglii, była jeszcze dzieckiem. Gdy ponownie spotkałyśmy się w sierpniu, czułam się dziwnie, bo widziałam ją po raz pierwszy jako dorosłą kobietę. Ale na przestrzeni lat często pisywałyśmy do siebie, więc nie było to tak trudne, jak można się spodziewać.

— Czy doszła pani do wniosku, że się zmieniła? Jeśli chodzi o osobowość?

— Być może... Wszyscy z wiekiem zmieniamy się w pewnym stopniu, miejmy nadzieję, że na lepsze. Ale pod niektórymi względami nadal jest taka sama, jak ta dziewczynka, którą tu zostawiłam.

— Ten sam upór?

— To na pewno — roześmiała się Angela.

— Z czego się tam śmiejecie we dwoje? — zażądała odpowiedzi Rosamunda, odwracając się od kart.

— Mówimy o tobie, moja droga — powiedziała Angela.

— To wspaniale! Uwielbiam, gdy ludzie o mnie mówią, oczywiście o ile mówią miłe rzeczy. Mam nadzieję, że mówicie sobie nawzajem, jaka jestem cudowna.

— Ależ oczywiście — potwierdziłem.

Rosamunda wróciła do gry, a Angela i ja wznowiliśmy rozmowę. Po kilku minutach Joanna Havelock, która czytała sama w odległym kącie, ziewnęła, ze stukotem zamknęła książkę i podeszła do nas.

— Ależ jestem zmęczona! — powiedziała. — Panie Knox, pewnie pan pomyśli, że jestem niewychowana, ale muszę panu powiedzieć, że goście mnie ogromnie męczą, choć równocześnie ich lubię. Jestem pewna, że zużywamy więcej energii na uśmiechy niż na krzywe miny, a przy gościach trzeba cały czas się uśmiechać!

— Możliwe, że tak jest, ale z pewnością warto się wysilić — powiedziała Angela. — Po pierwsze, goście są zadowoleni, a po drugie, wyglądasz o wiele ładniej, gdy się uśmiechniesz!

— Ty zawsze wiesz, co powiedzieć — powiedziała Joanna serdecznie. — Chciałabym tak umieć. Obawiam się, że nigdy nie będę gwiazdą londyńskiej socjety jak Rosamunda.

Wróciłem myślami do wcześniejszej rozmowy z Rosamundą. Nieprzyjemna prawda była taka, że Rosamunda nie była jednak gwiazdą socjety. Mieszkała na zatęchłej wsi w Norfolk z podstarzałym mężem, a za towarzystwo miała jedynie miejscowych dygnitarzy i tych znajomych, których nie odstraszała długa podróż. Powiedziała, że jest szczęśliwa, ale czy to mogła być prawda?

Rozdział 6

Następnego ranka, po zejściu na śniadanie, zastałem pozostałych domowników przy stole w jadalni. Po wesołej atmosferze z poprzedniego wieczora dziś wszyscy byli w gnuśnych nastrojach, co przypisałem częściowo deszczowi stukającemu w okna. Wyglądało na to, że będzie padać bez ustanku przez resztę dnia. Poranek spędziliśmy rozproszeni po domu i zajęci własnymi sprawami. Sir Neville i Simon Gale udali się do gabinetu. Pani Marchmont zniknęła, aby napisać kilka listów i gdzieś zatelefonować. Ja też przypomniałem sobie, że mam do napisania parę listów i wróciłem do swojego pokoju, gdy tylko pokojówki skończyły sprzątanie.

Jednak już przed obiadem pogoda się poprawiła, a przynajmniej przestało padać i chmury zaczęły się przerzedzać. Gdy dołączyłem do innych przy stole, stwierdziłem, że atmosfera nieco się poprawiła. W trakcie obiadu dowiedzieliśmy się, że spodziewamy się gościa w postaci prawnika sir Neville'a, pana Pomfreya. Miał przejrzeć jakieś dokumenty z sir Neville'em i zostać na kolację.

– Zmieniamy testament, Neville, co? – rzucił Bobs. – Mówię wam, lepiej wszyscy uważajcie i bądźcie dla niego dzisiaj szczególnie uprzejmi, bo zostaniecie bez grosza. Czy ktoś z was ostatnio obraził go może?

Zerknąłem po obecnych, ale tylko jedna lub dwie osoby zareagowały na ten żart śmiechem. Zwłaszcza Gwen MacMurray wyglądała tak, jakby jej to wcale nie bawiło. Najwyraźniej Bobs niechcący trafił w sedno. Sir Neville odkaszlnął.

– Pan Pomfrey to stary przyjaciel rodziny i często nas tu odwiedza – powiedział. – W rzeczy samej, wydaje mi się, że już go poznałeś, Bobs.

– To prawda – dodała Rosamunda. – Był tu w weekend miesiąc lub dwa temu. Na pewno go pamiętasz, Bobs.

– Och tak, pamiętam go dobrze – powiedział Bobs. – Ma około metr pięćdziesiąt wzrostu i ze sto sześć lat. Wydaje się, że pierwszy podmuch wiatru go przewróci, ale gdy uścisnął mi dłoń, prawie zmiażdżył mi wszystkie kości. Naprawdę mnie zaskoczył, słowo daję.

– Bywa trochę staroświecki – zgodziła się Joanna – ale jest w porządku. Dla mnie jest zawsze bardzo miły. Jak nikt inny zna się na ogrodnictwie. Chciałam go zapytać o jego róże.

– No cóż, będzie tu o czwartej, więc możesz go wtedy zapytać – podsumowała Rosamunda.

Rozmowa przeszła na inne tematy i dopiero później uświadomiłem sobie, że sir Neville wcale nie zaprzeczył sugestii, że planuje zmienić testament. Uznałem jednak, że nie widział potrzeby odpowiedzi na coś, co było kolejnym dość niesmacznym żartem Bobsa.

Do drugiej całkowicie się rozpogodziło i wyszedłem na spacer po ogrodzie z Joanną Havelock i dwoma psami, które zaraz odbiegły zachwycone. Joanna była w nastroju do rozmowy.

– Mam nadzieję, że nie nudzi się pan u nas za bardzo – powiedziała. – Niestety grupa gości jest niewielka. Rosamunda zaprosiła także innych znajomych, ale nie mogli przyjechać. I Neville nie jest sobą. Praktycznie przez cały tydzień wydaje się przybity, nie wiem dlaczego. Oczywiście z Bobsem i Sylvią zawsze jest dobra zabawa. Wie pan, że przyjeżdżają tu bardzo często.

Pospiesznie zapewniłem ją, że wcale się nie nudzę.

– To dobrze. Cieszę się – powiedziała. – Wiem, że Rosamundzie zależało, żeby nie pomyślał pan, że tkwimy tu jak kołki w płocie, znudzeni i staromodni. Prawdę mówiąc, była trochę zła, że nie udało jej się ściągnąć większej grupy gości. Myślę, że chciała panu zaimponować.

– Naprawdę?

– Oczywiście. To naturalne, biorąc pod uwagę jej dawną zażyłość z panem. Czy pan nie chciał jej zaimponować?

Pomyślałem ze wstydem o eleganckich nowych ubraniach, które starannie zapakowałem do walizki, i o wizycie u fryzjera tuż przed wyjazdem do Norfolku. Nic nie odpowiedziałem, uznając w duchu, że niektóre spostrzeżenia Joanny są wyjątkowo trafne.

– Co pan sądzi o MacMurrayach? – zapytała znienacka.

Nie miałem zamiaru mówić jej, co myślę o MacMurrayach.

– Bardzo przyjemni ludzie – odpowiedziałem.

Joanna się roześmiała.

– Och, przy mnie nie musi pan być taktowny – rzekła. – Widziałam pana minę, gdy wczoraj Gwen oplotła pana swoimi mackami. Koń by się uśmiał! Ja zgadzam się z panem całkowicie – ciągnęła dalej, jakby odpowiadając na moje niewypowiedziane myśli. – Są koszmarni. Przynajmniej ona. – Następnie opowiedziała mi pewną skandaliczną plotkę o pani MacMurray, której tutaj nie powtórzę. Byłem zszokowany i już miałem jej chłodno odpowiedzieć, gdy zza rogu wyszła Angela Marchmont i podeszła do nas.

– Ależ panie Knox – zauważyła. – Wygląda pan jakby zobaczył pan ducha!

– Och, właśnie mu opowiadałam tę starą historię o Gwen. Chyba go zszokowałam.

– Jeśli to ta historia, o której myślę, moja droga, uważam, że to nie fair w stosunku do Gwen, powtarzać tę opowiastkę, która jest niezbyt miła i prawdopodobnie nieprawdziwa. To również nie fair w stosunku do pana Knoxa, który ma prawo sam wyrobić sobie zdanie o ludziach na podstawie ich zachowania, a nie twoich słów.

Wszystko to zostało powiedziane bardzo spokojnie i przyjemnie. Joanna przybrała nieco zawstydzoną minę.

– Chyba rzeczywiście nie trzeba opowiadać historii, które mogą być nieprawdziwe, ale to Bobs mi ją opowiedział. Przysięgał, że to prawda. A poza tym ona jest taka nieznośna. Nie wiem, dlaczego musimy ich tu ciągle przyjmować. Zawsze robi uszczypliwe uwagi na temat mojej figury i ubrań, cały czas udając, że jest słodka jak miód. Wiesz, o co mi chodzi: „Wyglądałabyś cudownie w tej sukience, moja droga, gdybyś tylko zrzuciła odrobinę tłuszczu z bioder i zadbała o cerę. Byłoby ci do twarzy w tym kolorze".

Pomimo dezaprobaty nie mogłem powstrzymać uśmiechu, tak doskonale oddała ton głosu Gwen MacMurray.

Pani Marchmont roześmiała się i poszła dalej, gdyż przechodziła tylko tamtędy w drodze do domu po szal. Patrzyliśmy za nią, dopóki nie zniknęła nam z oczu.

– Może powinnam być zła na Angelę za zwrócenie mi uwagi, ale nie potrafię. Jest taka kochana – stwierdziła Joanna.

Wbrew samemu sobie chciałem dowiedzieć się więcej o MacMurrayach i nie mogłem się powstrzymać przed zadaniem następnego pytania.

– Widzę, że nie przepada pani za nimi? – zapytałem.

Joanna zmarszczyła nos.

– Raczej nie. Hubert jest kuzynem Neville'a, więc na dobrą sprawę są tu zawsze mile widziani. Przyjeżdżają praktycznie cały czas, a każda wizyta ciągnie się w nieskończoność. Oczywiście to tylko dlatego, że nie mają pieniędzy. No i Hubert chce przypodobać się Neville'owi i upewnić się, że dostanie górę gotówki, gdy Neville umrze.

– Czyli jest wymieniony w testamencie sir Neville'a?

– O tak. Myślę, że odziedziczy całkiem sporo pieniędzy. Nie widział pan ich min w czasie obiadu, gdy Bobs zażartował, że Neville planuje zmienić testament? Oboje wyglądali, jakby ich piorun trzasnął. To byłby dla nich ciężki cios, gdyby nie mieli na nic nadziei. Hubert nigdy nie był zbyt bogaty, a od kiedy ożenił się z Gwen jest jeszcze biedniejszy. Na pewno zauważył pan, jak drogo ona się ubiera. Poza tym w mieście prowadzą rozrzutny tryb życia i obracają się w dość podejrzanym towarzystwie. Zwłaszcza Gwen wyrywałaby sobie włosy z głowy, gdyby nie mogła liczyć na pieniądze Neville'a. Przez większość czasu zachowuje fasadę pozorów, ale gdy tylko wypije o kilka koktajli za dużo, mówi o tym całkiem otwarcie.

Słowa Joanny doskonale pasowały do moich własnych obserwacji i wrażeń dotyczących MacMurrayów.

– Ale nie myśli pani chyba, że sir Neville rzeczywiście zmieni testament? To chyba był tylko żart ze strony Bobsa.

– Nie byłabym tego taka pewna – odpowiedziała Joanna, zniżając głos, mimo iż w pobliżu nie było nikogo. – Jeśli obieca pan, że nie da mi pan po nosie, powiem panu coś, co usłyszałam wczoraj.

Dobra i zła strona mojej natury zmagały się ze sobą przez chwilę, ale ciekawość zwyciężyła.

– No słucham – odpowiedziałem.

– Wczoraj po południu byłam w bibliotece. Szukałam nowej książki. Otworzyłam okno, bo było ładne popołudnie, a tam często jest bardzo duszno. Nie myślałam o niczym konkretnym z wyjątkiem mojej książki, gdy nagle usłyszałam, że na tarasie pod oknem spacerują dwie osoby. Nie widziałam ich, ale jedną z nich był Neville. Od razu rozpoznałam jego głos. Wydawał się bardzo o coś rozgniewany. Nie wiem, o co dokładnie, ale gdy przechodzili bezpośrednio pod oknem, usłyszałam, jak mówi: „Nie myśl sobie, że dostaniesz teraz od mnie jakieś pieniądze. Z tym już koniec" lub coś w tym stylu.

Daję słowo, że nie podsłuchiwałam. To wszystko stało się, nim zdążyłam odejść.

– Skąd ma pani pewność, że to MacMurray z nim był? – zapytałem.

– A któż inny? Nikt z pozostałych gości jeszcze wtedy nie przybył.

Nie miałem na to odpowiedzi.

– Tak czy tak, słyszała pani tylko mały fragment rozmowy, więc być może chodziło o coś całkiem niewinnego – powiedziałem. – Może sir Neville odmówił zapłaty nieuczciwemu sprzedawcy lub coś w tym stylu.

Joanna parsknęła śmiechem i zrobiła niedowierzającą minę, ale odpowiedź uniemożliwiło jej pojawienie się Simona Gale'a, który powiedział nam, że jedzie po pana Pomfreya na stację. Gdy patrzyliśmy, jak odjeżdża, Joanna rzekła:

– Biedny Simon! Nie da się nie współczuć mu tej pracy tutaj.

– Powiedział mi, że jest tu bardzo szczęśliwy – odpowiedziałem zaskoczony.

– Oczywiście, że tak. A cóż innego mógł powiedzieć? Ale Neville bardzo dużo od niego wymaga, a Simon naprawdę nie ma do tego zdrowia. Wie pan, że miał ciężkie przeżycia podczas wojny i potem przez dłuższy czas chorował. Według mnie Neville uważa, że traktuje go dobrze, tylko nie czuje najmniejszej sympatii do wrażliwych ludzi, zwłaszcza mężczyzn, i chyba nie wierzy w nerwicę frontową.

Sam nigdy za bardzo w nią nie wierzyłem, ale nie chciałem dyskutować na ten temat, gdyż widziałem, że Joanna współczuje Simonowi Gale'owi, więc tylko ze zrozumieniem pokiwałem głową.

Zawróciliśmy w stronę domu i powoli obeszliśmy położony na tyłach rezydencji formalny ogród, po czym zatrzymaliśmy się na chwilę przy uskoku kończącym jeden trawnik, aby spojrzeć na bryłę budynku, który w popołudniowym świetle wyglądał bardzo pięknie i okazale. Na kilka minut oddałem się marzeniom, wyobrażając sobie siebie i Sylvię w dokładnie takim samym własnym domu, jak spacerujemy z psami po parku, jak ona spogląda na mnie i śmieje się z jakiegoś mojego wyjątkowo zabawnego żartu, i jak wracamy na herbatę przed buzującym kominkiem. Był to obraz atrakcyjny, a jednocześnie złudny. Widać w nim było cień – nie wiedziałem, co to za cień, był zbyt rozmazany i niewyraźny – ale coś kontrastowało z jasną, radosną scenką rozgrywającą przed oczami mojej wyobraźni i sprawiało, że cała wydawała się fałszywa.

– Oto i Rosamunda z Bobsem – odezwała się Joanna. – Ciekawe, gdzie byli.

Rzeczywiście Rosamunda i Bobs właśnie zeszli ze ścieżki wiodącej wokół oranżerii i zbliżali się do nas. Pomachali nam, a my ruszyliśmy im na spotkanie.

– Tu jesteście! – zawołała Rosamunda. – Zastanawialiśmy się, gdzie się wszyscy podziali. Nie widzieliśmy nikogo od całych wieków!

– Pewnie dlatego, że się uparłaś, żeby iść na spacer do najbardziej odległego zakątka parku, jak najdalej od domu – powiedział Bobs.

– Nonsens, niczego podobnego nie zrobiłam! – wykrzyknęła Rosamunda. – Podoba ci się nasz park, Charlesie? Jak widzisz, nasz formalny ogród jest koszmarny, ale zaczniemy nad nim pracę na wiosnę. Myślałam, że może zasadzimy tu niskie krzewy.

Wyglądała wyjątkowo promiennie, może dzięki dobroczynnemu ruchowi na świeżym powietrzu, a może dzięki blaskowi popołudniowego słońca, które wcześniej tak podkreśliło urok rezydencji. Poślubienie zamożnego człowieka na pewno dobrze zrobiło Rosamundzie – zawsze podejrzewałem, że tak będzie i teraz po raz pierwszy od przyjazdu poczułem żal, który uważałem za dawno martwy i pogrzebany.

– Joanno, czy musisz wszędzie brać ze sobą te okropne psy? Plączą się pod nogami i przeszkadzają – powiedziała Rosamunda, gdy weszliśmy do domu przez oranżerię.

– Nie bądź niesprawiedliwa, Rosamundo – odparła Joanna z wyrzutem. – Tobie nigdy nie sprawiają najmniejszego kłopotu. Przecież nie ty się nimi zajmujesz, tylko ja lub Neville, a plączą ci się pod nogami tylko wtedy, gdy nie patrzysz, gdzie idziesz.

– Rosamunda żąda, aby jej życie toczyło się gładką drogą i nie wymagało najmniejszego wysiłku z jej strony – zauważył Bobs.

– Oczywiście, że tak – odparła Rosamunda z rozbrajającą szczerością. – Chciałabym, żeby wszystko szło po mojej myśli. Czemu nie? Nie widzę w tym nic złego.

Na te słowa przypomniała mi się Gwen MacMurray, która poprzedniego wieczora wyrażała bardzo podobne sentymenty. Zastanowiłem się, jak to możliwe, że cecha, która wydała mi się tak brzydka u jednej kobiety, równocześnie była tak atrakcyjna u drugiej.

Zastaliśmy wszystkich innych w salonie przy herbacie wraz z nowym gościem, którym musiał być pan Pomfrey. Był to zasuszony maleńki staruszek z miażdżącym, jak powiedział Bobs, uściskiem ręki. Najwyraźniej był wielkim autorytetem w dziedzinie ogrodnictwa i Joanna od razu zaczęła wypytywać go o nową metodę zwalczania meszków, o której gdzieś słyszała. Gdy popijałem herbatę, zauważyłem, że Gwen MacMurray z zainteresowaniem przygląda się panu Pomfrey-owi. Z rozbawieniem zobaczyłem, że podeszła do niego i umiejętnie wpadła Joannie w słowo. Usłyszałem ciche gwizd-nięcie koło ucha i odwracając się, zobaczyłem, że Bobs też to zauważył.

– Fachowa robota – powiedział.

– Cicho sza! Usłyszy cię.

– Jak myślisz? Pewnie usiłuje wydobyć ze starego Pomfreya informacje? Daję głowę, że umiera z ciekawości, po co tu dziś przyjechał. Nieźle się wystraszyła. Jest przerażona, że nie zobaczy ani grosza z pieniędzy Neville'a.

– Czy on naprawdę zamierza zmienić testament? – zapytałem. Myślałem wcześniej, że w czasie obiadu Bobs tylko żartował, ale słowa Joanny dały mi do myślenia.

Bobs wzruszył ramionami.

– Nie mam pojęcia, ale nie zdziwiłbym się. Neville jest dość staroświecki. Wyobrażam sobie, że nie byłby zbyt zadowolony, gdyby się dowiedział, jak oni się zachowują w mieście.

Zlekceważyłem tę odpowiedź jako zwykłe plotkarstwo Bobsa, uznając, że pan Pomfrey prawdopodobnie przyjechał z całkiem innych powodów. Wydało mi się mało prawdopodobne, aby sir Neville tak otwarcie rozgłaszał zamiar zmiany testamentu, zwłaszcza gdy osoby, które ta zmiana miała dotknąć najbardziej, były akurat u niego w domu. Spojrzałem na Huberta MacMurraya, który wyglądał tak beztrosko jak zwykle, najwyraźniej nieświadomy plotek o rzekomo grożącej mu biedzie. Zanosił się śmiechem z czegoś, co mówiła Angela Marchmont, i wyglądał na człowieka bez najmniejszego powodu do zmartwienia.

W końcu Gwen wypuściła prawnika ze swych szpon i usłyszałem, jak sir Neville mówi:

– Może wrócimy do gabinetu, panie Pomfrey? Chciałbym wspomnieć jeszcze o kilku dodatkowych kwestiach.

– Oczywiście – odpowiedział pan Pomfrey. – W rzeczy samej, kroki, które chce pan podjąć, wiążą się z pewnymi, że tak powiem, implikacjami. Sądzę, że powinniśmy omówić je dokładniej, zanim podejmę działania, o których pan wspomniał.

Przeprosił wszystkich zgromadzonych i razem opuścili pokój. Spojrzałem na Gwen MacMurray, aby ocenić, czy udało jej się odkryć cel wizyty pana Pomfreya, ale z jej twarzy nie dało się niczego wyczytać.

Tego wieczora podczas kolacji siedziałem obok małego prawnika i stwierdziłem, że to bardzo sympatyczny facet, inteligentny i ze specyficznym poczuciem humoru. Najwyraźniej obracał się dużo w towarzystwie i znał mnóstwo lekko niedyskretnych anegdot, którymi przez całą kolację bawił Angelę

Marchmont, która siedziała po jego drugiej stronie, oraz mnie, podczas gdy reszta gości zanosiła się głośnym śmiechem z dawnych przygód Bobsa, o których ten opowiadał z wielką swadą.

– Wczoraj wieczorem wszyscy rozmawialiśmy o sprawie panny Mason – powiedziałem – i nie mogliśmy zdecydować, czy oskarżona jest winna.

– Podobnie jak reszta kraju, jak sądzę – odpowiedział pan Pomfrey. – Czy doszli państwo do jakiegoś wniosku?

– Absolutnie żadnego. Długo dyskutowaliśmy, czy taki czyn jest, że tak powiem, „zgodny z naturą". Niektórzy z nas nie mogli uwierzyć, aby kobieta w ogóle była w stanie popełnić morderstwo. Generalnie uważa się, że przemoc to domena mężczyzn i choć wszyscy wiemy, że istniało wiele morderczyń, zazwyczaj używają one subtelniejszego narzędzia, takiego jak trucizna. Wszyscy sąsiedzi oświadczyli, że Alina Mason była zawsze przemiłą dziewczyną. Z pewnością musiał to zrobić ktoś inny, nie uważa pan?

– Może się tak wydawać – odpowiedział ostrożnie. – A jednak ja sam przypominam sobie kilka spraw, w których pozornie spokojna kobieta uciekła się do przemocy.

– Tak, Joanna opowiadała nam o koleżance ze szkoły, która się tak zachowała – powiedziała Angela, która należała do opowiadających się „za" tą możliwością. – Ja sama przed laty byłam świadkiem podobnej sytuacji, choć w tym przypadku chodziło o dziecko, które nieoczekiwanie straciło panowanie nad sobą i tak brutalnie zbiło psa, że musiał zostać uśpiony.

– W rzeczy samej? Gdzie to było?

– Och, kilka lat temu, w... w Nowym Jorku. Było to dziecko znajomych. Zawsze uważano, że ma wyjątkowo promienną naturę – wyglądało na to, że chce coś dodać, ale się rozmyśliła.

– Co za nikczemny dzieciak! Mam nadzieję, że został

poważnie ukarany – powiedziałem. – Co się z nim stało? Czy wyrósł na przyzwoitego obywatela?

– Tak sądzę – odparła Angela z uśmiechem.

– No cóż, z tego widać, że nigdy nie wiadomo – powiedział pan Pomfrey. – Jeśli o mnie chodzi, skłaniam się ku poglądowi, że panna Mason rzeczywiście zabiła matkę, choć być może nigdy nie poznamy całej prawdy. Sędziowie pokoju mają często wiele sympatii dla ładnych młodych kobiet stojących przed nimi w doku.

– Tak – odpowiedziała Angela. Wyglądała, jakby ją coś zastanowiło, ale nie dodała nic więcej.

Panie wkrótce przeszły do salonu, a gdy my dołączyliśmy do nich, sir Neville ponownie pozostał z nami tylko przez krótką chwilę, po czym wymknął się do swego gabinetu. Tym razem jego wyjście nie wywołało żadnych uwag, ale mnie ponownie przyszła na myśl nasza rozmowa z poprzedniego wieczora i znów zacząłem zastanawiać się, co miał na myśli, gdy mówił o „kłamcach i intrygantach".

Ponownie włączyliśmy gramofon, choć nikt nie miał ochoty na tańce. Z jakiegoś powodu, którego nie potrafiłem określić, panowała atmosfera ogólnego skrępowania. Poprzedniego wieczora byliśmy bardzo weseli, dzisiejszego zaś wszyscy wydawali się rozdrażnieni i przygnębieni. Różne osoby wchodziły do pokoju i z niego wychodziły, ale nikt nie starał się zbytnio włączyć do rozmowy. Joanna i Gwen przeszły w stan ledwo ukrywanej wzajemnej wrogości, sporadyczne dowcipy Bobsa nie wywoływały najmniejszej wesołości, a Sylvia siedziała w milczeniu przy oknie. Tylko Angela i pan Pomfrey wydawali się tego nie odczuwać. Siedzieli razem w kącie i gawędzili sobie wesoło.

– Moi złoci, nic dziwnego, że siedzicie tu wszyscy, jakby czekając na koniec świata. Ta piosenka jest strasznie przygnębiająca! – wykrzyknęła Rosamunda, wbiegając bez tchu do pokoju. Przejrzała płyty gramofonowe i wybrała bardziej żwawą melodię. – O wiele lepiej! Który z panów zechciałby ze mną zatańczyć? Panie Pomfrey, wiem, że pan nie odmówi!

Pan Pomfrey zaśmiał się sucho.

– Moja droga lady Strickland, pochwalam pani optymizm, ale obawiam się, że tempo nowoczesnej muzyki mnie przerasta. Może pan Buckley mnie zastąpi podczas tej piosenki. Jeśli jednak później zdecyduje się pani włączyć coś stosowniejszego dla mojego zaawansowanego wieku i malejących sił, zapewniam, że będę czuł się zaszczycony!

Bobs, jak zwykle, zgodził się chętnie, ale mimo zmiany muzyki nadal coś z nami było nie tak. Zastanawiałem się, co to może być, i w końcu doszedłem do wniosku, że musiał się do tego przyczynić przyjazd prawnika – a raczej potencjalny powód jego przyjazdu, bo on sam był całkowicie niewinny.

Gdy pierwsza piosenka się skończyła, Rosamunda znalazła wolniejszą i zażądała od pana Pomfreya dotrzymania obietnicy, co uczynił z wielką powagą. Jak prawdziwa doskonała gospodyni, wydawała się zdecydowana nas rozweselić. Po kolei tańczyła ze wszystkimi panami, choć żadna z pozostałych pań nie zechciała do niej dołączyć, i bez ustanku podtrzymywała wesołą rozmowę, raz z jedną, a raz z drugą osobą. Ogromnie podziwiałem jej energię i byłem zaskoczony i zadowolony, gdy jej wysiłki okazały się skuteczne, a atmosfera zaczęła się zauważalnie poprawiać. Po tańcach do utraty tchu namówiła nas wszystkich do gry w „Słowo po słowie", pod koniec której pokładaliśmy się ze śmiechu.

– Och! – powiedziała wreszcie Rosamunda, ocierając łzy po szczególnie absurdalnej rundzie. – Muszę pamiętać o tej grze następnym razem, gdy moi goście będą się nudzić i grozić wyjazdem do domu! Jestem pewna, że nie grałam w nią od dziecka, ale cieszę się, że mi się przypomniała.

– Może Neville dałby się przekonać, żeby z nami zagrać – zasugerowała Joanna. – Mogłoby go to trochę rozweselić.

– Świetny pomysł! – powiedziała Rosamunda po krótkiej przerwie. – Charlesie, pójdziesz ze mną i pomożesz mi go przekonać. Mnie będzie chciał zbyć, ale gościowi nie odmówi, prawda?

Wyciągnęła mnie z pokoju, zanim zdążyłem zaprotestować, i wyprzedzając mnie, lekkim krokiem pobiegła w stronę gabinetu.

– Do diaska! Po co zamknął się na klucz? – powiedziała. Zapukała i przyłożyła ucho do drzwi. – Mój drogi, zostaw te zakurzone stare papiery i chodź do nas do salonu – powiedziała głośno. Skrzywiła się i potrząsnęła głową, gdy podszedłem do niej. – Na pewno? – zawołała. – No cóż, przynajmniej nie pracuj do późna.

Odwróciła się do mnie z przepraszającym spojrzeniem i razem wróciliśmy korytarzykiem do sieni.

– Nie wiem, co się z nim dzieje w tym tygodniu – powiedziała. – To naprawdę nieładnie, że tak zaniedbuje gości, ale nie potrafię go do niczego przekonać, gdy jest w takim nastroju.

W sieni wpadł na nas Hubert MacMurray, który właśnie wchodził do domu przez boczne drzwi.

– Hej! – powitała go Rosamunda. – Byliśmy właśnie zapytać Neville'a, czy nie dołączy do nas, ale odmówił, prawda, Charlesie?

– Tak – przyznałem.

– Stary Neville się upiera, co? – powiedział MacMurray. – A to szkoda. Będziemy musieli go wspólnie rozweselić. Brrr! – kontynuował, gdyż wstrząsnął nim dreszcz. – Okropnie zimno na dworze! Będę musiał wypić coś mocniejszego, żeby się rozgrzać.

– Mój Boże! Co cię opętało, żeby wychodzić na zewnątrz o tej porze? – zapytała Rosamunda.

– Och, po prostu chciałem łyknąć świeżego powietrza, rozumiesz. W salonie zaczęło się robić duszno – odpowiedział.

Pomyślałem, że wyglądał przy tym trochę podejrzanie.

– I jak wam poszło? – zapytała Joanna, gdy wróciliśmy do salonu.

– Kiepsko. Upiera się, że musi zostać zagrzebany w swych papierach. Cóż, będziemy musieli kontynuować zabawę bez niego.

Ale wyglądało na to, że poprawa nastroju była chwilowa. Nikt nie chciał już grać w „Słowo po słowie", a Rosamunda na próżno proponowała karty. Joanna wyszła na chwilę i wróciła z książką, Simon Gale pożegnał się, mrucząc coś o pracy do skończenia, a Bobs zniknął w jakiejś własnej tajemniczej sprawie.

– Chcę posłuchać jeszcze muzyki! – powiedziała Gwen trochę za głośno. Przez cały wieczór miarowo piła, a teraz z olbrzymią koncentracją chwiała się nad gramofonem.

– Czy musimy? – zapytała Joanna. – Mam okropny ból głowy.

– Jaki ból głowy? Nic o tym nie wspominałaś, gdy wcześniej puszczaliśmy muzykę – powiedziała Gwen.

– Wcześniej go nie miałam. Poczułam go dopiero kilka minut temu.

– Co za zbieg okoliczności – skomentowała Gwen. W jej głosie odezwała się ostra nuta, która zabrzmiała jak ostrzeżenie.

– O co ci chodzi?

– Nie wierzę, że cię boli głowa, po prostu chcesz wszystkim zepsuć wieczór.

Joanna od razu wybuchła.

– Co za bzdury! Jeśli ktokolwiek psuje nam wieczór, to chyba ty.

– Nieprawda!

– Właśnie, że tak! Zawsze musisz być w centrum uwagi. Siedzieliśmy sobie wszyscy całkiem spokojnie, ale ty musiałaś nam przeszkodzić, jak zawsze.

– Moje złote – zawołała Rosamunda – zachowujcie się ładnie. Nie mogę patrzeć na takie kłótnie właśnie wtedy, gdy wszystko tak dobrze się układa.

Gwen zignorowała ją, tylko wyprostowała się z oburzeniem.

– O co ci chodzi? Jak to „jak zawsze"? Ty żmijo! Nie myśl sobie, że nie wiem, co o mnie myślisz! Wiem, że patrzysz na nas z góry. Myślisz, że nie jesteśmy dość dobrzy, aby tu przyjeżdżać, to jest całkowicie oczywiste. Może ci się wydaje, że nie zauważam twoich drwiących uśmieszków za każdym razem, gdy przyjeżdżamy, ale ja wszystko widzę. Widzę, że próbujesz nastawić Neville'a przeciwko nam!

– Spokojnie, staruszko – zaczął Hubert MacMurray niepewnie.

– Bądź cicho, Hubercie! Mam dość bycia obrażaną przez tych ludzi. Czy nie widzisz, że oni sądzą, że wziąłeś sobie za żonę kobietę gorszą od siebie? Nie, oczywiście, nigdy tego nie zauważyłeś. Czemu miałbyś zauważyć? Ty nie musisz cierpieć ich szeptów i plotek. Nie na ciebie patrzą z góry. Jakbyś był prawdziwym mężczyzną, broniłbyś mnie przed nimi, ale nie, ty nigdy tego nie robisz.

Jej mąż wydał z siebie markotny jęk.

– A ty kim jesteś, żeby mnie oceniać! – Gwen dalej atakowała Joannę. – Widzę, jak gapisz się na Simona jak cielę na malowane wrota, nie myśl, że tego nie widać. Ale przecież – wybuchła perlistym śmiechem – żaden będący przy zdrowych zmysłach człowiek nie popatrzyłby dwa razy na taką kluchę jak ty!

Osłupieliśmy. Przez chwilę panowała cisza, po czym Joanna wybuchła płaczem i wybiegła z pokoju. Pokłady wściekłości Gwen najwyraźniej się wyczerpały i gwałtownie usiadła.

– Niedobrze mi – powiedziała żałośnie. – Bączku, weź mnie spać.

Rosamunda kiwnęła głową na Huberta.

– Oczywiście, moja droga – powiedział i wyprowadził ją z pokoju.

Kilka osób odkaszlnęło, po czym ktoś zauważył coś na

temat pogody. Rosamunda przez chwilę siedziała z dłonią przyciśniętą do czoła, po czym głośno westchnęła.

– Co za trudny wieczór! Chyba muszę porzucić próby zabawiania gości i zaproponować, abyśmy wszyscy natychmiast poszli spać. Czemu ludzie nie zachowują się tak, jak powinni, gdy chcę zorganizować im elegancką wizytę na wsi?

– Robi się późno. Porządny sen dobrze nam zrobi i jutro wszyscy poczujemy się lepiej – powiedziała Angela.

Spojrzałem na zegarek i odkryłem, że jest prawie wpół do dwunastej. Czułem się rzeczywiście dość zmęczony, ale nie chciałem uciec jako pierwszy, żeby nie wyglądać na tchórza. Na szczęście pan Pomfrey wyraził zamiar niezwłocznego pójścia spać. Rosamunda i Angela wkrótce poszły w jego ślady. Zaraz potem pożegnałem się i udałem do swojego pokoju, gdzie położyłem się i przez jakiś czas leżałem bez ruchu, po czym zapadłem w niespokojny sen.

Rozdział 7

Następnego ranka obudził mnie tupot biegnących stóp, a następnie ogólny gwar, który zdaje się dochodził od strony schodów. Zamroczony snem spojrzałem na zegarek. Stwierdzając, że jest jeszcze wcześnie, odwróciłem się na drugi bok i usiłowałem ponownie usnąć. Ale harmider i zgiełk były natarczywe, a hałas coraz głośniejszy, więc niechętnie wstałem z wygodnego łóżka, ubrałem się i zszedłem na dół. W holu stanąłem w obliczu ogromnego zamętu. Połowa służby biegała w tę i z powrotem, robiąc przy tym więcej lub mniej szumu. Stary kamerdyner usiłował zapędzić ich z powrotem do pokoi, a pokojówka zawodziła głośno w kącie. Zauważyłem, że Simon Gale i pan Pomfrey stoją razem, naradzając się cicho, i dołączyłem do nich.

– Dzień dobry. Co tu się wyprawia? – zapytałem.

– Panie Knox, przykro mi, ale muszę panu powiedzieć, że sir Neville'owi przydarzył się wypadek – odparł pan Pomfrey.

Simon Gale pokiwał głową. Był bardzo blady.

– Jak to wypadek? – zapytałem, przenosząc wzrok z jednego na drugiego. – Nie chce pan chyba powiedzieć, że on...

Pan Pomfrey pochylił głowę.

– Obawiam się, że niestety nie żyje.

Poczułem oszołomienie.

– Ale jak? Co się stało?

– Wydaje się, że... że w nocy wywrócił się i uderzył się w głowę o półkę nad kominkiem. Został znaleziony w swoim gabinecie dzisiejszego ranka.

– Wywrócił się i uderzył w głowę? – powtórzyłem bezmyślnie. – To brzmi bardzo dziwacznie. Jakim cudem mu się to udało?

Simon Gale odezwał się, choć najwyraźniej niechętnie:

– Nie mamy pewności co do dokładnego przebiegu wydarzeń. W tej chwili wiemy tylko, że gdy służąca chciała dziś rano posprzątać w gabinecie, zastała drzwi zamknięte na klucz. Po poszukiwaniach kamerdyner w końcu znalazł zapasowy i wraz ze służącą wszedł do środka. Znalazł tam sir Neville'a na podłodze koło kominka. Najwyraźniej upadł. Na podłodze obok niego leżała szklanka, a w pokoju unosiła się silna woń whisky. Oczywiście nikt nie sugeruje, że był w najmniejszym stopniu nietrzeźwy – dodał pośpiesznie.

– Nie, nie, oczywiście, że nie – powiedział pan Pomfrey. – Ale nawet po wypiciu niewielkiej ilości mógł łatwiej stracić równowagę.

– A Rosamunda? Co z Rosamundą? – zapytałem gwałtownie. – Czy została powiadomiona?

– Lady Strickland została poinformowana wkrótce po znalezieniu zwłok – odpowiedział prawnik. – Nalegała, że chce go zobaczyć sam na sam. Nie uważałem tego za słuszne, ale nie udało mi się jej przekonać. – Potrząsnął głową. – Obecnie jest w bawialni z panną Havelock i panem Buckleyem.

– Lekarz został wezwany i powinien wkrótce przyjechać, choć obawiam się, że nic się nie da zrobić – powiedział Gale i przełknął ślinę. Wyglądał, jakby sam potrzebował mocnej whisky.

– Lady Strickland chciała, aby sir Neville został przeniesiony do swojego pokoju, ale pan Pomfrey całkiem słusznie powiedział, że nie można go przemieszczać przed oględzinami zwłok.

– Och, dokładnie, dokładnie – potwierdził prawnik. – Należy wyjaśnić wszystkie fakty w tej sprawie, nawet jeśli jest to nieprzyjemne dla rodziny. Na wszelki wypadek ponownie zamknąłem drzwi na klucz, żeby do pokoju nie wchodziła ciekawska służba.

Nie dodał: „ani ciekawscy goście", ale te słowa wisiały w powietrzu, niewypowiedziane.

Od tych wiadomości zupełnie zaparło mi dech w piersiach. Zostawiłem ich i poszedłem do bawialni. Rosamunda siedziała na niskiej kanapie obok Joanny, która pochlipywała w chusteczkę. Bobs zamyślony wyglądał przez okno z rękami w kieszeniach. Sama Rosamunda była blada, ale całkiem spokojna. Spojrzała na mnie, gdy wszedłem do pokoju.

– Och, Charlesie! – zawołała żałośnie. – Co ja teraz zrobię?

Podszedłem do niej i wziąłem ją za rękę, ale nie mogłem znaleźć słów.

Bobs odwrócił się i spojrzał na mnie.

– Cześć, stary – powiedział bez śladu swej zwykłej żartobliwości. Wyglądał na mocno wstrząśniętego. – Koszmarna sprawa, co?

– Kiedy przyjedzie lekarz? – zapytała Rosamunda. – Chcę, aby już tu był. Nie mogę znieść tego całego czekania.

– Jest w drodze, ma zaraz być – powiedziałem.

– Musi przyjechać szybko, jak najszybciej. Gdzie są wszyscy inni?

– Nie mam pojęcia. Zakładam, że wszyscy jeszcze śpią – odpowiedziałem.

– Może tak jest najlepiej – powiedziała. – Nie mam pojęcia, co robić. Co się robi w takiej sytuacji? – przycisnęła dłonie do skroni. – Muszę się zastanowić, ale mam taki mętlik w głowie, że nie jestem w stanie.

– Spokojnie – odpowiedziałem. – Na razie o niczym nie myśl. Nie ma potrzeby, przynajmniej do czasu przybycia lekarza.

Uśmiechnęła się dziwnie.

– Drogi Charles! Zawsze tak cudownie nieskomplikowany.

– Rozejrzała się nerwowo. – Gdzie jest Angela? Chcę Angelę. Ona się mną zaopiekuje. Proszę, czy ktoś może znaleźć Angelę?

– Tutaj jestem, kochanie – powiedziała pani Marchmont, wchodząc w tym momencie do pokoju. Podeszła do Rosamundy i ucałowała ją. – Właśnie się dowiedziałam. Moja droga, tak bardzo mi przykro. – Wyprostowała się i spojrzała na nas wszystkich. – Lekarz przyjechał i już jest w gabinecie.

– Och! – zawołała Rosamunda, podnosząc się szybko. – Nareszcie! Muszę się z nim zaraz rozmówić.

Nim zdążyliśmy ją od tego odwieść, wybiegła z pokoju, a za nią jej kuzynka.

Weszła Sylvia, blada i bez tchu.

– Czy to prawda? – zapytała.

Nikt nie odpowiedział, ale jedno spojrzenie na nasze twarze wystarczyło za wszystkie słowa.

Joanna najwyraźniej przypomniała sobie o swych obowiązkach, bo dołożyła widocznych starań, żeby się pozbierać. Wytarła zaczerwienione oczy i podniosła się.

– No cóż, nie ma sensu siedzieć tu przez cały dzień. Nic tu nie pomożemy, skoro lekarz i pan Pomfrey przejęli stery. Myślę, że powinniśmy pójść na śniadanie – powiedziała. – Chociaż mam pewność, że ja sama nie przełknę ani kęsa.

Całą grupą przeszliśmy do jadalni oszołomieni i zjedliśmy skąpe śniadanie, obsługiwani przez starego kamerdynera Rogersa, który najwyraźniej błądził myślami gdzieś indziej. Później zebraliśmy się wszyscy w zwartej grupie w salonie, rozmawiając cichymi głosami. Miałem uczucie, jakbyśmy wszyscy na coś czekali, choć nie wiedziałem, na co.

Hubert i Gwen MacMurrayowie zeszli na dół dopiero

przed południem. Wpadli do salonu w wielkim pośpiechu. Najwyraźniej zostali właśnie powiadomieni o tragedii.

– Wielkie nieba! – powiedział MacMurray. – O co chodzi z Neville'em? To nie może być prawda.

Był najwyraźniej zbulwersowany.

– Obawiam się, że to prawda – odpowiedziałem.

Odwrócił się do mnie.

– Gdzie to się stało? – zapytał.

– W jego gabinecie, najpewniej późno w nocy.

– Czy to pewne? Ależ to niemożliwe! – rzekł. Gwałtownie usiadł i włożył głowę w ręce. – Dobry Boże – powiedział. – Muszę się napić.

Wyglądał koszmarnie.

O ile to możliwe, Gwen wyglądała jeszcze gorzej, choć częściowo należało to przypisać ilości alkoholu wypitego poprzedniego wieczoru. Twarz miała przekrwioną i opuchniętą, a oczy tak rozbiegane, jakby nie do końca wiedziała, gdzie jest.

– Co mamy teraz robić? – zapytała.

– Sądzę, że czekać tutaj, aż lekarz skończy oględziny – odpowiedziałem.

Przedpołudniowe godziny wydawały się ciągnąć bez końca. Miałem uczucie, że jestem intruzem w cudzej tragedii i że powinienem wyjechać, ale jednocześnie nie chciałem wyjść na człowieka opuszczającego innych w potrzebie. Nikt inny nie zgłaszał chęci wyjazdu, ale oczywiście wszyscy pozostali byli bliskimi przyjaciółmi lub krewnymi sir Neville'a, podczas gdy ja byłem tu stosunkowo obcy. Czułem się niezręcznie, ale siedziałem dalej, czczo czekając na jakiś sygnał, co powinienem zrobić.

Dopiero gdy wszyscy poszliśmy zjeść obiad, wrócił pan Pomfrey w towarzystwie Angeli Marchmont. Prawnik spojrzał po pytających twarzach, które zwróciły się w jego kierunku od stołu.

– Doktor Carter właśnie zakończył oględziny zwłok –

powiedział. – Rozmawia teraz z lady Strickland, którą przekonaliśmy, aby się położyła na parę godzin.

– Co powiedział? – zapytała Joanna.

– Wygląda na to, że zgadza się z nami, że był to tragiczny wypadek. Sir Neville został znaleziony na podłodze obok kominka. Zdaje się, że stracił równowagę i wywrócił się do tyłu, uderzając tyłem głowy o kant półki nad kominkiem. Możemy się tylko pocieszać myślą, że śmierć nastąpiła niemal natychmiast.

– Gdzie jest ten biedak teraz? Chyba nie zostawiliście go w gabinecie?

– Sir Neville został na razie przeniesiony do swojego pokoju, dopóki nie zorganizuje się... hmm... usunięcia zwłok.

– A gdzie są psy? – zapytała nagle Joanna. – Biedactwa. Nikt ich dziś jeszcze nie wyprowadził na spacer. Zabiorę je teraz. Świeże powietrze dobrze mi zrobi.

Wstała od stołu i wyszła.

– Chyba też pójdę się przejść – odezwałem się.

– Pójdę z tobą – powiedziała Sylvia.

Zabraliśmy płaszcze i wyszliśmy przez boczne drzwi. Dzień był ponury, ale chłodne powietrze stanowiło miłą odmianę po dusznej atmosferze panującej w domu. Powoli spacerowaliśmy w tę i z powrotem wzdłuż tarasu, głęboko zamyśleni.

– Nie wydaje się to realne – odezwała się w końcu Sylvia.

– Nie – zgodziłem się.

– Jak szybko zapominamy o śmierci – ciągnęła dalej, mówiąc niemal do siebie. – Wiesz, minęło dopiero jakieś dziesięć lat od śmierci Ralpha. Oczywiście byłam wtedy zupełnym dzieckiem. To potworne, ale człowiek podnosi się jakoś i żyje dalej, prawda?

– Chyba tak – odpowiedziałem, myśląc o śmierci moich własnych rodziców.

– Mam nadzieję, że Rosamunda sobie jakoś poradzi. Chciałabym pomóc, a czuję się tak rozpaczliwie bezradna. W

77

takiej sytuacji nie można nic zrobić. Może tylko jak najmniej wchodzić innym pod nogi.

– Tak. Zabawianie gości w takim momencie musi być szczególnie trudne. Zaoferuję jej swoje usługi, ale jeśli odmówi, chyba najlepiej będzie, jeśli dyskretnie i dyplomatycznie wyjadę.

Właśnie w tej chwili usłyszeliśmy za plecami łoskot. Odwróciliśmy się i zobaczyliśmy, że stoimy przy drzwiach tarasowych prowadzących do gabinetu.

– Witam – powiedziała Angela Marchmont, wychodząc na taras. – Właśnie próbuję otworzyć drzwi.

– Czy nie łatwiej byłoby wyjść przez drzwi boczne? – zapytałem.

– Śmiem tak twierdzić – odpowiedziała niejasno, uważnie oglądając zasuwę. – Ta-ak. Trudno powiedzieć, kiedy były ostatnio otwierane.

– Przypuszczam, że w lecie – powiedziała Sylvia.

– A tymczasem teraz nie są zamknięte na klucz ani na zasuwę. To dość dziwne.

– Dlaczego dziwne? Być może Neville otworzył je wczoraj, a później Rogers nie mógł się dostać do środka, żeby je ponownie zamknąć.

– Być może. Choć pora roku jest już na to trochę późna – nachyliła się i spojrzała na ziemię. – Jest tu kilka drobin suchej farby, ale możliwe, że ja sama właśnie ją strząsnęłam. Niezbyt mądrze z mojej strony, że nie spojrzałam najpierw, jak to wygląda z zewnątrz.

– Dlaczego tak cię interesują drzwi na taras? – zapytała Sylvia.

– Och, bez szczególnego powodu – odpowiedziała pani Marchmont. Weszła z powrotem do środka i zatrzasnęła drzwi.

Sylvia i ja spojrzeliśmy po sobie, po czym bez słowa otworzyliśmy je ponownie i weszliśmy za nią do gabinetu. Zobaczyliśmy, że rozglądała się wokoło z namysłem.

– O co chodzi? – zapytałem.

Angela zmarszczyła brwi.

– Nie jestem pewna – odpowiedziała powoli – ale coś mi tu nie pasuje.

– Co takiego?

Zawahała się.

– Nie potrafię tego wyrazić słowami. Ale zastanawiam się, czy doktor i pan Pomfrey nie mylą się co do tego, co tu zaszło.

– Czyżby chciała pani powiedzieć, że to nie był wypadek?

– Nie... nie, nie ma powodu, aby tak sądzić. Tylko ta myśl, że Neville wywrócił się do tyłu i rozbił sobie głowę wydaje mi się jakaś nieprawdopodobna, nie jestem pewna dlaczego.

Podeszła do kominka i dokładnie go zbadała.

Wciągnąłem powietrze przez nos.

– W powietrzu czuć silny zapach whisky – zauważyłem.

– Tak, dokładnie – odpowiedziała Angela. – To również jest dziwne. Gdyby wylał tylko jedną szklaneczkę, można by oczekiwać, że zapach by się szybko ulotnił. A tymczasem czuć go tak mocno, jakby ktoś wylał na dywan całą butelkę.

Spojrzałem w stronę komody stojącej pod ścianą. Stała na niej karafka do jednej czwartej zapełniona płynem.

– Ta karafka dwa dni temu była niemal pełna– wspomniałem. – Wiem o tym, bo sir Neville sam nalał mi wtedy szklaneczkę.

– Może wypił resztę – zasugerowała Sylvia.

– To duża ilość whisky jak na dwa dni – powiedziałem z powątpiewaniem. – Czy sir Neville... eee... miał do tego skłonność?

– Ja nigdy nie widziałam go pijanego, ale oczywiście nigdy nie wiadomo – odparła Sylvia. – Rogers by wiedział. Może powinniśmy go zapytać.

Angela Marchmont ponownie zbadała kominek. Odwróciła się i najwyraźniej podjęła decyzję.

– Spójrzcie – powiedziała. – Pokażę wam, co mam na myśli. Może będziecie umieli mi pomóc. – Ku naszemu zdziwieniu położyła się na plecach na podłodze, z głową bliżej, a stopami dalej od kominka.

– Co ty wyprawiasz? – zapytała Sylvia.

– Neville leżał w ten sposób, gdy został znaleziony – odparła Angela. – A przynajmniej, gdy ja wpuściłam doktora Cartera do gabinetu.

– No i...? – powiedziałem. – Wszystko wydaje się pasować. Potknął się, poleciał do tyłu i uderzył się w głowę.

Ale Sylvia otworzyła oczy szeroko.

– Och tak, oczywiście. Chyba wiem, o co ci chodzi – powiedziała powoli. – To wygląda zbyt porządnie.

Angela wstała tak zgrabnie jak to możliwe i otrzepała się z kurzu.

– A ja dalej nie rozumiem – rzekłem.

– Spójrz – powiedziała Sylvia. Podeszła do Angeli i stanęła plecami do kominka. – Co by się stało, gdybyś wywrócił się do tyłu i uderzył się w głowę? Przecież wywróciłbyś się w tę stronę i zostałbyś znaleziony w przykucniętej pozycji, ze stopami lub głową w pobliżu paleniska. W tym przypadku prawdopodobnie głową – zademonstrowała starannie.

– Tak – dodała Angela. – Mógłby pan upaść płasko na plecy tylko wtedy, gdyby się pan wywrócił w tył sztywny jak deska, a stopy ujechały panu spod ciała, ale ten dywan wcale nie jest śliski.

– Już rozumiem, o co pani chodzi, ale czy ma pani pewność? – zapytałem.

– Nie, ani trochę – odpowiedziała Angela. – Dlatego właśnie was pytam. Jak najbardziej jestem za rygorystycznym podejściem do śledztwa, ale obawiam się, że nie posunę się do rozbicia sobie własnej głowy na kominku tylko po to, żeby przetestować teorię.

– Może w ogóle nie uderzył głową w półkę nad kominkiem tylko w obudowę paleniska – powiedziała Sylvia.

– Wątpię. Komoda stoi w takim miejscu, że byłoby to trudne.

– Może ktoś przesunął zwłoki – zasugerowałem.

– To możliwe – przyznała Angela. – Ale pan Pomfrey twierdzi, że gdy kamerdyner znalazł zwłoki, natychmiast poinformował jego samego, a on wkrótce potem zamknął drzwi do gabinetu na klucz. Oczywiście kamerdyner mógł go przemieścić, ale czemu miałby to zrobić?

– No cóż, to jest kolejne pytanie, które musimy mu zadać – powiedziałem.

– Może Neville nie umarł natychmiast, jak powiedział pan Pomfrey. Może sam się ułożył w tej pozycji – powiedziała Sylvia.

Nie była to przyjemna myśl, ale byłem zmuszony przyznać, że istniała taka możliwość. Jednak Angela zrobiła sceptyczną minę.

– Jest jeszcze jedna rzecz – powiedziała. – Spójrzcie na to. – Wskazała na wazę stojącą na samym skraju półki nad kominkiem. – Ta waza nadal sobie tu stoi, a te rzeczy się wywróciły. – Machnęła ręką w stronę pogrzebacza i szufelki, które leżały na podłodze. – Przecież gdyby naprawdę uderzył się o półkę nad kominkiem, tak jak myśleliśmy, ta waza spadłaby i również leżałaby na podłodze.

Podniosłem wazę, która pozostawiła po sobie okrągły ślad w warstwie kurzu pokrywającego półkę i przypomniały mi się narzekania Rosamundy na brak dobrej służby.

– Ma pani rację. Ona się w ogóle nie poruszyła – powiedziałem.

Sylvia z namysłem rozejrzała się po pomieszczeniu.

– Czyli jak myślisz, co się tu stało, Angelo? – zapytała.

– Właśnie na tym polega problem. Nie wiem – odpowiedziała pani Marchmont. – I prawdę mówiąc, nie jestem pewna, że powinnam była w ogóle tu wchodzić ani komukolwiek o tym mówić. Może byłoby lepiej, gdybyśmy sobie poszli i udali, że nic nie zauważyliśmy.

Reperkusje takiego kroku wydały mi się niepokojące, ale Sylvia pokiwała głową.

– Tak, może tak byłoby lepiej – powiedziała.

– Ale przecież jeśli podejrzewamy, że coś tu śmierdzi, naszym obowiązkiem jest zgłosić nasze podejrzenia – powiedziałem.

Sylvia uśmiechnęła się kpiąco.

– Drogi Charles! Tak bezpośredni i uczciwy jak zawsze – powiedziała.

Poczułem się urażony. Rosamunda wcześniej powiedziała do mnie coś bardzo podobnego. Nie mogłem się pozbyć uczucia, że jestem z jakiegoś powodu wyśmiewany.

– Nie widzę powodu, żeby o tym wspominać – powiedziała Angela. Na pewno zauważyła mój dyskomfort, bo dodała szybko: – Przecież niczego nie udowodniliśmy. Poczyniliśmy tylko kilka obserwacji i wysnuliśmy kilka bezowocnych przypuszczeń, co mogło lub nie mogło się tu zdarzyć, to wszystko.

Była to prawda, ale mimo to nie czułem się usatysfakcjonowany.

– Mimo wszystko, czułbym się lepiej, gdybyśmy omówili to z prawnikiem lub podobną osobą – oznajmiłem. – Tym bardziej że wydaje się pani sugerować, że mogło tu dojść do jakiegoś podejrzanego incydentu.

– Może porozmawiamy najpierw z Rogersem? – zasugerowała nagle Sylvia. – Możemy zapytać go, czy… czy Neville został przemieszczony. W końcu przecież może się okazać, że nasze rozważania to bezpodstawne mrzonki. Nie ma sensu budzić niepotrzebnych podejrzeń, skoro może się okazać, że istnieje całkiem niewinne wyjaśnienie tego wszystkiego.

– Mam nadzieję, że masz rację – powiedziała pani Marchmont. – Zdecydowanie wolę wyjść na głupca niż na… to drugie.

Były to naprawdę wzniosłe uczucia, ale nasze spory okazały się bez znaczenia, gdyż w następnym momencie do pokoju weszli pan Pomfrey i doktor Carter.

Rozdział 8

– Ach – powiedział pan Pomfrey, wyraźnie zaskoczony, że w gabinecie już ktoś jest. – My... eee... przyszliśmy... eee...

– Najmocniej przepraszam – powiedział lekarz energicznie, ignorując oczywiste zażenowanie prawnika – ale chciałbym dokładniej zbadać ten kominek. – Ruszył do przodu.

– Hmm... ach... tak – powiedział pan Pomfrey, widocznie usiłując zachować dyskrecję. Najwyraźniej znalezienie trójki gości w gabinecie nie leżało w jego planach.

Doktor Carter chwilkę przyglądał się półce nad kominkiem. Wreszcie najwyraźniej coś zauważył. Dotknął to lekko palcem wskazującym i delikatnie powąchał. – Tak, powiedziałbym, że to pomada do włosów. To wydaje się jasne.

Poczułem chwilowe zaskoczenie odkryciem, że sir Neville używał pomady do włosów. Nie wyglądał mi na osobę takiego pokroju.

– Czy mówi pan, że zwłoki nie były przesuwane? – zapytał doktor, zwracając się do prawnika.

– Takie wrażenie odniosłem z rozmowy z kamerdynerem – odpowiedział pan Pomfrey.

– Rozumiem. Może powinniśmy wezwać go tutaj, aby wyjaśnić tę sprawę.

Nim ktokolwiek zdążył odpowiedzieć, doktor zadzwonił dzwonkiem.

– Czy coś jest nie tak? – zapytałem.

Pan Pomfrey żachnął się lekko.

– Ach… doktor Carter chciał tylko przyjrzeć się bliżej miejscu wypadku. Ma kilka pytań, na które chciałby uzyskać odpowiedź. Nie sądzę jednak, aby istniały jakieś faktyczne powody do niepokoju – powiedział.

Pojawił się Rogers. Wyglądał na zaniepokojonego.

– Czy mogę w czymś pomóc, szanowny panie? – zapytał.

– Myślę, że możesz, Rogers – powiedział doktor Carter. – Chciałbym usłyszeć od ciebie, jak dzisiaj rano został znaleziony sir Neville.

Rogers przełknął ślinę i zaczął się trząść.

– Przepraszam, szanowny panie, ale to wszystko było bardzo przygnębiające – powiedział smutno.

– Tak, oczywiście, że tak – zachęcił go pan Pomfrey. – Istotnie. Wszyscy jesteśmy bardzo wstrząśnięci tym wydarzeniem i staramy się ustalić dokładne okoliczności nieszczęśliwego wypadku sir Neville'a. Dlatego potrzebujemy twojej pomocy. Chcemy wiedzieć dokładnie, co się stało dziś rano.

– Cóż – powiedział staruszek – zorientowałem się, że coś jest nie tak, gdy wczesnym rankiem przyszła do mnie jedna służąca i powiedziała, że drzwi do gabinetu są zamknięte, więc nie może wejść do środka i pozamiatać. Przyszedłem tu wraz z nią, bo chciałem sam zobaczyć. Było dokładnie tak, jak powiedziała. Nikt się nie odezwał, gdy zapukałem, więc na początku myślałem, że gabinet musi być pusty. Zaraz jednak dowiedziałem się od służby, że nikt dziś jeszcze nie widział wielmożnego pana i że najwyraźniej nie spał w swoim łóżku, więc trochę się zaniepokoiłem.

– Czy wydało ci się dziwne, że drzwi są zamknięte na klucz?

– Tak, szanowny panie, bardzo dziwne. Bardzo się zdenerwowałem. Chciałem dostać się do gabinetu jak najszybciej. W końcu przypomniałem sobie, że w szufladzie w moim pokoju zamkniętych jest kilka starych kluczy, więc poszedłem po nie i na szczęście jeden pasował. Gdy weszliśmy do gabinetu, znaleźliśmy wielmożnego pana martwego na podłodze przy kominku. – Wyjął chusteczkę z kieszeni i otarł czoło. – Przepraszam, szanowny panie, ale nie jestem przyzwyczajony do takich rzeczy – powiedział.

– Oczywiście, oczywiście – rzekł z współczuciem pan Pomfrey.

– Jeśli użyliście zapasowego klucza, aby wejść do gabinetu, zwykłego klucza musiało nie być po wewnętrznej stronie drzwi – odezwałem się. – W przeciwnym razie nie dałoby się włożyć zapasowego klucza do dziurki.

– Och nie, szanowny panie – odpowiedział kamerdyner. – Zapomniałem dodać, że klucz był w zamku. Musieliśmy znaleźć kawałek mocnego drutu, aby z zewnątrz wypchnąć klucz z dziurki na podłogę i dopiero wtedy mogliśmy spróbować zapasowych kluczy.

Pan Pomfrey skinął głową.

– Tak, mam oba klucze w kieszeni – powiedział. Zwracając się ponownie do Rogersa, dodał: – Gdy znaleźliście wielmożnego pana, czy ktoś do niego podchodził albo go dotykał?

– Musiałem do niego podejść, szanowny panie, bo nie był widoczny od drzwi. Zasłaniały go biurko i fotel stojący obok kominka. Podszedłem do niego dość blisko, bo myślałem, że może tylko sobie zrobił krzywdę, ale jeden rzut oka wystarczył, żeby się zorientować, że nic się nie da zrobić.

– I co wtedy zrobiłeś?

– Zamknąłem drzwi, szanowny panie, i poszedłem prosto do pana, żeby to panu zgłosić. Myślałem, że nie godzi się, żebym to ja informował o tym lady Strickland.

– Czy przesuwałeś może zwłoki?

– Nie, proszę pana. Nawet ich nie dotykałem.

– Gdy wróciłeś ze mną do gabinetu, był w takiej samej pozycji, w jakiej go zostawiłeś?

– Tak, proszę pana.

– Rozumiem. Bardzo dobrze, Rogers, możesz odejść.

– Chwileczkę – powiedziała łagodnie pani Marchmont. – Mam jedno lub dwa pytania, jeśli panowie pozwolą.

Kamerdyner przystanął posłusznie.

– Do twoich obowiązków należy zamykanie domu na noc, nieprawdaż?

– Tak, proszę pani – odpowiedział kamerdyner.

– O której godzinie?

– Zwykle o dziesiątej, ale gdy mamy gości, robię obchód później, o jedenastej. Rozumie pani, czasami goście lubią przejść się wieczorem po tarasie.

– Czy co noc sprawdzasz wszystkie drzwi? Nawet te, które być może nie były otwierane przez dłuższy czas?

– Każde jedne, proszę pani. Wielmożny pan jest... był bardzo pod tym względem uważny. Często przyjmujemy tu gości i nigdy nie wiadomo, kiedy któremuś z nich może przyjść do głowy, żeby otworzyć któreś drzwi, nic nikomu nie mówiąc... za przeproszeniem szanownej pani.

– Czy sprawdziłeś je wszystkie wczorajszego wieczora?

– Tak, proszę pani. Upewniłem się, że wszystkie są zaryglowane jak zwykle. Wszystkie za wyjątkiem drzwi tarasowych w tym pokoju. Sir Neville przyszedł tu po kolacji i zamknął się na klucz. Powiedział, że nie będzie mnie już więcej potrzebował tego wieczora i żeby mu nie przeszkadzać.

– Czy zamykanie się w pokoju na klucz było u niego normalne? – zapytał pan Pomfrey.

– Może nie normalne – powiedział Rogers po zastanowieniu. – Ale zdarzyło mu się raz lub dwa w przeszłości, zwykle, gdy miał coś ważnego do zrobienia i nie chciał, aby mu przeszkadzać. Pamiętam, jak mówił kiedyś, że robi to z roztargnienia. Tak mocno myśli nad interesami, że nie zdaje sobie sprawy z tego, że to robi.

– Więc nie wiesz, czy drzwi tarasowe zostały zamknięte na noc? – powiedziała Angela.

– Nie, proszę pani, ale sir Neville stanowczo powiedział, żeby mu nie przeszkadzać, więc skoro zamknął drzwi do gabinetu na klucz, uznałem, że nie mogę nalegać na skończenie obchodu. Wspomniałem o tym lady Strickland, a ona zgodziła się, że lepiej mu nie przeszkadzać. Drzwi tarasowe były zamknięte na klucz poprzedniego wieczora. Nie widziałem żadnego powodu, żeby sir Neville je otwierał, więc pominąłem je. Mam nadzieję, że nie wynikły z tego żadne kłopoty – zakończył z niepokojem.

– O ile wiemy to nie – odpowiedziała pani Marchmont. – Mam jeszcze jedno pytanie. Kiedy ostatnio napełniałeś tę karafkę? – wskazała na whisky na kredensie.

– W środę, proszę pani – odpowiedział Rogers.

– Dzisiaj jest sobota, a karafka jest prawie pusta. Czy to wydaje ci się normalne? Przepraszam, że pytam, ale czy sir Neville generalnie pił whisky w takiej ilości?

Twarz Rogersa przybrała zaszokowany wyraz.

– Z pewnością nie! – odpowiedział. – Z tego, co widziałem, zawsze spożywał alkohol z dużym umiarkowaniem. Pił małą szklaneczkę przed kolacją, a od czasu do czasu drugą po kolacji, zwykle z sodą. Nie wiem, dlaczego whisky tak szybko zniknęła. Może kogoś poczęstował.

– Ja wypiłem z nim szklaneczkę w czwartek – powiedziałem – a karafka była wówczas prawie pełna. Czy ktoś jeszcze odwiedzał później sir Neville'a w gabinecie?

– Ja – powiedział pan Pomfrey. – Spędziłem tutaj pewien czas z sir Neville'em wczoraj po południu, ale nie piłem whisky. Obawiam się, że nie zauważyłem, czy karafka była pełna, czy nie. Ty nie zauważyłeś przypadkiem, Rogers?

– Nie pamiętam niczego konkretnego, ale jestem pewien, że zauważyłbym, gdyby była prawie pusta – odpowiedział kamerdyner.

– Dziękuję, Rogers – powiedziała pani Marchmont. – Możesz odejść.

– Czy mogę zapytać, o co tu chodzi? – zapytał lekarz, kiedy kamerdyner opuścił pokój. Wcześniej słuchał z zainteresowaniem. – Wszystkie te pytania o zamknięte drzwi i karafkę whisky, o co pani chodzi?

– Mój Boże – powiedziała pani Marchmont. – Wydaje mi się, że wszystko sprzysięgło się dzisiaj przeciwko mnie. Miałam nadzieję sobie to w spokoju przemyśleć, zamiast wywoływać zamieszanie, które może okazać się zarówno niebezpieczne, jak i niepotrzebne, ale tak wyszło, że nie zwróciłabym na siebie większej uwagi, gdybym stanęła na trawniku i zaczęła machać czerwoną flagą. – Westchnęła. – Bardzo dobrze, myślę, że muszę wyjaśnić. Ale najpierw, panie doktorze, czy mógłby pan nam wyjaśnić, dlaczego tak się pan interesował kominkiem?

– Myślę, że nic to nie zaszkodzi – odparł doktor Carter, spoglądając na pana Pomfreya – gdyż mam wrażenie, że nasze myśli biegną po tych samych torach. Po prostu uznałem, że pozycja, w jakiej został znaleziony sir Neville, nie współgrała z opisem wypadku, jaki musiał mu się przydarzyć, dlatego chciałem przyjrzeć się bliżej temu pokojowi. Mówiąc między nami, byłoby prawie niemożliwe, aby sir Neville uderzył głową w półkę nad kominkiem i upadł w taki właśnie sposób. – Aha – powiedział, obrzucając wzrokiem naszą trójkę. – Widzę po twarzach, że nie dziwi to państwa.

– Niezupełnie – przyznała Angela. – Muszę przyznać, że zaczęłam mieć pewne wątpliwości, gdy wcześniej odprowadziłam pana do gabinetu i zobaczyłam sir Neville'a na podłodze. Wyglądał tak, jakby został starannie ułożony, choć oczywiście nie jestem ekspertem w tych sprawach. Więc wróciłam tu dziś po południu, żeby sobie powęszyć na własny rachunek, ale zostałam przyłapana na gorącym uczynku przez Sylvię i pana Knoxa, którzy chyba pomyśleli, że całkiem zwariowałam.

– Z pani wcześniejszych pytań do Rogersa wnioskuję, że drzwi tarasowe zastała pani odryglowane – powiedział pan Pomfrey.

– Tak – powiedziała Angela. – Klucz znajdował się w zamku, jak widać, a rygle były odsunięte.

– Czy masz na myśli, że ktoś mógł wejść z zewnątrz? – zapytała Sylvia.

– No cóż, na pewno przyszło mi to do głowy – odpowiedziała Angela. – Gdy pociągnęłam za drzwi, trochę ciężko je było otworzyć, ale nie za bardzo. Trudno powiedzieć, czy były niedawno otwierane.

Doktor Carter podszedł do drzwi tarasowych, aby przekonać się na własne oczy.

– Tak – powiedział. – Klucz jest w zamku. I mówi pani, że rygle były odsunięte? To znaczy, że zostały otwarte od wewnątrz. Będziemy musieli dowiedzieć się, kto to zrobił.

– Na pewno najbardziej oczywistą osobą byłby sir Neville – zasugerowałem.

– Prawdopodobnie. A co z whisky?

Pani Marchmont przedstawiła swoje myśli o silnym zapachu whisky. Pan Pomfrey wciągnął powietrze głęboko przez nos.

– Rzeczywiście coś teraz czuję, gdy już zwróciła pani na to moją uwagę – powiedział.

– Wszystko to bardzo pięknie – powiedziałem – ale jeśli dobrze rozumiem, sugerują państwo, że ktoś ułożył ciało sir Neville'a przy kominku, przewrócił pogrzebacze, pokropił whisky po całym dywanie, żeby stworzyć wrażenie, że zbyt dużo wypił…

– …pomazał półkę nad kominkiem brylantyną – dodał lekarz usłużnie.

– …a następnie wyszedł przez drzwi tarasowe – skończyłem. – Ale po co?

– To z pewnością szokujące marnotrawstwo dobrej whisky – mruknął lekarz, po czym zastanowił się nad własnymi słowami i miał na tyle przyzwoitości, by wyglądać na zawstydzonego.

Nastąpiła chwila ciszy.

— Bardzo dobrze — podsumowałem. — Skoro nikt inny nie chce tego powiedzieć, ja to zrobię. Tak naprawdę chcemy przez to powiedzieć, że to nie był żaden wypadek, tylko zabójstwo.

Rozdział 9

Nie jestem pewien, jakiej reakcji na swoje słowa się spodziewałem, ale poczułem się lekko zbity z tropu, gdy wszyscy obecni, włącznie z Sylvią, pokiwali tylko poważnie głowami.

– Zabójstwo, które zostało w pośpiechu i niezdarnie zamaskowane tak, żeby wyglądało na wypadek – kontynuowałem.

– Z pewnością wygląda na to, że istnieje taka możliwość. Chociaż oczywiście nie ma dowodów, tylko kilka poszlak – rzekł doktor Carter i odliczył na palcach: – Jeden, układ zwłok. Dwa, karafka whisky. Trzy, drzwi tarasowe. Czy jest coś jeszcze?

Angela wyjaśniła o wazonie na półce nad kominkiem.

– Hmm, to również trzeba wziąć pod uwagę, jak najbardziej – powiedział lekarz.

– Więc jak on zginął, skoro nie uderzył się w głowę? – zapytałem.

– Och, z pewnością odniósł uraz głowy, od którego natychmiast zginął – zapewnił nas lekarz. – Ale równie dobrze mógł to być wynik celowego ciosu.

Pan Pomfrey odkaszlnął.

– Wróćmy do drzwi tarasowych – powiedział. – Droga

pani Marchmont, o ile pamiętam, powiedziała pani, że były dość sztywne, gdy je pani otwierała.

– Tak – powiedziała Angela – ale nie bardzo trudne do otwarcia, więc nie jestem pewna, czy można coś z tego wywnioskować. Na zewnątrz na ziemi było kilka drobin suchej farby, ale możliwe, że to ja je strząsnęłam, gdy otworzyłam drzwi. Obawiam się, że zniszczyłam wszelkie dowody, które można było zdobyć w ten sposób.

– Jeśli drzwi były otwarte, byle kto mógł się dostać do środka – zauważyła Sylvia.

– Na to wygląda – odpowiedział pan Pomfrey.

– Ale kto je odryglował od wewnątrz? – zapytałem. – Przecież najbardziej oczywistą osobą jest sam sir Neville. Musiał się kogoś spodziewać.

– Niekoniecznie – powiedziała Angela. – Wczoraj w ciągu dnia każdy mógł tu wejść i je otworzyć. Najprawdopodobniej nikt by tego nie zauważył aż do obchodu Rogersa.

– Chwileczkę – powiedział doktor Carter. – Za bardzo wybiegamy do przodu. Fakt, że drzwi tarasowe zostały odryglowane, jest nieistotny, chyba że istnieją wyraźne dowody, że sir Neville został zabity celowo. Same w sobie drzwi nie stanowią dowodu na przestępstwo. Jeśli był to wypadek, to musimy przyjąć, że istnieje zupełnie niewinne wyjaśnienie tej kwestii. Dlatego w chwili obecnej drzwi tarasowe to tylko nieistotny detal.

– To prawda – powiedział pan Pomfrey. – Pytanie brzmi: czy mamy wystarczająco dużo dowodów, aby uznać, że popełniono przestępstwo?

– Nie – przyznał lekarz. – Ale dowody, które odkryliśmy, są bardzo wymowne. Zanim podejmiemy jakieś kroki chciałbym jednak wyjaśnić jeszcze jedną rzecz. Kamerdyner twierdzi, że zwłoki nie zostały przemieszczone, ale nie rozmawialiśmy jeszcze ze służącą. Chciałbym mieć pewność, że ich słowa się nawzajem potwierdzają. Kamerdyner to staruszek, może przesunął sir Neville'a i zapomniał o tym albo nie chciał mieć z tego powodu kłopotów.

Jego słowa wydawały się rozsądne.

– Może powinienem z nią porozmawiać sam? – zasugerował doktor Carter. – Dziś rano była bardzo roztrzęsiona. Jeśli nagle zacznie ją przesłuchiwać pięć osób naraz, może się to okazać dla niej zbyt trudne.

Wszyscy się zgodzili i lekarz wyszedł, a nasza czwórka została w pokoju, rozglądając się wokoło i przyglądając sobie nawzajem. Ja zapatrzyłem się na jedną z afrykańskich statuetek, które sir Neville z dumą pokazał mi zaledwie dwa dni temu: wydłużoną postać klęczącej kobiety. Przypomniała mi się nasza tajemnicza rozmowa. Sylvia odezwała się jako pierwsza, wyrażając moje niewypowiedziane pytanie.

– A co będzie, jeśli służąca potwierdzi słowa Rogersa? Co wtedy?

Pan Pomfrey odkaszlnął.

– Hmm, muszę przyznać, że nie jestem całkowicie pewien. Spodziewam się oczywiście, że służąca potwierdzi słowa kamerdynera. W rzeczy samej, byłbym zdziwiony, gdyby tego nie zrobiła, biorąc pod uwagę pozycję Rogersa wśród służby. Jeśli jednak potwierdzi jego słowa... hmm... tak, fakt, że doktor Carter tutaj jest komplikuje sytuację – skończył niejasno.

– Zakładam, że chodzi panu o to, że będzie nalegał, aby wezwać policję – powiedziała Sylvia.

– Ależ oczywiście! Przecież chcemy, aby przestępca został złapany – wtrąciłem – o ile oczywiście w okolicy jest przestępca. Innym osobom w sąsiedztwie może grozić niebezpieczeństwo.

Nikt nie odpowiedział. Kilka minut później wrócił doktor Carter.

– Obawiam się, że nic nie zdziałałem – powiedział krótko. – Służąca, która nawiasem mówiąc ma na imię Ellen, jest całkiem pewna, że ani ona, ani Rogers nie dotykali zwłok.

Mówi, że gdy w końcu dostali się do gabinetu, lampa była nadal zaświecona, a sir Neville leżał przy kominku dokładnie tak, jak go widzieliśmy. Wtedy kamerdyner wyprosił ją z pokoju i zamknął drzwi, jak już słyszeliśmy. Mówi, że widziała niemal natychmiast, jak rozmawia z panem Pomfreyem.

– I co teraz? – zapytała Angela.

– Nie będę udawać, że wiem, co się tu stało, ale niestety muszę nalegać, aby drzwi do tego pokoju zostały na razie zamknięte – odpowiedział lekarz. – Panie Pomfrey, wspólnie musimy zdecydować, co robić. Myślę, że nie ma wyboru. Musimy wezwać policję, a przynajmniej koronera. Zastanawiam się... zna pan pułkownika Tremayne'a, szefa policji, prawda? O ile wiem, był przyjacielem sir Neville'a. Zacznijmy od niego. On tu wyśle kogoś dyskretnego. Nie chcemy przecież, aby zaraz zbiegł się tu tłum gapiów.

– Tak, Tremayne to porządny gość – mruknął pan Pomfrey. – Miejmy nadzieję, że uzna, że to jedno wielkie nieporozumienie.

Carter wyprosił nas z pokoju, zamknął drzwi na klucz i zniknął w korytarzyku, pogrążony w rozmowie z prawnikiem. Najwyraźniej zostaliśmy odprawieni, gdyż sprawa miała przybrać oficjalny obrót.

– Muszę pójść porozmawiać z Rosamundą – powiedziała Angela i zostawiła nas samych.

– Chodźmy do oranżerii – zaproponowała Sylvia.

Pomieszczenie było puste. Usiedliśmy, aby zastanowić się nad zadziwiającym odkryciami z ostatnich paru godzin. Sylvia przygryzła wargę, zastanawiając się.

– Ciekawe, czy to Neville sam otworzył drzwi na taras, czy ktoś inny – zaczęła wreszcie.

– Spodziewam się, że sam sir Neville – rzekłem. – Muszę powiedzieć, że po namyśle wcale nie jestem przekonany, że doszło do przestępstwa. Cała teoria opiera się o tak mało faktów. Jeśli ktoś przyszedł z zewnątrz, aby zobaczyć się z sir Neville'em, kto to mógł być? I dlaczego przybył o tak późnej porze? Czy chodziło o ukrycie wizyty? A jeśli tak, z jakiego powodu? I jak do diaska zakończyło się to zabójstwem?

– Może to był ktoś, kto miał przeciwko niemu jakąś urazę – powiedziała Sylvia. – Wiesz, że Neville był sędzią pokoju.

– Ale w takim razie, dlaczego miałby otwierać drzwi tarasowe i wpuszczać go do środka?

– Nie wiem. Może gość zapukał i poprosił o chwilę rozmowy, a Neville nie miał powodów do podejrzeń, że zrobi mu jakąś krzywdę.

Przyszedł mi do głowy pomysł.

– A może to nie sir Neville otworzył drzwi tarasowe, tylko sługa ze złymi intencjami? Powiedzmy, że miał na zewnątrz wspólnika lub wspólników, i że chodziło o obrabowanie domu. I co się stało? Sługa zawiadomił wspólników, że drzwi tarasowe na parterze będą otwarte i że droga będzie wolna, powiedzmy po północy. Ale plan się nie powiódł: domownicy poszli spać później niż zwykle, a w dodatku jedna osoba zamknęła się w gabinecie. Szajka przybyła i doszło do konfrontacji z właścicielem domu. Skończyło się tak, że musieli mu zamknąć usta. Więc ułożyli zwłoki, żeby wyglądało na wypadek i uciekli z pustymi rękami.

– Przychodzi mi tu do głowy kilka obiekcji – odpowiedziała Sylvia. – Jeśli chcieli szybko i cicho uciec, po co tracili czas na układanie zwłok tak, żeby wyglądało na wypadek? A jeśli motywem był rabunek, dlaczego odeszli z niczym? Należałoby przypuszczać, że osoby na tyle zdesperowane, że uciekły się do zabójstwa, przynajmniej ukradłyby coś, żeby coś z tego mieć. Na ścianach w gabinecie wisi parę dość cennych obrazów, które są nietknięte. A poza tym – skończyła – wcale nie siedzieliśmy wczoraj długo, pamiętasz. Ta kłótnia między Gwen i Joanną popsuła wszystkim humory i poszliśmy spać.

Choć podobała mi się moja teoria, byłem zmuszony przyznać, że Sylvia ma rację.

– No cóż, musimy poczekać i zobaczyć, co powie policja – powiedziałem. – Kto wie, może znajdą przekonujący dowód na to, że był to wypadek. Rosamundzie będzie wystarczająco ciężko poradzić sobie ze śmiercią męża, cóż dopiero, jeśli okaże się, że to zabójstwo.

– Och tak, biedna Rosamunda – powiedziała nagle Sylvia. – Jacy my jesteśmy okropni. Siedzimy tu sobie, debatując miło, kto mógł zabić Neville'a, jakby to była jakaś zabawa w detektywów, podczas gdy ona musi stawić czoła faktowi, że straciła męża i jest wdową.

Wzdrygnąłem się. Sylvia miała rację. Dokładnie tak robiliśmy. A przecież to nie była zabawa, tylko koszmarna rzeczywistość. Popatrzyliśmy po sobie z poczuciem winy.

– Czuję się jak robal – powiedziała Sylvia.

– Ja też – odparłem.

– Chodźmy na herbatę.

Roześmiałem się.

– Herbata! – zawołałem. – Nasze pocieszenie i nasza radość. Jeśli Anglia kiedyś upadnie i niemal cała nacja wymrze, ostatnich kilku żyjących Anglików będzie można znaleźć gdzieś na odległym posterunku, pijących herbatę jakby nigdy nic!

Dopiero gdy wszyscy zasiedliśmy do kolacji, przybył komendant policji w towarzystwie inspektora. Rosamunda pozostała w swoim pokoju, a jej miejsce zajęła Angela Marchmont, która starała się zadbać, aby panował jak najpogodniejszy nastrój. Niemniej wszyscy mieliśmy paskudną świadomość pustego miejsca na drugim końcu stołu, gdzie jeszcze poprzedniego wieczora zasiadał sir Neville.

Wszyscy bez apetytu przełykaliśmy zupę, gdy przyszedł Rogers i poinformował panią Marchmont cichym głosem, że właśnie przybył komendant policji i rozmawia z lady Strickland. Zaskoczenie niektórych gości przybyciem policji nie równało się zaskoczeniu naszej trójki, że komendant policji, zamiast przywieźć ze sobą lokalnego inspektora, wysłał do Scotland Yardu telegram z prośbą o przysłanie jednego z najlepszych śledczych, inspektora Jamesona.

- Policja? – zawołała Gwen MacMurray. – Czemu do diaska jest tu policja?

Angela, Sylvia i ja spojrzeliśmy po sobie ze zdziwieniem. Wszyscy najwyraźniej myśleliśmy to samo: Scotland Yard! To musi być poważna sprawa! Angela tak się zapomniała, że przypadkowo włożyła serwetkę do zupy. Rogers zaczął się wokół niej krzątać i nastąpiła krótka przerwa w rozmowie. Ale zaraz podniosły się pilne pytania osób, których wcześniej nie było z nami w gabinecie.

- Bez żartów, Angelo – powiedział Bobs. – Wystarczy tych tajemnic. O co w tym wszystkim chodzi?

Pani Marchmont opowiedziała o wydarzeniach z ubiegłego popołudnia, wywołując ogólne zdziwienie i konsternację zgromadzonych.

- Coś takiego! Mówisz, że do domu wtargnęła szajka bandytów, którzy rozbili biednemu poczciwemu Neville'owi głowę?! – wykrzyknął Hubert MacMurray. – Niemożliwe! Jak dostaliby się do środka? Ktoś by ich zobaczył lub usłyszał.

Jego żona wydała z siebie głośny pisk.

- Mogliśmy wszyscy zostać zamordowani we własnych łóżkach – zawołała. – Hubercie, musimy natychmiast wyjeżdżać. Ten dom nie jest bezpieczny.

Joanna obrzuciła ją pełnym wzgardy spojrzeniem.

- Ale przecież nie może im to ujść na sucho – powiedziała. – Policja na pewno ich wkrótce złapie. W końcu ten dom jest praktycznie na końcu świata. Ktoś ich musiał zauważyć. Każdego obcego widać tu z daleka.

- Możliwe, że to nie był nikt obcy – powiedziała Sylvia. – Może to był atak ze strony kogoś, z kim Neville spotkał się jako sędzia pokoju, kogoś, kto chciał się zemścić.

- Nie przychodzi mi do głowy nikt, kto mógłby mieć do niego urazę – powiedziała Joanna. – W końcu Tivenham to nie wschodni Londyn. To najspokojniejsze miejsce pod słońcem. Najpoważniejsze przestępstwa, jakie się tu zdarzają, to kłusownictwo i pijaństwo w miejscu publicznym. Kilka lat temu mieliśmy przypadek, że miejscowy farmer zastrzelił żonę, ale nie było w tym żadnej tajemnicy i wszystko zostało bardzo szybko załatwione.

– No cóż – powiedziałem – jeśli rzeczywiście w śmierci sir Neville'a jest coś podejrzanego, o czym wcale nie jestem przekonany, policja rozwiąże tę zagadkę.

– Czy będą chcieli nas przesłuchać? – zapytała Gwen. – Tak właśnie jest w powieściach detektywistycznych. Och! Jestem pewna, że tak się przestraszę, że nie będę w stanie normalnie myśleć. Gdy mnie zapytają, gdzie byłam w czasie morderstwa, nie będę wiedziała, co powiedzieć, albo źle odpowiem, albo coś w tym stylu, i zaczną mnie podejrzewać, choć ja nic o tym nie wiem! – jej głos przeszedł w przenikliwy pisk. – A co, jeśli mnie aresztują? Bączku, musisz zostać ze mną, gdy mnie będą przesłuchiwać. Nie pozwól im mnie oszukać ani złapać w pułapkę.

– Przestań gadać głupoty, Gwen, bądź tak dobra – odezwał się Bobs.

Właśnie wtedy przyszła wiadomość, że pułkownik Tremayne, komendant policji, byłby wdzięczny, gdybyśmy po kolacji wszyscy zgromadzili się w salonie i poświęcili mu kilka minut. Gwen MacMurray wydała z siebie głośny krzyk i już otwierała usta, żeby coś powiedzieć, ale zauważyła na sobie wzrok Bobsa i uznała, że lepiej siedzieć cicho.

Kolacja zakończyła się bardzo szybko. Choć nie chcieliśmy się do tego przyznać, myślę, że wszyscy byliśmy bardzo ciekawi, co komendant policji ma nam do zakomunikowania. Zgodnie wstaliśmy i jak jeden mąż pośpieszyliśmy do salonu. Zastaliśmy w nim dwie osoby: wysokiego mężczyznę w typie wojskowym, który wyglądał dokładnie tak, jak powinien wyglądać komendant policji, oraz Rosamundę, która machnęła ręką na nasze słowa troski i współczucia. Była blada i miała ciemne cienie pod oczami, ale poza tym wydawała się dzielnie znosić przeżyty szok.

– Proszę was, nic mi nie jest, naprawdę – powiedziała. –

Nie martwcie się o mnie. Teraz najważniejsza rzecz to dowiedzieć się, co się przydarzyło biednemu Neville'owi. Trudno mi uwierzyć, że to nie był wypadek, ale musi tak być, skoro pułkownik Tremayne i inspektor Jameson tak mówią.

– Ależ, ależ, lady Strickland – powiedział pułkownik Tremayne – jeszcze nie wyciągnęliśmy ostatecznych wniosków. Jameson właśnie bada gabinet z grupą moich ludzi. Spodziewam się, że wkrótce dowiemy się od nich więcej.

– Dlaczego wezwał pan Scotland Yard? – zapytała Joanna.

– Tak się robi w takich przypadkach, moja droga – odpowiedział pułkownik Tremayne niedbale.

Zauważyłem, jak Angela Marchmont ze zdziwienia uniosła brwi.

– Myślę, że wszyscy chcielibyśmy dowiedzieć się, co się dzieje – powiedział Bobs, a kilka innych osób kiwnęło głowami.

– Oczywiście – odparł komendant policji. – Właśnie dlatego chciałem z państwem porozmawiać. W chwili obecnej mamy powody sądzić, że śmierć sir Neville'a nie była spowodowana wypadkiem. Zwłoki sir Neville'a zostały już zabrane z domu. Doktor Carter przeprowadzi dokładniejszą obdukcję, która powinna nam dać lepsze wyobrażenie o tym, co mu się przydarzyło. Szkoda, że tak wiele osób odwiedziło miejsce… hmm… wydarzeń i być może zniszczyło cenne dowody, ale nie można było nic na to poradzić, ponieważ na początku nie powstało żadne podejrzenie.

Obrzuciłem Sylvię i Angelę pełnym winy spojrzeniem.

– Chciałbym tylko prosić – kontynuował pułkownik Tremayne – aby wszyscy państwo pozostali na miejscu, przynajmniej przez następnych parę dni.

– Ale dlaczego? – zapytała Gwen. – Nikt z nas nie widział ani nie słyszał złodziei.

– Poza tym im mniej ludzi w domu, tym łatwiej będzie pana ludziom prowadzić śledztwo – dodała Joanna.

Komendant uśmiechnął się uprzejmie.

CLARA BENSON

– Och, o nich proszę się nie martwić, w ogóle państwo nie odczują ich obecności – powiedział. – Tak czy owak byłbym wdzięczny, gdyby wszyscy państwo tu pozostali. Po zakończeniu oględzin miejsca tego niefortunnego incydentu inspektor Jameson bez wątpienia będzie chciał porozmawiać z państwem, aby ustalić przebieg wydarzeń z wczorajszego wieczora. Mówią państwo, że niczego państwo nie widzieli. Możliwe jednak, że ktoś z państwa wie o jakimś drobiazgu, do którego nie przywiązuje znaczenia, a który może się okazać niezmiernie istotny. Nie będziemy tego wiedzieć, dopóki nie porozmawiamy z państwem jutro i nie ustalimy wszystkich faktów w tej sprawie.

Następnie wstał i pożegnał się, mówiąc, że chce porozmawiać z inspektorem.

– Później – dodał – zostawię sprawy w jego dobrych rękach. W Scotland Yardzie bardzo go cenią, a poza tym możemy całkowicie polegać na jego dyskrecji, co jest niemal równie ważne.

Po raz drugi usłyszałem, że ktoś wspomina o dyskrecji w związku ze śmiercią sir Neville'a. Ale dlaczego była potrzebna? Przecież jeśli popełnione zostało przestępstwo, najważniejsze było jak najszybsze znalezienie przestępcy. Byłem zdezorientowany.

Reszta wieczoru minęła nieciekawie. Nikt nie chciał grać w karty, a gramofonu nie wypadało włączyć. Rosamunda siedziała przy oknie, wpatrując się w ciemność, a Bobs, zirytowany, że ominęły go wydarzenia z popołudnia, wyszedł, aby dowiedzieć się, co się dzieje. Wkrótce wrócił.

– Nie ma szans – powiedział. – Nasze czcigodne władze ustawiły wielką niewzruszoną płytę granitu w kształcie policjanta przy wejściu do korytarzyka prowadzącego do gabinetu. „Dobry wieczór, proszę pana", powiedziała. „Obawiam się, że mam rozkaz nikogo na razie nie przepuszczać". Więc byłem zmuszony poddać się i wrócić tutaj.

– Tak – powiedziałem. – Wcześniej też próbowałem tego

samego, ale gdy tylko wyszedłem do sieni, zostałem grzecznie odesłany z powrotem.

– Ciekawe, czy coś znajdą – powiedziała Sylvia. – W końcu…

Przerwała, gdyż drzwi do salonu otworzyły się i do środka wszedł szczupły człowiek z inteligentnym wyrazem twarzy. Przedstawił się jako inspektor Jameson.

– Muszę przeprosić lady Strickland i resztę państwa za zakaz wstępu do części domu – powiedział. – Niemniej obawiam się, że musimy postępować zgodnie z procedurami, dlatego chciałbym poprosić państwa o cierpliwość w trakcie śledztwa.

– Oczywiście musi pan robić to, co do pana należy – powiedziała Rosamunda.

Dookoła podniósł się pomruk zgody.

– Czy coś panowie znaleźli? – zapytała Joanna prosto z mostu.

– Nie mogę państwu powiedzieć niczego pewnego, dopóki nie skończymy, a to będzie dopiero jutro. W tej chwili jest za ciemno, żeby zbadać teren wokół budynku, więc to musi poczekać do rana. Muszę też jeszcze bardziej wystawić państwa cierpliwość na próbę i poprosić o chwilę rozmowy z każdą z obecnych tu osób w celu ustalenia przebiegu wydarzeń z ubiegłego wieczoru. Na razie państwa opuszczę, ale wrócę jutro wczesnym rankiem. W międzyczasie zostawiam na straży posterunkowego; po ostatnich wydarzeniach należy zachować ostrożność.

Obdarzył wszystkich zgromadzonych uprzejmym uśmiechem i wyszedł. Bobs popatrzył za nim z aprobatą.

– Wygląda na kompetentnego gościa – zauważył. – Swój chłop. Ciekawe, czy to nie krewny starego „Toppera" Jamesona. Pamiętasz go, prawda, Charlesie? Był w Eton w tym czasie co my, tylko o rok wyżej. Chyba pracuje w ministerstwie spraw zagranicznych.

Pamiętałem owego chłopca, ale nie miałem pojęcia, czy miał krewnego, który wstąpił do policji.

Sylvia podeszła do Rosamundy.

– Wyglądasz na bardzo zmęczoną, moja kochana – zagadnęła. – Co za koszmarny dzień, prawda?

– Tak – powiedziała Rosamunda. – Tak, rzeczywiście jestem zmęczona. Wcześniej tego nie zauważyłam. Czuję się taka zmarznięta, sztywna i obolała. Chyba pójdę spać.

– Mam nadzieję, że nie będziesz chora – powiedziała Joanna z niepokojem.

– Nie, nie, nic mi nie jest, tylko chcę pójść spać. Nie martwcie się o mnie, moi złoci – powiedziała, spoglądając po zwróconych w jej stronę, pełnych współczucia twarzach. – Lekarz dał mi coś na sen. Odrobina wypoczynku i będą gotowa stawić czoła wszystkiemu, co przyniesie jutro.

Podniosła brodę do góry w zdecydowany sposób i opuściła pokój. Ja również czułem się dość zmęczony i wkrótce udałem się do swojej sypialni.

Tej nocy jednak nie mogłem spać. Wydarzenia z całego dnia wirowały mi przed oczami i nie pozwalały mi usnąć. Nie mogłem uwierzyć, że w czasie krótszym niż dwadzieścia cztery godziny wydarzyło się tyle niesamowitych rzeczy. Wystarczająco okropny był już sam fakt, że mój gospodarz został znaleziony martwy w swoim gabinecie. Fakt, że podejrzewano morderstwo i wezwano policję był jeszcze gorszy! Moje myśli pędziły jedna za drugą w chaotyczny sposób i uniemożliwiały sen.

W końcu, zdesperowany, wstałem z niejasnym zamiarem udania się do biblioteki i znalezienia książki, która pomogłaby mi przetrwać godziny pozostałe do poranka. Wyszedłem z pokoju i zszedłem na dół przy słabym świetle, które przez całą noc paliło się w sieni. Na dole schodów zawahałem się przez chwilę.

– Dobry wieczór, proszę pana, czy mogę w czymś pomóc? – usłyszałem głos z prawej strony.

Podskoczyłem gwałtownie, po czym odwracając się, stanąłem twarzą w twarz z pogodnym posterunkowym, który wcześniej uniemożliwił mi wejście do korytarzyka prowadzącego do gabinetu.

– Ach, dobry wieczór – powiedziałem. – Szedłem właśnie do biblioteki po książkę. Widzi pan, nie mogę usnąć. Wczorajszy dzień był taki dziwny – zakończyłem nieudolnie.

– To zrozumiałe – powiedział policjant. – Mnie zawsze pomaga filiżanka gorącego mleka.

– Ach tak? – odpowiedziałem. – Chyba najpierw spróbuję książkę.

– Co kto woli, co kto lubi, proszę pana – powiedział policjant pogodnie.

Czując się jak głupiec, poszedłem do biblioteki, wybrałem jedną książkę, nie przejmując się zbytnio treścią, po czym pospieszyłem z powrotem na górę, po drodze życząc policjantowi dobrej nocy. Przez kilka minut usiłowałem skupić się na czytaniu, ale wkrótce zaczęły mi ciężyć powieki, czy to z powodu samej książki, czy też mojego wypadu na dół. Jeszcze przez kilka minut bez powodzenia usiłowałem się skupić, po czym z uczuciem wdzięczności wyłączyłem lampę i zasnąłem.

Rozdział 10

Następnego dnia wstałem wcześnie i wyszedłem na spacer. Muszę przyznać, że chciałem zobaczyć, czym zajmuje się policja. Jameson i jego ludzie już byli na miejscu. Krzątali się po tarasie oraz wokół klombów i trawników w pobliżu domu. Ruszyłem w stronę uskoku tarasowego na przeciwległym końcu trawnika, skąd mogłem przyglądać się akcji bez wchodzenia policjantom w drogę i bez wyglądania na zbyt ciekawskiego. Wkrótce okazało się, że ten sam pomysł przyszedł do głowy jeszcze jednej osobie.

– Ha! Dzień dobry – przywitał się Hubert MacMurray. – Widzę, że chce pan mieć na oku naszych kolegów policjantów, tak jak ja. Jest jak w powieści kryminalnej, co?

– Nic podobnego nawet nie przeszło mi przez myśl – odparłem sztywno. – Po prostu wyszedłem na spacer, żeby się przewietrzyć przed śniadaniem.

– Tak, tak, to dobra historyjka – powiedział dobrodusznie. – Jak pan myśli, co znajdą?

Jak na człowieka, któremu właśnie zmarł najbliższy krewny, był w nieprzyzwoicie dobrym humorze, ale zaraz przypomniałem sobie, że miał teraz odziedziczyć znaczną sumę pieniędzy, i zmierzyłem go pogardliwym spojrzeniem.

Chyba nie zauważył, gdyż zaczął relacjonować mi różne ponure tanie kryminały, które najwyraźniej stanowiły jego główną lekturę. Poczułem ulgę, gdy dołączyła do nas Joanna, która właśnie wyprowadziła psy na poranny spacer.

– Nie mogę się doczekać, aż policja skończy pracę i powie nam, co się dzieje – rzekła. – Mam wrażenie, że jesteśmy wszyscy uważnie obserwowani, jak okazy w słoju czy coś w tym stylu.

– Tak, też mam podobne uczucie – zgodziłem się.

– Wiem o jednej rzeczy – powiedziała. – Policja wypytuje służbę o karafkę whisky. To musi być ważna wskazówka.

– Jak mogą cokolwiek udowodnić na takiej podstawie? – zapytał MacMurray.

– Nie wiem. Może znaleźli na niej jakieś odciski palców, które doprowadzą ich do przestępcy.

– Och tak – odparł MacMurray z zapałem. – O ile wiem, w dzisiejszych czasach policja potrafi dokonywać cudów swoimi pędzlami i proszkami. Karafka może nam wyglądać na idealnie czystą, ale poczekajcie tylko, policja wyciąga swoje przybory, posypuje porcją proszku i voilá! Cały zestaw wyraźnych odcisków palców, które wcześniej były zupełnie niewidoczne. Morderca nie ma szans.

– Mam nadzieję, że ma pan rację – powiedziałem.

Jeden policjant ruszył powoli w naszą stronę. Po drodze uważnie obrzucał wzrokiem ziemię.

– A to ci heca! – zagadnął MacMurray, gdy zbliżył się do nas.

Mężczyzna oderwał wzrok od ziemi.

– Dzień dobry, szanowny panie – powiedział.

– Czy możemy jakoś pomóc w śledztwie? Moglibyśmy na przykład szukać śladów stóp lub czegoś podobnego, jeśli byłoby to pomocne. Zawsze chciałem pobawić się w detektywa. No i oczywiście zrobiłbym wszystko dla starego Neville'a.

Policjant uśmiechnął się pobłażliwie.

– To nie będzie konieczne, szanowny panie – odpowiedział. – Policja ma wszystko pod kontrolą. Śmiem twierdzić, że inspektor zaprosi pana później na chwilę rozmowy.

Skinął głową i ruszył dalej.

– Co za szkoda! – powiedział MacMurray. – Myślę, że tak czy owak przejdę się w stronę tarasu i spróbuję dowiedzieć się, co robią.

Zrobił tak, jak powiedział. Nie zamierzałem mieć z tym człowiekiem nic wspólnego, więc wróciłem do domu na śniadanie, po czym poskromiłem ciekawość na tyle, na ile mogłem, wsadzając nos w książkę aż do obiadu.

Wkrótce po obiedzie zostaliśmy powiadomieni, że inspektor Jameson prosi nas o obecność w salonie o drugiej trzydzieści, gdyż ma nam coś do zakomunikowania. Pan Pomfrey przyjechał tego ranka w charakterze prawnika rodziny. Zastaliśmy go siedzącego w wygodnym fotelu, wyglądającego jak życzliwy krasnal.

– Przede wszystkim chciałbym podziękować państwu za dotychczasową wyrozumiałość – rozpoczął inspektor. – To jest straszne, tragiczne wydarzenie, którego na pewno nie ułatwia obecność wścibskiej policji. Ale nie będę już dłużej trzymać państwa w napięciu. Obawiam się, że z naszego wstępnego śledztwa wynika, że sir Strickland rzeczywiście został zamordowany.

Gwen MacMurray wydała stłumiony okrzyk. Spojrzałem na Rosamundę, która była bardzo blada, ale nie wyglądała na zaskoczoną. Widocznie inspektor Jameson poinformował ją o tym wcześniej.

– Skąd to wiadomo? – zapytał Bobs.

– Mamy kilka wskazówek – odparł inspektor. – Nie mogę ich wszystkich ujawnić, ale najważniejsza to fakt, że znaleźliśmy przedmiot, który uważamy za narzędzie zbrodni.

Przez pokój przebiegł dreszcz.

– Tak – kontynuował. – Jest to prymitywna drewniana rzeźba kobiety, która stała na półce w gabinecie. Może ją państwo widzieli. Została wytarta do czysta, ale w maleńkim sęku w drewnie tkwiło kilka włosów, były też wyraźne resztki pomady do włosów sir Stricklanda, jak również... inne ślady.

Przypomniałem sobie, jak poprzedniego popołudnia zagapiłem się na tę samą statuetkę. Wtedy nie przyszło mi do głowy, że patrzę na narzędzie, które zostało użyte do zabójstwa.

— To znaczy, że wcale nie uderzył głową w półkę nad kominkiem — powiedziała Sylvia.

— W żadnym razie — odparł Jameson. — Myślimy, że został uderzony od tyłu, gdy siedział przy biurku, a następnie ułożony przy kominku. Na dywanie znalezione zostały pewne ślady, które wskazują, że przez pokój od biurka ciągnięto coś dużego i ciężkiego.

Przypomniałem sobie, że dywan był wzorzysty, co wyjaśniało, dlaczego sami nie zauważyliśmy żadnych śladów.

— Czemu wypytują panowie służbę o karafkę whisky? — zapytała Joanna. — Co w tym takiego ważnego?

— Jak rozumiem, niektórzy z państwa uznali wczoraj — powiedział inspektor — że na dywan wylano sporą ilość whisky, prawdopodobnie w celu stworzenia silnego zapachu alkoholu w gabinecie i wywołania wrażenia, że sir Strickland wywrócił się po wypiciu nadmiernej ilości alkoholu.

— Czy sir Neville nie mógł sam przypadkowo go rozlać? — zapytałem.

Inspektor zwrócił się do mnie.

— Rozważyliśmy tę możliwość — odpowiedział. — Ale zbadaliśmy karafkę pod kątem odcisków palców i byliśmy zmuszeni odrzucić tę teorię.

— Dlaczego? — zapytałem.

Inspektor się uśmiechnął.

— Ponieważ na karafce nie było żadnych odcisków palców. Została wytarta do czysta, podobnie jak szklaneczka po whisky.

Nastąpiła chwila ciszy, podczas której wszyscy przyswajali

te nowe informacje. Spojrzałem na Rosamundę, która siedziała blada jak ściana, oddychając szybko.

„Biedna Rosamunda", pomyślałem, „musi słuchać tych smutnych szczegółów". Nasze spojrzenia spotkały się, a ona uśmiechnęła się do mnie blado.

Głos zabrała Angela Marchmont.

— A co z drzwiami na taras? — zapytała. — Obawiam się, że ja je wczoraj obmacywałam swoimi łapskami, ale czy były jakieś inne odciski palców?

— Dowody z zewnętrznej klamki są niejednoznaczne — odparł Jameson. — Ale na wewnętrznej klamce są tylko odciski palców jednej osoby, prawdopodobnie pani, pani Marchmont. Chciałbym pobrać pani odciski palców, jeśli się pani zgodzi, aby porównać je z tymi na wewnętrznej klamce.

Ja sam otworzyłem drzwi z tarasu dzień wcześniej. Ale kto je ponownie zamknął? Przypuszczałem, że musiała to być Angela.

— Tak, oczywiście — odpowiedziała Angela. — Możemy to zrobić, gdy tylko pan zechce. Sądzę, że będą też panu potrzebne odciski palców pozostałych obecnych. Ale wracając do drzwi tarasowych, skoro tylko moje odciski palców znajdują się na wewnętrznej klamce, czy nie oznacza to, że ktoś przed wyjściem wytarł klamkę, podobnie jak karafkę?

— Na to by wyglądało — odpowiedział inspektor.

— Muszę powiedzieć, że to dziwne, niezdarne postępowanie — orzekł Bobs, marszcząc brwi. — Jeśli morderca chciał upozorować wypadek, nie zrobił tego zbyt dobrze.

Jameson kiwnął głową.

— Tak. Wygląda na to, że bardzo się spieszył. I to prowadzi nas do czasu popełnienia zbrodni. Poprosiłem państwa wszystkich o zebranie się tutaj, gdyż myślę, że mogą państwo pomóc mi zawęzić ramy czasowe, w których przestępstwo zostało popełnione. — Zajrzał do swojego notatnika. — Doktor Carter mówi mi, że gdy przeprowadzał oględziny zwłok, sir Strickland nie żył już od co najmniej ośmiu godzin. Oznacza to, że zmarł nie później niż około pierwszej trzydzieści. Ale nie wiemy jeszcze, kiedy był widziany po raz ostatni za życia.

– Ja ostatni raz widziałem go tuż po obiedzie – oznajmił Bobs. – Wszedł do salonu, ale zaraz wyszedł z powrotem. W rzeczy samej, o ile mi wiadomo, to właśnie wtedy udał się do swojego gabinetu i już więcej z niego nie wyszedł.

Kilka osób pokiwało głowami.

– O której to było godzinie? – zapytał inspektor.

– Niestety nie mam najmniejszego pojęcia – odrzekł pogodnie Bobs.

– Tuż po dziewiątej – oświadczył Simon Gale.

Zaskoczyło mnie, że siedzi tuż obok, gdyż nie zauważyłem nawet, że jest w pokoju.

– Czy jest pan tego pewien? – zapytał Jameson.

Gale skinął głową.

– Mam w zwyczaju zauważanie takich rzeczy – odpowiedział.

Jameson ponownie zajrzał w swoje notatki.

– Słowa pana Gale'a zgadzają się ze słowami kamerdynera Rogersa, który twierdzi, że widział, jak sir Strickland wchodzi do gabinetu mniej więcej o tej porze.

– Żył jeszcze przynajmniej godzinę później – wypaliłem nagle.

Inspektor spojrzał na mnie.

– Doprawdy?

– Tak – powiedziałem. – Oczywiście! Nie pamiętasz, Rosamundo? Chciałaś, aby przyszedł z nami zagrać w „Słowo po słowie". Poszliśmy razem do gabinetu i zapukaliśmy do drzwi, ale nie chciał wyjść.

– Och, tak! – potwierdziła Rosamunda, prostując się w fotelu. – Oczywiście. Całkiem o tym zapomniałam.

– Proszę mi dokładnie opowiedzieć, co się stało – zwrócił się do nas Jameson.

Wyjaśniłem, jak graliśmy w „Słowo po słowie" i jak sir Neville odmówił wzięcia udziału.

– Co dokładnie powiedział?

– Nie pamiętam jego dokładnych słów – wyjaśniła Rosamunda – ale to było coś w stylu „nie, grajcie beze mnie, ja muszę dziś skończyć z tymi dokumentami." Coś takiego. Na pewno nie powiedział niczego ważnego. Tak czy owak, nie da się prowadzić rozsądnej rozmowy przez zamknięte drzwi, więc poddaliśmy się i wróciliśmy do salonu.

– O której to było godzinie?

– Och, nie wiem – odpowiedziała Rosamunda. – Nigdy nie wiem, która jest godzina. Charles będzie pamiętać. Albo Hubert. Też tam przecież byłeś, nie pamiętasz, Hubercie? Wpadliśmy na ciebie, gdy wracałeś z tarasu.

– Myślę, że mogła wtedy być za piętnaście jedenasta – powiedziałem.

– I nikt z państwa nie rozmawiał z nim już później? Bardzo dobrze, w takim razie, myślę, że możemy ze sporą pewnością przyjąć, że sir Strickland zmarł po godzinie dziesiątej czterdzieści pięć, a przed pierwszą trzydzieści. O ile wiem, dom został zamknięty o godzinie jedenastej, z wyjątkiem drzwi tarasowych. Dlatego rozsądne wydaje się założenie, że zabójca lub zabójcy dostali się do wnętrza tą drogą, zwłaszcza że Rogers przysięga, że klucze do domu miał przez cały czas w kieszeni. Dlatego też musimy ustalić, kto otworzył drzwi tarasowe i umożliwił napastnikowi wejście.

– Myśleliśmy, że mógł to być sam sir Neville – odezwałem się. – Może spodziewał się kogoś z nieznanych nam powodów i chciał mieć pewność, że przyjazd tej osoby pozostanie niezauważony.

– Ale kto to mógł być? – zastanowiła się Joanna. – Panie inspektorze, wysunięta została teoria, że to była próba zemsty ze strony osoby, z którą Neville miał do czynienia w sądzie pokoju, ale to po prostu nie przejdzie. W tej okolicy nie ma takich osób. A jeśli chodzi o włamanie w celu obrabowania domu – ciągnęła dalej – przecież widać, że niczego nie zabrano. Czyli to też niczego nie wyjaśnia.

– No cóż, zobaczymy – odparł inspektor wymijająco. – Musimy oczywiście zbadać wszystkie możliwości. Wróćmy do sir Stricklanda. Czy zachowywał się normalnie w wieczór zabójstwa?

Wszyscy popatrzyliśmy po sobie, po czym Gwen MacMurray odezwała się po raz pierwszy.

– Nie – oznajmiła. – Był raczej przygnębiony. Prawdę mówiąc, był nie w humorze od kilku dni.

– Czy wiedzą państwo, z jakiego powodu?

Ponownie przypomniałem sobie tajemnicze słowa sir Neville'a o kłamcach i intrygantach, z którymi zwrócił się do mnie pierwszego wieczoru w Sissingham, ale postanowiłem trzymać język za zębami.

– Myślę, że wszyscy zakładaliśmy, że ma to jakiś związek z interesami – stwierdził Bobs. – Ale może Gale lub pan Pomfrey będą mogli więcej powiedzieć na ten temat.

– Uważam, że nie jest to odpowiedni moment na ujawnianie szczegółów interesów sir Neville'a – oświadczył pan Pomfrey. – Niemniej mogę bez wahania potwierdzić, że o ile mi wiadomo, nie miał szczególnych powodów do zmartwienia.

– Nie, nie miał – zgodził się Gale. – Nie jest tajemnicą, że sir Neville rozważał wejście w spółkę z panem Knoxem i lordem Haverfordem w celu wydobycia złota w Południowej Afryce. Wstępne działania zajmowały mu dużo czasu. Nie miał jednak powodów do przygnębienia z powodu stanu swoich interesów.

– Oczywiście, że nie! – wykrzyknęła Gwen. – Gdyby miał, na pewno zwierzyłby się Hubertowi. On i Hubert byli sobie bardzo bliscy.

Inspektor Jameson spojrzał na Gwen z zainteresowaniem i uwagą, jakby jej wcześniej nie zauważył.

– Czy ma pani może jakieś pomysły, co mogło niepokoić sir Stricklanda? – zapytał łagodnie.

Gwen potrząsnęła głową.

– Nie mam pojęcia – odparła tonem, który wyraźnie oznaczał „doskonale wiem, ale nie mam najmniejszego zamiaru powiedzieć".

- Bardzo dobrze – podsumował inspektor. – To wszystko na dzisiaj. Być może później zaproszę wszystkich lub niektórych z państwa na krótką rozmowę.

Gwen aż zadrżała z podniecenia.

Inspektor pożegnał się z nami i opuścił pokój. W normalnych okolicznościach wszyscy zaczęlibyśmy długą rozmowę o zabójstwie, ale w obecności Rosamundy byłoby to oczywiście bardzo grubiańskie. Dlatego stopniowo wszyscy wyszliśmy z pokoju, zostawiając Rosamundę samą z panem Pomfreyem.

Jakiś czas później pisałem list w swoim pokoju, gdy moją uwagę zwrócił dobiegający zza okna odgłos szybkich kroków. Wydawał się dochodzić z położonego poniżej tarasu. Wyjrzałem przez okno, ale nic nie zobaczyłem. Natomiast zauważyłem, że nieco dalej, na trawniku, stoją Bobs, Sylvia i Angela Marchmont. Zwróceni w stronę domu, wpatrywali się wszyscy w ten sam punkt. Zbiegłem po schodach na dół i dołączyłem do nich.

- Witam – zagadnąłem. – Z okna wyglądało to tak, jakbyście zobaczyli Gorgonę i zamienili się w kamienne słupy. Co się dzieje?

- Coś niesamowitego – odpowiedział Bobs. – Ja…

Przerwał, gdyż ten sam policjant, którego napotkałem tego ranka, nagle wypadł z gabinetu przez drzwi prowadzące na taras, obiegł sprintem dom i wpadł do środka przez drzwi boczne.

- Co on do diaska robi? – zapytałem zaskoczony.

- Jesteśmy tak zdezorientowani jak i ty, staruszku. Wyszliśmy sobie właśnie na mały spacerek po ogrodzie, żeby zaczerpnąć świeżego powietrza, gdy nagle ten gość wypadł z domu jednymi drzwiami i zaraz wpadł drugimi, jakby go gonili. Kilka minut później znów wypadł, jak widziałeś.

- Co za dziwny sposób prowadzenia śledztwa – zauważyła Sylvia.

– Och, oczywiście! – mruknęła cicho Angela Marchmont.

Spojrzeliśmy na nią pytająco.

– Tak – ciągnęła dalej. – Teraz to ma sens. Nie mogłam zrozumieć, o co chodzi z tymi ziemniakami.

Obrzuciła spojrzeniem nasze zdziwione oblicza i roześmiała się.

– Nie, nie zwariowałam, przynajmniej jeszcze nie. Po prostu wcześniej widziałam, jak jeden z policjantów ciągnie w kierunku gabinetu coś, co wyglądało na duży worek ziemniaków. Wtedy zastanawiałam się, dlaczego, ale teraz to jest oczywiste.

– Nie dla mnie – zabrała głos Sylvia.

– Nie rozumiesz? Ten worek ziemniaków reprezentuje Neville'a. Próbują odtworzyć przebieg przestępstwa, aby zorientować się, jak szybko można było je popełnić.

– Ale dlaczego wbiegają i wybiegają bocznymi drzwiami, skoro wiemy, że morderca przybył z zewnątrz i wszedł do środka przez drzwi tarasowe? – zapytałem.

– Przychodzi mi do głowy tylko jeden powód – odpowiedziała Angela.

W tym momencie wszystkich nas olśniło i zamilkliśmy, patrząc po sobie w konsternacji.

– Muszą podejrzewać, że zrobił to ktoś z domowników! – zawyrokowała wreszcie Sylvia.

Angela skinęła głową.

– Tak – powiedziała tylko.

Bobs parsknął głośnym śmiechem.

– Ależ to absurd! – orzekł.

– Tak myślisz? – zapytała Angela.

– Oczywiście, że tak! Nikt z nas nie miał powodu, aby go zabić, a poza tym po prostu nie byłoby na to czasu. Pamiętasz, co Jameson powiedział: do zabójstwa musiało dojść między dziesiątą czterdzieści pięć a pierwszą trzydzieści. Ale drzwi wejściowe zostały zamknięte o jedenastej. To zostawia tylko piętnaście minut. A na pewno pamiętacie, że w tym czasie wszyscy byliśmy razem w salonie.

– Nie przez cały czas – zauważyła Angela. – Myślę, że kilka osób wyszło. Między innymi ty, Bobs.

– Ja? – zapytał Bobs z zaskoczeniem. – Prawda, skoro już o tym wspomniałaś, chyba masz rację. Całkowicie o tym zapomniałem. Tak czy owak – ciągnął dalej – nie widzę, jak zabójca miałby czas, aby obiec pół domu, popełnić zbrodnię, ułożyć ciało i wrócić do salonu bez wzbudzania podejrzeń.

– No cóż, miejmy nadzieję, że policja się z tobą zgodzi – odparła Angela. – W przeciwnym razie wszyscy możemy się znaleźć w sytuacji nie do pozazdroszczenia.

– Ale dlaczego ktokolwiek z nas miałby chcieć zabić biednego Neville'a? – zaprotestowała Sylvia. – Nie, nie mogę w to uwierzyć!

– Patrzcie – powiedziałem. – Idzie Jameson.

Rzeczywiście, inspektor kroczył w naszą stronę zdecydowanym krokiem.

– Jak się pan ma, panie Jameson – palnął Bobs, gdy inspektor znalazł się wystarczająco blisko. – Oglądamy sobie stąd pańskie przedstawienie. Nas pan nie oszuka. Wiemy, o co tu chodzi. Jak pan myśli, kto z nas to zrobił? Mnie osobiście nie podoba się ten stary kamerdyner. Ma podejrzany błysk w oku. Nie ufałbym mu na pana miejscu.

– Bobs! – wykrzyknęła Sylvia.

– A może Gale? – ciągnął Bobs bezceremonialnie. – Mówi się przecież, że cicha woda brzegi rwie. Brnie taki pokornie przez życie rok za rokiem, aż pewnego dnia czara goryczy się przelewa i biada każdemu, kto stanie mu na drodze.

– Jestem panu wdzięczny za pańskie pomysły, panie Buckley – powiedział grzecznie inspektor. – Oczywiście rozważymy wszystkie możliwości.

– Brawo! – powiedział niepoprawny Bobs. – A może na razie powie nam pan, jakie wnioski pan wyciągnął? Sądząc po tym małym przedstawieniu, zakładamy, że wliczył pan domowników do listy podejrzanych typków?

Inspektor uśmiechnął się wymijająco.

– Zaniedbywałbym swoje obowiązki, gdybym nie zbadał wszystkich wątków śledztwa – odparł, ale nie rozwinął tematu.

– Czy coś możemy zrobić, żeby pana przekonać, że nikt z nas nie miał z tym nic wspólnego? – zapytała Sylvia.

– Ależ tak, panno Buckley, jak najbardziej. To dlatego tu jestem. Usiłuję ustalić ruchy wszystkich domowników w piątek wieczorem w godzinach między dziesiątą czterdzieści pięć a jedenastą.

– Aha! Wiedziałem! – skwitował Bobs. – Możemy panu powiedzieć o własnych ruchach, ale oczywiście nie o ruchach służby.

– Jeden z moich ludzi ma rozmawiać z nimi dziś po południu – powiedział inspektor Jameson. – Natomiast jeśli chodzi o gości, zastanówmy się. O ile wiem, do jedenastej czterdzieści pięć wspólnie tańczyliście i graliście w gry. A co było później?

Wróciłem myślami do owego wieczoru i zacząłem się zastanawiać. Niewiele pamiętałem poza kłótnią między Joanną a Gwen MacMurray.

Sylvia odezwała się jako pierwsza.

– To był dość nietypowy wieczór – powiedziała z zastanowieniem. – Na początku wszyscy byliśmy nie w humorze, nie wiem dlaczego. Później przyszła Rosamunda i rozruszała nas trochę. Zawsze była w tym bardzo dobra. Ale gdy skończyliśmy grę w „Słowo po słowie", atmosfera znów się popsuła. Joanna i Gwen pokłóciły się o coś, no i nikt już nie miał ochoty dłużej siedzieć. Większość z nas poszła zaraz spać.

– O której godzinie doszło do kłótni? – zapytał inspektor.

– To było tuż po jedenastej – odparłem. – Pamiętam, że zaraz potem spojrzałem na zegarek i pomyślałem sobie, że czuję się ogromnie zmęczony, choć jest jeszcze dość wcześnie.

– Bardzo dobrze – rzekł Jameson, sprawdzając coś w swoim notatniku. – Niech pomyślę. Za piętnaście jedenasta pan Knox i lady Strickland rozmawiali z sir Stricklandem przez drzwi gabinetu. Następnie wrócili państwo do salonu.

Potwierdziłem.

– Czy po państwa powrocie do salonu a przed kłótnią pomiędzy panną Havelock a panią MacMurray ktoś z gości wychodził z salonu?

– Och tak, kilka osób – odpowiedziała Sylvia.

– Włącznie ze mną – dodał Bobs. – W rzeczy samej całkiem mnie ominęła kłótnia, o której pan mówi. A szkoda, bo wygląda mi na to, że była przy tym dobra zabawa.

– Czy mogę zapytać, gdzie pan poszedł?

– Na pewno nie poszedłem rozwalić biednemu staremu Neville'owi głowy, jeśli o to panu chodzi – odparł Bobs. – Nie, prawdę mówiąc, poszedłem do sali bilardowej poćwiczyć kilka zagrań.

– Kto jeszcze wychodził z salonu?

– Zastanówmy się – powiedziała Sylvia. – Joanna wyszła po książkę i zaraz wróciła do salonu. Pan Gale też wyszedł, ale już nie wrócił. Powiedział, że ma pracę do skończenia czy coś w tym stylu.

– Jak długo panna Havelock była nieobecna?

– Niedługo. Jakieś dziesięć lub piętnaście minut.

– Czy ktoś inny wychodził?

– Nie wydaje mi się.

Jameson zanotował coś.

– Dziękuję – powiedział. – Bardzo mi państwo pomogli.

Nim zdążyliśmy zadać mu jakiekolwiek pytania, przeprosił nas i odszedł.

– Do diaska – powiedział Bobs, patrząc za nim. – Chciałem go zapytać, czy ustalili, że zbrodnię można było popełnić w czasie krótszym niż kwadrans. Jeśli zajęło im to dłużej, to oczywiście jesteśmy wszyscy poza kręgiem podejrzeń.

– Przecież musiało to zająć dłużej niż kwadrans – powiedziała Sylvia. – Nawiasem mówiąc, czy zauważyliście, że nie zapytał wcale, o co Joanna i Gwen się pokłóciły?

– Może uznał, że to nieważne – powiedziała Angela.

– Wygląda mi na bardzo inteligentnego gościa – zauważyłem. – Wcale nie przypomina policjantów, o jakich czyta się w książkach.

– A zatem wszyscy będziemy musieli uważać – rzucił lekko Bobs.

Rozdział 11

W HOLU SPOTKAŁEM ROSAMUNDĘ. Rozjaśniła się na mój widok i wzięła mnie za rękę.

– Tak się cieszę, że to ty – powiedziała. – Chodź ze mną do bawialni. Ten przystojny inspektor chce porozmawiać z panem Pomfreyem i ze mną o testamencie Neville'a. Boję się, że od razu mnie zakuje w kajdany i zabierze ze sobą.

– Wydaje mi się, że nie musisz się o to martwić – odparłem. – Ale oczywiście pójdę z tobą, jeśli chcesz. Tylko czy stary Pomfrey nie będzie protestować?

– Może protestować, ile chce. Po prostu muszę mieć przy sobie przyjazną duszę, a wiem, że na tobie mogę polegać, Charlesie – odpowiedziała.

Poczułem trudne do wypowiedzenia zadowolenie, że Rosamunda nadal uważa mnie za takiego bliskiego przyjaciela. Z sercem walącym w piersi uśmiechnąłem się do niej ciepło. Odwzajemniła się uśmiechem, po czym poprowadziła mnie do bawialni, gdzie już czekali inspektor i pan Pomfrey.

Pan Pomfrey rzeczywiście nie chciał mówić o testamencie sir Neville'a w mojej obecności, ale Rosamunda zniosła wszystkie jego protesty i mały prawnik, niechętnie, bo niechętnie, ale był zmuszony do wyrażenia zgody.

– W porządku, czego chciał się pan dowiedzieć, inspektorze? – zapytał.

– Chciałbym, żeby mi pan powiedział, jak sir Neville rozporządził swoim majątkiem – odpowiedział inspektor Jameson.

– Czy jest to konieczne? Myślałem, że uważa pan, że zabójca czy zabójcy weszli do domu z zewnątrz.

– Jeszcze nie ustaliliśmy z całkowitą pewnością, jak popełniono przestępstwo – powiedział inspektor ostrożnie. – W tej chwili wiemy tylko, że z pewnością zostało popełnione przestępstwo, więc jestem zobowiązany przeprowadzić jak najdokładniejsze śledztwo. Motyw to ważny element, choć oczywiście nigdy nie jest rozstrzygający. Dlatego pytam pana o testament.

Prawnik uniósł brwi zaskoczony, a następnie odchylił się na krześle i złożył dłonie koniuszkami palców.

– Rozumiem – zastanowił się przez chwilę. – Sytuacja jest trochę skomplikowana, ale zrobię, co w mojej mocy, aby ją wyjaśnić. Aktualnie obowiązujący testament sir Neville'a Stricklanda jest mało skomplikowany. Jest w nim kilka drobnych zapisów dla osób prywatnych i organizacji charytatywnych, ale tylko dwóch głównych beneficjentów: Hubert MacMurray, który dziedziczy dziesięć tysięcy funtów, i lady Strickland, która dziedziczy resztę pieniędzy sir Neville'a, czyli mniej więcej trzydzieści pięć tysięcy, a także posiadłość Sissingham, ale tylko dożywotnio, gdyż małżeństwo było bezdzietne.

– A kto dostanie Sissingham po jej śmierci? – zapytał inspektor.

– Posiadłość wróci do pana MacMurraya – odpowiedział pan Pomfrey.

– A panna Havelock? Czy ona coś dziedziczy?

– Nie... Ona ma swój własny majątek, który w tej chwili jest w zarządzie powierniczym. Otrzyma go, gdy ukończy dwadzieścia pięć lat.

– To wszystko wydaje się wyjątkowo proste – zauważył

Jameson. – Tymczasem powiedział pan, że sytuacja jest skomplikowana. Czy jest coś jeszcze?

Pan Pomfrey odkaszlnął.

– To, co panu powiedziałem, dotyczy testamentu sir Neville'a, który pozostaje w mocy. Muszę jednak pana poinformować, że sam sir Neville miał inne zamiary.

Inspektor przerwał notowanie.

– Doprawdy? – zapytał.

Prawnik znowu odkaszlnął.

– Tak. Sir Neville wezwał mnie do Sissingham w piątek w związku z nowym testamentem. Jego życzenia się zmieniły. Chciał, abym jak najszybciej sporządził nowy dokument.

– A co ten nowy testament miał zawierać?

– Zgodnie z nowym testamentem lady Strickland miała otrzymać wszystkie pieniądze sir Neville'a, a Hubert MacMurray nic.

– Miał jednak nadal odziedziczyć Sissingham?

– Tak, ale dopiero po śmierci lady Strickland.

– Ale sir Neville zmarł przed przygotowaniem i podpisaniem nowego testamentu. Innymi słowy, stary testament nadal obowiązuje.

– Dokładnie – odpowiedział pan Pomfrey.

Byłem zbulwersowany. Więc słowa podsłuchane przez Joannę były prawdą! Sir Neville rzeczywiście miał zamiar wydziedziczyć kuzyna. To byłby ogromny cios dla MacMurrayów. Oczywiście mogliby się nadal cieszyć na przejęcie Sissingham, ale Rosamunda mogła żyć jeszcze przez wiele lat, a z tego, co słyszałem, oni rozpaczliwie potrzebowali funduszy już teraz. Wyglądało na to, że z ich punktu widzenia śmierć sir Neville'a nastąpiła w samą porę.

– Czy pani wiedziała o tym nowym testamencie, lady Strickland? – zapytał inspektor Jameson.

– Nie, w ogóle – odparła Rosamunda, która rzeczywiście wyglądała na równie zaskoczoną tą wiadomością jak my.

– Nie wie pani, dlaczego sir Neville postanowił wydziedziczyć kuzyna?

– Obawiam się, że nie. Wiem tylko, że Neville'owi nie podobał się styl życia Huberta w mieście. Oni mają bardzo rozhukane towarzystwo. Z tego, co słyszałam, Hubert nie zawsze zachowywał się tak, jak powinien. Ale nie wiem, czy jest jakiś konkretny powód, dla którego Neville tak się na niego zdenerwował.

Inspektor ponownie zwrócił się do prawnika.

– Czy o ile pan wie, pan MacMurray był świadomy faktu, że groziło mu wyłączenie z dziedziczenia?

– O tym nie mam pojęcia – powiedział pan Pomfrey sztywno.

Zawahałem się. Czy powinienem poinformować inspektora o rozmowie, którą Joanna podsłuchała z biblioteki? Nie byłem pewien, co zrobić, ale Jameson zauważył mój wyraz twarzy i podjął decyzję za mnie.

– Panie Knox, mam wrażenie, że ma mi pan coś do powiedzenia – rzekł łagodnie.

Skrzywiłem się, ale było już za późno. Niechętnie powtórzyłem historię, którą opowiedziała mi Joanna.

– Oczywiście to tylko plotki – dodałem. – Będzie pan musiał poprosić pannę Havelock o potwierdzenie. Albo może lepiej Huberta MacMurraya.

– Dziękuję, panie Knox, tak zrobię – powiedział inspektor. Zaczął wstawać z krzesła, ale wstrzymał się. – Ach tak – powiedział. – Prawie zapomniałem. Lady Strickland, wie pani, że istnieją pewne wątpliwości co do tego, jak zabójca wszedł i wyszedł z gabinetu w noc śmierci pani męża. Kamerdyner Rogers powiedział mi, że zapasowy klucz, którym otworzył wczoraj drzwi do gabinetu, był z całą pewnością bezpiecznie zamknięty w szufladzie u niego w pokoju, więc można go wyeliminować ze śledztwa. Ale powiedział też, że jest drugi pęk kluczy do domu, który jest przechowywany w zamkniętej

CLARA BENSON

szufladzie w biurku sir Neville'a. Czy wiedziała pani o ich istnieniu?

Rosamunda spojrzała na niego nieprzytomnie, jakby nie całkiem zrozumiała pytanie.

– Tak – odpowiedziała w końcu. – Tak, wydaje mi się, że tak. Zupełnie o nich zapomniałam. Czy to ważne?

– Możliwe, że nie. Kto miał klucz do szuflady biurka?

– Sądzę, że tylko Neville.

– Czy był tylko jeden klucz?

– Naprawdę nie mam pojęcia. Tak sądzę. Czy zapytał pan Rogersa?

– Rogers mówi, że sir Neville trzymał jedyny klucz do szuflady w kieszeni. Myśli, że nie ma drugiego klucza.

– W takim razie śmiem twierdzić, że ma rację – powiedziała Rosamunda. – Ale jaki to ma związek z przestępstwem? Jeśli klucze do domu były zamknięte w szufladzie, a Neville miał klucz do szuflady w kieszeni, to na tym koniec. – Powiedziała to definitywnym tonem.

– Tak jak pani mówi, na tym koniec – zgodził się Jameson. – W kieszeni sir Neville'a rzeczywiście znaleziono klucz. Wysłałem po niego, a gdy nadejdzie, sprawdzę, czy pasuje do szuflady. Jeśli klucze do domu również są w szufladzie, też będzie je można wyeliminować ze śledztwa.

Podziękował nam wszystkim i wyszedł.

Zacząłem się zastanawiać, ku czemu zmierzał swoimi pytaniami. Drugi pęk kluczy do domu był prawdopodobnie bezpiecznie schowany, a zatem jego istnienie nie miało znaczenia. Uznałem, że inspektor niepotrzebnie komplikuje sprawy. Musiałem jednak przyznać, że musi przeprowadzić śledztwo jak najstaranniej.

Wróciłem myślami do kwestii testamentu. Z pewnością wyglądało na to, że Hubert MacMurray miał silny motyw zabicia sir Neville'a, ale ponieważ był obecny w salonie podczas zgubnego kwadransa, nie wyobrażałem sobie, jak mógł to zrobić. W istocie jedynymi osobami, które miały okazję to zrobić w tym czasie, byli Bobs, Simon Gale i Joanna Havelock, których nie było wtedy w pokoju. Pomysł, że zrobili to Bobs lub Joanna, był kompletnie niedorzeczny. Gale budził większe wątpliwości, ale po zastanowieniu musiałem uznać, że nie widzę powodu, dla którego miałby to zrobić. Przecież miał tu wygodny stołek u przychylnego pracodawcy. Nie miał nic do zyskania ze śmierci sir Neville'a, a wszystko do stracenia. Nie, im bardziej się zastanawiałem, tym mocniej byłem przekonany, że policja jest na złym tropie. To musiał być ktoś z zewnątrz.

Zostawiłem Rosamundę z panem Pomfreyem i poszedłem do oranżerii, gdzie zastałem Sylvię wyglądającą w zadumie przez okno. Gdy wszedłem, odwróciła się w moją stronę.

– Tutaj jesteś – przywitała mnie. – Zastanawiałam się, gdzie się podziałeś.

– Rosamunda chciała, abym poszedł z nią wysłuchać, co pan Pomfrey ma do powiedzenia o testamencie sir Neville'a – powiedziałem tak niedbale jak możliwe, ale ona zwęziła oczy i spojrzała na mnie podejrzliwie.

– Co za zażyłość – rzekła w końcu.

W obliczu takiego pozornego braku zainteresowania udałem, że wychodzę z pokoju. Sylvia ustąpiła.

– No nie każ mi zgadywać! – wykrzyknęła. – Co powiedział?

Zmagałem się krótko sam ze sobą. Byłem pewien, że pan Pomfrey byłby bardzo niezadowolony, gdyby wiedział, że przekazuję dalej informację, że sir Neville planował wydziedziczyć kuzyna. Ale z drugiej strony, Rosamunda nie powiedziała przecież, że mam to zachować w tajemnicy. Pokusa niedyskrecji przeważyła i przekazałem Sylvii wszystko, co usłyszałem w bawialni. Sylvia wysłuchała mnie z szeroko otwartymi oczami.

– Wielkie nieba! – powiedziała. – Jeśli to rzeczywiście był Hubert z Neville'em koło biblioteki owego dnia, daje mu to bardzo silny motyw zabójstwa.

Na te słowa do pokoju weszła Angela i usłyszała ostatnią część zdania.

– Nie przeszkadzam? – zapytała.

– Ależ skąd, posłuchaj – odparła Sylvia skwapliwie i powtórzyła jej całą historię.

Byłem nieco zaniepokojony tak szybkim rozpowszechnianiem się wiadomości, ale musiałem przyznać, że jeśli karty zostały odkryte, była to tylko moja wina.

Angela przez chwilę w milczeniu przyswajała informacje.

– Z pewnością wygląda to źle dla Huberta. Wygląda na to, że miał motyw – powiedziała w końcu. – Ale nadal nie widzę, jak mógł to zrobić. W kluczowym okresie był z nami wszystkimi w salonie.

– A może do zabójstwa nie doszło w tym czasie? – zapytałem. – Według inspektora Jamesona i jeśli wierzyć dowodom medycznym, zabójstwo mogło zostać popełnione w dowolnym czasie między dziesiątą czterdzieści pięć a pierwszą trzydzieści.

– Tak, ale jeśli doszło do niego po godzinie jedenastej, oznacza to, że nikt w domu nie mógł go popełnić. A przynajmniej nikt z gości – powiedziała Angela. – Mamy dwie możliwości. Pierwsza jest taka, że zabójstwo popełnił intruz z zewnątrz. W tym przypadku mogło zostać popełnione w dowolnym momencie w ciągu tych trzech godzin, ponieważ zabójca musiał wejść do środka przez drzwi tarasowe. Druga możliwość jest taka, że był to ktoś z domowników. W takim przypadku musiało to mieć miejsce po dziesiątej czterdzieści pięć, gdy pan i Rosamunda rozmawialiście z Neville'em, a przed jedenastą, gdy Rogers zamknął dom. Po jedenastej nikt z nas nie mógł wyjść z domu i dostać się do gabinetu z zewnątrz. O ile oczywiście... – zmrużyła oczy, jakby rozważała nową myśl. – To ciekawe, co pan mówi o tym drugim pęku kluczy, ale skoro były przez cały czas zamknięte w szufladzie biurka Neville'a, myślę, że niczego to nie zmienia.

– A co ze służbą? – zapytałem.

– Jest to możliwe, ale fakty pozostają takie same – odpowiedziała Angela. – Wszystkie drzwi wejściowe zostały zamknięte o jedenastej, gdy wszyscy byli już w środku. Choć sądzę, że istnieje niewielka możliwość, że ktoś wyszedł z domu przed jedenastą i wrócił po otwarciu drzwi następnego ranka. Wyobrażam sobie jednak, że policja zajęła się już tą możliwością.

Sylvia zmarszczyła brwi.

– Chwileczkę! – rzekła. – Dlaczego zakładamy, że zabójca wszedł przez drzwi tarasowe? Załóżmy, że zabójcą jest ktoś z domu. Przecież mógł wejść do gabinetu przez drzwi z korytarza. Neville mógł go po prostu wpuścić.

– Być może – zastanowiła się Angela. – Z pewnością mogło to tak wyglądać, ale tak czy owak musiałoby się to stać między dziesiątą czterdzieści pięć a jedenastą. Gdy Neville'a znaleziono, drzwi gabinetu były zamknięte na klucz od wewnątrz. To oznacza, że morderca musiałby wyjść przez drzwi tarasowe i wrócić inną drogą, może bocznymi drzwiami, a może w inny sposób, o którym jeszcze nie pomyśleliśmy.

– A to oznacza, że jedynymi osobami, które mogły to zrobić, są nadal Bobs, Joanna i Simon Gale – powiedziała Sylvia. – Och, to absurd nie do opisania! To musiał być intruz z zewnątrz.

Angela potrząsnęła głową.

– Mam wrażenie, że policja doszła do przeciwnego wniosku – powiedziała poważnie. – To właśnie przyszłam wam powiedzieć. Kilka minut temu rozmawiałam z Joanną, która ma godny pozazdroszczenia dar wydobywania informacji od służby. Okazuje się, że policja nie była w stanie znaleźć żadnego śladu wskazującego na to, że przestępstwo popełnił ktoś z zewnątrz. Skłaniają się ku przypuszczeniu, że to był ktoś z domowników.

– Muszą się więc mylić – zawyrokowała Sylvia – albo pomyliły im się pory i godziny.

– Muszę powiedzieć, że się zgadzam – powiedziałem. –

Fakt, że nie ma dowodów na istnienie intruza, nie stanowi dowodu, że przestępstwo popełnił ktoś z domowników. Może intruz po prostu nie pozostawił po sobie żadnych śladów.

– Byłoby to trudne. Od piątkowego deszczu grunt jest rozmokły i błotnisty – zauważyła Angela.

– Tak, ale od tamtej pory wszyscy włóczyliśmy się wokół domu. Wszystkie ślady mogły łatwo ulec zatarciu. Poza tym, gdyby ktoś z domowników to zrobił, czy nie zostawiłby śladów?

– Nie wydaje mi się. Przecież taras biegnie wokół całego domu. Nie byłoby najmniejszej potrzeby brudzić sobie butów – odpowiedziała Angela.

– Nawet zakładając, że to był ktoś z domowników, nie widzę, jak można było to zrobić w ciągu tych piętnastu minut – zastanowiła się Sylvia. – To nie ma najmniejszego sensu. Sama myśl, że to Bobs lub Joanna, jest niepoważna.

– A Gale? – zapytałem. – Przecież wyszedł z salonu i już nie wrócił. Mówi, że chwilę popracował, a potem poszedł spać, ale czy mamy na to jakikolwiek dowód?

Zamilkliśmy, zastanawiając się na Simonem Gale'em jako podejrzanym.

– Sądzę, że mógł to zrobić – powiedziałem na koniec. – Ale dlaczego? Wydaje się raczej nerwowy, ale powiedział mi, że jest tu bardzo szczęśliwy. Dlaczego miałby zabić sir Neville'a?

Gdy tylko to powiedziałem, przypomniała mi się kłótnia między Gwen i Joanną tego wieczora, gdy zginął sir Neville. Co takiego powiedziała Gwen? Coś o Joannie gapiącej się w Gale'a jak cielę na malowane wrota. Wtedy zlekceważyłem jej słowa jako zwykłą złośliwość, ale może były prawdziwe? A może Gale odwzajemniał jej uczucia? Może planowali wspólną przyszłość? Zastanowiłem się, jak sir Neville zareagowałby na taką wiadomość.

– Czy może być ziarno prawdy, w tym co Gwen powiedziała ostatnio o Joannie i Gale'u? – zacząłem ostrożnie.

Obydwie spojrzały na mnie zaskoczone.

– Że Joanna jest zakochana w Simonie? – zapytała Sylvia.

– Nie wiem. Myślałam, że to tylko złośliwe przycinki Gwen. Ale Joanna zawsze była trochę nieprzewidywalna. A Simon Gale wygląda na dokładnie takiego nieboraka, do jakiego może ją ciągnąć. Czy to ważne?

– To zależy – odpowiedziałem. – Zastanawiałem się po prostu, czy sir Neville zgodziłby się, gdyby zechcieli się zaręczyć.

– Och, już rozumiem – powiedziała Sylvia. – Wyobrażasz sobie Neville'a jako surowego opiekuna, który planuje wyrzucenie Simona z domu i zamknięcie Joanny na klucz w wieży, żeby już nigdy go nie zobaczyła. Ale naprawdę się mylisz. Neville nie był człowiekiem takiego pokroju. Może nie byłby zbyt zadowolony, gdyby rzeczywiście się zaręczyli, ale nie wyobrażam go sobie w roli wiktoriańskiego patriarchy. Nie, to nie przejdzie jako motyw zabójstwa.

– Cóż, znasz sir Neville'a lepiej niż ja – powiedziałem, niechętnie porzucając swą teorię. – To był rzeczywiście wydumany pomysł.

– Co my robimy... – powiedziała Angela ze wstydem. – Rozważamy sobie, czy nasz znajomy popełnił morderstwo, tylko dlatego, że wydaje się najmniej nieprawdopodobny z trójki nieprawdopodobnych podejrzanych. Jesteśmy raczej niesprawiedliwi w stosunku do biednego pana Gale'a. Chyba powinniśmy przestać wymyślać teorie.

– Ale... – zacząłem i przerwałem w pół słowa, gdyż do oranżerii wpadła sama Joanna. Na szczęście nie zauważyła naszych zawstydzonych min, tylko wybuchła:

– Czy ktoś może powstrzymać tego okropnego inspektora? Przewraca cały dom do góry nogami, a teraz tak się dał we znaki Simonowi, że nigdzie nie mogę go znaleźć!

Rozdział 12

– JAK TO „DAŁ SIĘ WE ZNAKI SIMONOWI"? – zapytała Angela.

– Och, wypytywał go i wypytywał, gdzie był i co robił w czasie tych piętnastu minut – powiedziała Joanna, podnosząc ręce do góry w rozpaczy. – Tylko dlatego, że jest sumienny i poświęca dużo czasu na pracę, policji się wydaje, że musi być mordercą! To nie jego wina, że nie było go w pokoju, gdy Neville został za... zabity. No i teraz nie wiem, gdzie się podział, i tak się boję, że mógł zrobić coś głupiego. On ma słabe nerwy. Nie umie sobie radzić z tego typu rzeczami.

Rozpłakała się w pół słowa. Angela zaczęła ją pocieszać.

– Nie płacz, moja droga – powiedziała. – Jestem pewna, że nie zrobiłby niczego głupiego.

– Ale przeszukałam cały dom! – zawodziła dalej Joanna.

– Na pewno wyszedł na spacer po ogrodzie – powiedziała Sylvia rozsądnie. – Ja bym tak zrobiła, gdybym chciała ochłonąć ze zdenerwowania.

– Naprawdę tak myślisz? – zapytała Joanna. – Nie było go widać z żadnego z okien na piętrze. Ale może masz rację.

– Co dokładnie powiedział? – zapytałem.

– Och, nie wiem, coś mruknął, że się stąd zabiera, i tyle go widziałam. Powinnam była pójść za nim. Nigdy sobie nie wybaczę, jeśli mu się coś stanie.

– Jestem pewna, że nie ma potrzeby się martwić – rzekła Angela uspokajająco. – Nikomu z nas nie jest w tej chwili lekko, ale policja musi wykonywać swoją pracę. Simon pewnie chciał po prostu na chwilę odpocząć od ciągłej presji. Jestem pewna, że wróci na podwieczorek.

– Przypuszczam, że masz rację – powiedziała Joanna, wycierając oczy chusteczką. – Po prostu się niepokoję.

Ale Simon Gale nie wrócił na podwieczorek ani nawet na kolację. Wkrótce okazało się, że wziął samochód sir Neville'a i że ktoś widział, jak jechał w kierunku pobliskiego miasteczka.

– A więc zagadka rozwiązana – oświadczył Bobs, gdy usłyszał, że Gale zaginął. – Miło z jego strony, że oszczędził nam dalszego śledztwa, ale mógł mieć na tyle przyzwoitości, aby tu zostać i stawić czoła konsekwencjom.

I rzeczywiście, większość gości uznała, że zniknięcie Gale'a było równoznaczne z przyznaniem się do winy, choć nie miał żadnego wyraźnego motywu. Ja przypuszczałem, że jako osoba nerwowa musiał przeżyć jakieś chwilowe zaburzenie w pracy mózgu, które spowodowało, że zaatakował i zabił swojego pracodawcę. Przypomniałem sobie bladość Gale'a, gdy w czasie obiadu omawialiśmy sprawę panny Mason, i zacząłem się zastanawiać, czy ten temat nie był mu zbyt bliski: może w istocie znał swoją własną słabość i tendencję to uciekania się do przemocy. Policja natychmiast wszczęła poszukiwanie uciekiniera, szukając śladów po nim w najbliższej okolicy. Tymczasem reszta z nas, może z wyjątkiem Joanny, poczuła coś w rodzaju ulgi, że sprawa została tak szybko rozwiązana.

Wspomniałem o tym Angeli Marchmont.

– Tak – powiedziała. – To rzeczywiście obciąża pana Gale'a. To znaczy fakt, że uciekł.

– Ale reszta dowodów pani nie przekonuje?

– Właśnie o to chodzi – odpowiedziała. – Nie ma żadnych

innych dowodów, a przynajmniej niczego konkretnego. Tylko fakt, że nie wiemy, gdzie był ani co robił w ciągu tych piętnastu minut.

– Ale to niewątpliwie wystarczy, jeśli wszyscy inni zostali wyeliminowani ze śledztwa.

– Być może. Może zdziwią pana moje słowa, panie Knox, ale nie mogę się pozbyć uczucia, że zostaliśmy... och, jak to ująć?

– Ale jakie może być inne rozwiązanie?

– Nie wiem – odpowiedziała – Nie mam żadnego powodu, aby wątpić w to, czego dowiedziałam się do tej pory, a jednak...

– A jednak co?

Wzdrygnęła się.

– Wywiedzeni w pole – powiedziała zdecydowanie. – O tym określeniu myślałam. Zostaliśmy wywiedzeni w pole. Muszę nad tym pomyśleć.

Właśnie wtedy przerwała nam Rosamunda, która odciągnęła mnie od Angeli, bo miała do mnie prośbę.

– Po prostu nie mogę w tej chwili znieść myśli, że zostanę w tym domu całkiem sama – powiedziała. – Poproszę wszystkich moich gości, aby zostali ze mną jeszcze przez kilka dni, żeby mi dotrzymać towarzystwa. Ty zostaniesz, prawda, Charlesie? – Spojrzała na mnie błagalnie.

To pytanie mnie zaskoczyło, bo prawdę mówiąc zastanawiałem się, jak dyskretnie wyjechać, gdyż uznałem, że moja obecność musi być w takim momencie niepożądana i że na pewno zawadzam.

– Oczywiście, że zostanę, jeśli sobie tego życzysz – powiedziałem. – Ale czy jesteś pewna, że nie będę bardziej przeszkadzać, niż pomagać? Myślałem, że wolałabyś nie mieć w tej chwili grupy gości do zabawiania.

– Och, ależ ja właśnie potrzebuję gości, żeby nie rozmyślać o tym przez cały czas – powiedziała żarliwie. – Proszę, Charlesie, powiedz, że zostaniesz.

Oczywiście nie mogłem odmówić, tym bardziej, że Rosamunda tak nalegała. Zgodziłem się, a ona wzięła mnie za rękę i podziękowała mi serdecznie.

– Teraz musisz pójść ze mną na mały spacer – powiedziała. – Bardzo potrzebuję świeżego powietrza, a poza tym nie mieliśmy okazji porozmawiać w ciągu ostatnich paru dni. Oczywiście trudno się temu dziwić, biorąc pod uwagę okoliczności.

Te słowa zabrzmiały tak smutno, że spojrzałem na nią bystro.

„Kochana Rosamunda", pomyślałem. „Jak dotąd odważnie znosi tę sytuację, jak na prawdziwą Angielkę przystało, ale jak długo wytrzyma?"

Wszyscy zgodzili się zostać na razie w Sissingham. Ja zrobiłem to z przyjemnością, gdyż nie miałem innych zobowiązań i cieszyłem się, że mogę w jakiś sposób przysłużyć się Rosamundzie. Ale nie mogliśmy udawać, że nie doszło do niedawnych wydarzeń i z trudnością znajdowaliśmy sobie rozrywki, które nie wydawałyby się nam niestosowne.

Tymczasem inspektor Jameson został wciągnięty w poszukiwania i wyjechał, zostawiając tylko posterunkowego, który pracowicie ustalał ruchy służby. Powiedziano nam, że rozprawa w sądzie koronera odbędzie się prawdopodobnie dopiero po odnalezieniu Simona Gale'a.

– To bez wątpienia ogromnie rozczaruje lokalną ludność – zauważył Bobs, gdy wszyscy siedzieliśmy przy śniadaniu.

– Co takiego? – zapytałem.

– Spójrz – odparł i podał mi gazetę, którą właśnie czytał. Spojrzałem i serce podskoczyło mi do gardła.

– „Podejrzana śmierć w wiejskiej rezydencji" – przeczytałem. – Co to znaczy?

– To znaczy, że prasa zwęszyła temat, stary. Myślę, że możemy się spodziewać, że każde piśmidło w kraju wyśle tu wkrótce swojego najlepszego pismaka.

– Och, mam nadzieję, że nie – powiedziała Rosamunda.

Czytałem dalej. Była to typowa sensacyjna opowiastka, mieszanka prawdy, półprawdy i fabrykacji, napisana przez kogoś, kto najwyraźniej nigdy nie był w Sissingham ani nie znał żadnej z wymienionych osób. Dużo uwagi poświęcono zniknięciu Simona Gale'a.

– Teraz cały kraj będzie szukał Gale'a – powiedział Bobs. – Obawiam się, że nie ma dla niego większej nadziei.

– „Inspektor Jameson ze Scotland Yardu i jego ludzie zebrali kilka wskazówek" – czytałem dalej – „i należy mieć nadzieję, że winowajca zostanie wkrótce zatrzymany".

– Patrz, Rosamundo, wygrzebali skądś twoje zdjęcie – powiedziała Joanna, która czytała zza moich pleców. – Gdzież oni je znaleźli? A czy to nie ty, Bobs?

– Och tak – odparł Bobs niedbale. – Nie pamiętam, gdzie to było zrobione. Gdzieś za granicą, sądząc po otoczeniu.

Spojrzałem na zdjęcie, na którym widać było grupę modnie ubranych młodych ludzi stojących w słońcu przed dużym, eleganckim hotelem. Byli wśród nich Rosamunda… oraz Bobs z głupim uśmiechem na twarzy.

– „Lady Strickland z przyjaciółmi w Mentonie w zeszłym roku" – przeczytałem.

– Nie mówiłeś mi, że w zeszłym roku byłeś w Mentonie, Bobs – powiedziała Sylvia.

– Nie spodziewasz się chyba, że będę cię informować o każdym swoim kroku – odparł jej brat. – Ja fruwam tu i tam jak motylek, obdarzając wszystkich swym urokiem i mądrością. Nie mam czasu na uprzejmości, które obowiązują pospólstwo. Czyż nie wyglądam dobrze w bieli do tenisa? – naprężył z trudem ramiona. – Będę musiał odzyskać formę, zanim wrócę do gry. Ogromnie mnie dziś bolą ramiona, a przecież wczoraj przeniosłem tylko te dwie ciężkie donice Joanny. Całe to pławienie się w luksusie zamieniło mnie w cień dawnego siebie.

Zauważyłem, że pani Marchmont spojrzała na niego przenikliwie, a następnie zmarszczyła brwi, jakby usiłowała sobie coś przypomnieć.

– Na tym zdjęciu nie ma Neville'a. Ciekawe, gdzie był tego dnia – zauważyła Joanna.

– Przypuszczam, że w okolicy – odparł Bobs. – Pamiętam, że było strasznie gorąco.

– Mniejsza z tym – powiedziała Rosamunda. – Ważniejsze jest pytanie, co mnie opętało, żeby założyć taki okropny kapelusz?

Gdy tak śmiali się ze zdjęcia, pojawił się Rogers i zawiadomił nas o powrocie inspektora Jamesona, który chciał porozmawiać z lady Strickland w cztery oczy.

– Och – powiedziała Rosamunda. – Może wie coś o Simonie.

Wyszła, ale wróciła kilka minut później.

– Czego on chciał? Czy Simon został znaleziony? – zapytała natychmiast Joanna.

– Nie, nie został znaleziony – odparła Rosamunda. Zauważyłem, że jest bardzo blada. – Ale chcą go znaleźć jak najszybciej. Widzicie, okazuje się, że ma alibi. W ciągu tych piętnastu minut w dwóch różnych momentach widziało go dwóch różnych służących, więc nie mógł popełnić w tym czasie zabójstwa.

Popatrzyliśmy po sobie.

– Czy chcesz przez to powiedzieć, że Simon jest niewinny? – wyrwała się Gwen. – Niemożliwe! Przecież jeśli on jest niewinny, to znaczy, że ktoś inny musiał to zrobić.

– Brawo – skomentował Bobs.

– Ale nikt z nas tego nie zrobił, prawda? – upierała się Gwen. – Więc to musiał być Simon.

– Och, nie bądź śmieszna – żachnęła się Joanna.

Wyglądało na to, że zacznie się kolejna kłótnia, ale uprzedziła ją Rosamunda.

– Hubercie – powiedziała. – Inspektor Jameson chciałby porozmawiać z tobą w bawialni.

Zszokowana mina MacMurraya była niemal komiczna.

– Ze mną? Po co on chce rozmawiać ze mną?

– Tego nie powiedział – odparła Rosamunda.

Gdy wyszedł, spojrzałem na Sylvię i zobaczyłem, że mnie obserwuje. Podniosła brwi. Wyglądało na to, że po oczyszczeniu z podejrzeń Simona Gale'a, następny w kolejce był Hubert MacMurray, a motywu nie trzeba było szukać daleko. Dziesięć tysięcy funtów na pewno zawsze stanowiło wystarczająco dużą pokusę, ale MacMurrayowie pewnie byli gotowi poczekać, tym bardziej, że regularnie korzystali z hojnej gościnności sir Neville'a. Jednak jego groźba, że zmieni testament, musiała zadziałać jako potężny bodziec do działania, zwłaszcza gdy przybył pan Pomfrey, a MacMurrayowie przekonali się na własne oczy, że sir Neville nie żartuje. Może było to nieżyczliwe z mojej strony, ale wątpiłem, czy Hubert MacMurray zabiłby sir Neville'a, gdyby żona go nie zachęciła, a może nawet nie podjudziła. Wydawało mi się, że brakuje mu odwagi, natomiast nie miałem wątpliwości, że Gwen jest w stanie zamordować każdego, kto stanie jej na drodze. Oczywiście główną przeszkodą był fakt, że w kluczowym czasie oboje byli w salonie.

Wstałem i wyszedłem z pokoju. Na dole schodów zatrzymałem się i spojrzałem w głąb korytarzyka po lewej stronie. Do gabinetu właśnie wchodził służący. Wszedłem do biblioteki, gdzie zastałem oglądającego okno policjanta. Skinął do mnie przyjaźnie i wyszedł. Kilka minut później spotkałem go w moim pokoju, gdzie również oglądał okno. Przeprosił mnie i powiedział coś o rutynowych czynnościach.

– Ciekawe, czemu ogląda wszystkie okna? – zastanowiłem się, śledząc go wzrokiem, gdy wyszedł.

– Hej – powiedziała Angela Marchmont, która właśnie wyszła z własnego pokoju. – Czy ten policjant sprawdzał również pańskie okno? Zastanawiałam się, kiedy im to przyjdzie do głowy.

– Nie rozumiem dlaczego – odpowiedziałem.

– Nie rozumie pan? To przez ten nieszczęsny kwadrans. Policja wreszcie doszła do wniosku, że to fałszywy trop i że przestępstwo mogło zostać popełnione później, po jedenastej.

– Ale jak? Nie rozumiem.

Angela wyjaśniła.

– Otóż jedyne osoby, które w ciągu tych krytycznych piętnastu minut były poza salonem to pan Gale, Bobs i Joanna. Pan Gale ma alibi, Joanna wyszła tylko na kilka minut, a teraz okazało się, że Bobs grał w bilard z jednym ze służących, tylko nic nie mówił, bo nie chciał go wpakować w kłopoty. Nikt z nich nie miał czasu zabić Neville'a i uporządkować miejsca przestępstwa.

– Więc musiał to zrobić ktoś z zewnątrz, jak pierwotnie myśleliśmy! – rzekłem.

– Nie sądzę, aby policja tak to widziała. Przeprowadzili bardzo dokładne śledztwo. To jest miejsce położone na odludziu. W okolicy od kilku tygodni nie było nikogo obcego. Do tej pory policja nie znalazła dowodów na udział osoby z zewnątrz. Przypuszczam, że dopóki ich nie znajdą, będą pracować nad teorią, że przestępstwo zostało popełnione przez kogoś z domu między dziesiątą czterdzieści pięć a pierwszą trzydzieści. Ale ponieważ wszystkie drzwi do domu zostały zamknięte o jedenastej, każdy, kto później chciał dostać się do gabinetu Neville'a przez drzwi tarasowe prawdopodobnie musiałby opuścić dom przez okno.

– Na pewno nie przez okno na piętrze – zauważyłem.

– Nie – zgodziła się Angela. – Sama się wczoraj przyjrzałam i nie ma żadnych wygodnych pnączy, po których można się ześlizgnąć, ani niczego podobnego. Ktokolwiek to był, mógł przekraść się na dół, gdy wszyscy poszli spać, i wyjść na zewnątrz przez któreś okno na dole. Ale myślę, że najprawdopodobniej został wpuszczony do gabinetu przez samego Neville'a i po prostu wrócił tą drogą.

– Ale przez które okno?

– Nie wiem. Może policja uzna, że żadnym nie dało się wyjść, a w takim razie wrócimy do punktu wyjścia.

– Muszę powiedzieć, że wygląda to kiepsko dla MacMurraya – powiedziałem. – Jeśli to wszystko jest prawdą, to miał nie tylko okazję, ale także potężny motyw.

– Tak – powiedziała Angela. – Ale to również oznacza, że wszyscy znów znaleźliśmy się wśród podejrzanych, w tym pan Gale.

– Czy o to pani chodziło, gdy pani mówiła, że zostaliśmy wywiedzeni w pole?

– Częściowo. Tak, sądziłam, że może się okazać, że ten nieszczęsny kwadrans nic nie znaczy. Wydawało mi się, że to za krótki czas na popełnienie morderstwa i upozorowanie wypadku, zwłaszcza jeśli zostało popełnione bez premedytacji.

– Czyli uważa pani, że morderstwo zostało popełnione bez premedytacji?

– Nie widzę, jak mogło być inaczej. Miejsce zbrodni zainscenizowano tak niezdarnie i amatorsko, że wszystko wskazuje na to, że zrobiono to w pośpiechu i bez namysłu. Nawet my zauważyliśmy niemal natychmiast, że w ułożeniu ciała Neville'a było coś dziwnego.

– Ale skoro zostało to zrobione w pośpiechu, jak pani mówi, może dało się to zrobić w tym czasie? Przecież wystarczyło wejść do gabinetu, huknąć sir Neville'a w głowę, przesunąć jego ciało i kilka przedmiotów. To nie trwałoby długo.

– Po pierwsze, wiemy już, że jeśli stało się to w tym czasie, musiało to zająć do piętnastu minut, gdyż nikt nie był nieobecny dłużej. A po drugie, jeśli zakładamy, że to przestępstwo bez premedytacji, jest bardzo mała szansa, że zabójca wszedł do gabinetu i natychmiast, bez żadnego wstępu, zabił Neville'a. Spójrzmy na to z punktu widzenia mordercy. Wchodzi do pokoju z zamiarem rozmówienia się z Neville'em na jakiś temat, a nie uderzenia go w głowę. Musi być jakaś rozmowa, jakaś sprzeczka, zanim posunie się do morderstwa. To musi zająć co najmniej kilka minut.

136

– Niekoniecznie. Jeśli zabójcą jest faktycznie MacMurray, miał motyw już przed wejściem do pokoju. Może wszedł do środka, mając w planie zabójstwo, i od razu wziął się do rzeczy. – Tu nagle przyszedł mi do głowy inny pomysł. – Poza tym, skoro całej rzeczy nie zaplanowano z góry, czemu drzwi tarasowe zostały otwarte, umożliwiając zabójcy wejście?

– Nie wiemy jeszcze, czy tak było – odpowiedziała Angela. – Jak mówiłam, może wszedł do gabinetu przez drzwi z korytarza, wyszedł przez drzwi tarasowe, po czym wrócił do domu przez okno.

– Skąd wiedział, że musi zostawić otwarte okno, skoro nie planował zabójstwa?

– Nie wiem – odpowiedziała Angela. – W tej sprawie jest wiele rzeczy, które do siebie nie pasują. Jedno wiemy na pewno: jeśli to Hubert jest zabójcą, musiał to zrobić po jedenastej, gdyż przez większość wieczoru był z nami w salonie. Tylko że jakoś nie widzę Huberta w roli zabójcy.

– Według mnie to ma całkowity sens. Widzę to jak na dłoni. Myślę, że było tak: MacMurray rozpaczliwie chce zachować prawo do spadku i wrócić do łask sir Neville'a. Gdy wszyscy idą spać, przekrada się na dół i puka do drzwi do gabinetu, aby przedstawić mu swoją sprawę. Zostaje wpuszczony do środka, ale rozmowa się nie układa, dochodzi do kłótni, MacMurray zabija sir Neville'a i inscenizuje scenę, po czym wychodzi przez drzwi tarasowe.

– Ale skąd wiedział, że Neville będzie w gabinecie, skoro wszyscy poszli spać? – zapytała Angela. – I jak wrócił do domu?

Zastanowiłem się.

– W takim razie musiał to zaplanować. Zszedł na dół z myślą o zabójstwie, upewniając się najpierw, że będzie mógł zamknąć za sobą drzwi do gabinetu na klucz, wyjść przez drzwi tarasowe i wrócić do domu przez okno. To jedyna możliwość. I zastanawiam się – ciągnąłem dalej – czy Gwen nie należała do spisku. Pamiętajmy, że wszczęła kłótnię z

Joanną. Może było to celowo zaplanowane, żeby skłonić wszystkich do wczesnego pójścia spać. Nie wiem tylko, skąd mogli mieć pewność, że sir Neville jeszcze nie będzie spać. To jedyna luka, która mi przychodzi do głowy.

– To całkiem prawdopodobna wersja wydarzeń – przyznała Angela. – Ale z jakiegoś powodu mnie nie przekonuje. Myślę, że coś nam umknęło, tylko nie umiem tego sprecyzować.

Zeszliśmy razem na dół i rozstaliśmy się w sieni. Zatrzymałem się tam na chwilę, aby przepuścić przechodzącego służącego, po czym przeszedłem korytarzykiem do gabinetu sir Neville'a. Rozejrzałem się wokoło. Nic tu nie przypominało o okrutnym czynie, który tu popełniono zaledwie kilka dni wcześniej. Podszedłem do biurka i szarpnąłem za rączkę jednej z szuflad, po czym odskoczyłem gwałtownie, gdy ktoś odkaszlnął cicho za moimi plecami. Odwróciłem się szybko.

– Może tego pan szuka? – zapytał inspektor Jameson.

Rozdział 13

Inspektor wyciągnął w moją stronę telegram.

– Skąd pan to ma? – zapytałem, gdy odzyskałem głos.

– Z tej szuflady – odpowiedział.

– Nie należy zaglądać do prywatnych papierów innych ludzi – zauważyłem niemądrze.

Uśmiechnął się lekko.

– Obawiam się, że to przykra część mojej pracy – odrzekł.

– Zakładam, że go pan przeczytał.

– Tak.

– A zatem zna pan już wszystkie istotne informacje. Nie mam na ten temat nic więcej do powiedzenia – powiedziałem z naciskiem i ruszyłem w stronę wyjścia.

– Ależ tak, panie Knox – zatrzymał mnie Jameson. – Trzymam w ręku telegram od przedstawiciela sir Neville'a w Afryce Południowej, zwracający jego uwagę na fakt, że trzy lata temu niejaki Charles Knox został postawiony przed sądem oskarżony o zabicie niejakiego Franklina Watsona z Johannesburga. Ja sam prowadzę śledztwo w sprawie zabójstwa, więc oczywiście ten fakt bardzo mnie interesuje.

– Jak pan widzi z telegramu, zostałem osądzony i uniewinniony – powiedziałem sztywno.

– Może mi pan o tym opowie. Usiądziemy?

Usiadłem.

– W porządku, skoro najwyraźniej nie mam wyboru – powiedziałem. – Co chciałby pan wiedzieć?

– Przede wszystkim, kim był Franklin Watson?

– Moim partnerem w interesach. To właśnie jemu zawdzięczam całe moje szczęście w branży wydobywczej. Pojechałem do Afryki Południowej, aby spróbować szczęścia w rolnictwie. Szło mi kiepsko. Wtedy poznałem starego Franka. Był tam od lat i w końcu trafił na złoto, ale potrzebował partnera do pomocy w wydobyciu. Wybrał mnie. Zawsze będę mu za to wdzięczny.

– Jak umarł?

– Pewnego ranka został znaleziony w swoim pokoju hotelowym. Leżał na łóżku z rozbitą głową. W jednej ręce trzymał prawie pustą butelkę whisky – gdy tylko to powiedziałem, ugryzłem się w język. – Ale okoliczności były zupełnie inne – dodałem z pośpiechem. – Frank lubił wypić, i to dużo. Gdyby udało mu się odstawić alkohol, nie potrzebowałby zdolnego do pracy partnera do pomocy w interesach. Gdy był trzeźwy, był bardzo kompetentny. Whisky z pewnością należała do niego, nikt jej nie rozlał, żeby podsunąć policji fałszywy trop. Nie wiem, kto go zabił. Sam chciałbym wiedzieć. Wydobycie złota przyciąga wielu podejrzanych typków, a bogaty człowiek przyciąga wrogów. Mógł to zrobić każdy z nich.

– Więc dlaczego policja aresztowała właśnie pana?

Poruszyłem się nerwowo. Czy te straszne wydarzenia sprzed trzech lat będą mnie prześladować przez resztę życia?

– Dzień wcześniej się pokłóciliśmy. Podsłuchało nas kilka osób. Jeden człowiek przysiągł w sądzie, że słyszał, jak grożę, że zabiję Franka. Daję słowo, że to nieprawda. Każdy z tych świadków był pijakiem i nicponiem. Zarzuty przeciwko mnie były sfingowane, widać to było gołym okiem. Sędziowie przysięgli też tak uznali.

Zdałem sobie sprawę, że zaczynam się gorączkować i zamilkłem z markotną miną.

– Rozumiem – powiedział inspektor Jameson. – Więc został pan uniewinniony. Przejdźmy zatem do wydarzeń z ostatnich kilku dni. Moi podwładni mówią mi, że po śmierci sir Neville'a kilkakrotnie usiłował pan wejść do jego gabinetu, więc o ile podczas przeszukania nie przegapiliśmy niczego innego, myślę, że możemy spokojnie założyć, że wiedział pan o tym telegramie i usiłował go pan odzyskać, zanim my go znajdziemy i wyciągniemy pochopne wnioski. Dlatego też wnioskuję, że sir Neville rozmawiał o tym z panem. Czy może pan być tak miły i przedstawić mi przebieg tej rozmowy?

– Nie mam wiele do powiedzenia. Wróciłem do Anglii nieco ponad miesiąc temu i rozpocząłem nieoficjalne negocjacje w sprawie koncesji górniczych w Johannesburgu z sir Neville'em i lordem Haverfordem, czyli ojcem Bobsa, to znaczy pana Buckleya. Sir Neville musiał zasięgnąć języka o mnie u swojego przedstawiciela. Ów wysłał mu odpowiedź telegrafem, który ma pan w ręku. Sir Neville zapytał mnie wprost, czy to prawda, że byłem oskarżony o zabójstwo. Mam nadzieję, że przekonałem go, że jestem niesprawiedliwie oskarżonym niewinnym człowiekiem.

– Czy to wszystko? Nie groził na przykład, że powie pana znajomymi? Proszę mi wybaczyć, ale są ludzie, którzy mogą niechętnie patrzeć na pana dawne… hmm… niepowodzenia.

– Nie, nie zrobił tego – odpowiedziałem zdecydowanie. – Przeciwnie, podał mi rękę i powiedział, że nie ma powodu, by wątpić w moje słowa, więc ze względu na mnie zachowa te informacje w tajemnicy.

– Włącznie z ukryciem ich przed lordem Haverfordem?

– Tak to zrozumiałem.

– Panie Knox, czy zabił pan sir Neville'a Stricklanda?

– Nie, nie zabiłem go. Gdybym go zabił, zadbałbym o usunięcie tego telegramu.

– Czy ma pan jakiekolwiek informacje, które mogą rzucić światło na zabójstwo sir Neville'a?

Zawahałem się.

– Nie jestem pewien – odpowiedziałem w końcu. – W trakcie naszej rozmowy sir Neville powiedział, że ktoś snuje przeciwko niemu intrygi lub coś w tym rodzaju. Najpierw uznałem, że mówi o mnie, gdyż tuż potem pokazał mi ten telegram, ale im więcej o tym myślę, tym bardziej jestem przekonany, że chodziło mu o kogoś innego. Przyznaję, że posądzenie o zabójstwo to haniebny epizod w moim życiu i jak panu wiadomo, staram się to utrzymać w tajemnicy, ale nie mógł mi przecież zarzucić snucia intryg przeciwko sobie.

– To bardzo interesujące – powiedział Jameson. – Czy pamięta pan jego dokładne słowa?

Sięgnąłem myślami wstecz.

– Myślę, że powiedział coś o kłopotach, które zwalają się wszystkie naraz, i że ktoś go oszukał i to go zmartwiło. Tak, i na pewno powiedział, że czuje, że otaczają go kłamcy i intryganci. Tak to ujął, jeśli dobrze pamiętam.

– I nie ma pan pojęcia, kogo miał na myśli?

– Najmniejszego.

Inspektor musiał usłyszeć w moim głosie nutę wahania, ponieważ powiedział:

– Czy jest pan pewien, panie Knox?

Poddałem się.

– No cóż, później pomyślałem sobie, że mógł mieć na myśli MacMurrayów. Wie pan, że poprosił pana Pomfreya o przybycie do Sissingham, ponieważ chciał zmienić testament i wyłączyć Huberta MacMurraya z dziedziczenia. Jaki powód mógłby mieć ku temu, jeśli nie wykrycie jakiejś niecnej sprawki MacMurraya? Ale ta myśl przyszła mi do głowy długo po naszej rozmowie. To znaczy, w trakcie naszej rozmowy nie odniosłem takiego wrażenia.

– Rozumiem – powiedział Jameson ponownie.

– Czy jest coś jeszcze? – zapytałem.

– Tylko jedna rzecz. Chciałbym pana prosić o zgodę na przeszukanie pańskich rzeczy.

– Moich rzeczy?

– Nie tylko pańskich – poprawił się. – Poproszę o to wszystkich gości. To kwestia rutynowych czynności.

– Szuka pan dowodów? – zapytałem. – No cóż, gdybym powiedział „nie", wyglądałoby to bardzo podejrzanie, więc muszę powiedzieć „tak", choć wcale mi się to nie podoba.

– Dziękuję panu, panie Knox. To wszystko na razie.

Podniosłem się z krzesła.

– Czy musi pan mówić innym o treści naszej rozmowy? – zapytałem.

– W tej chwili nie widzę powodu, by to robić. W miarę możliwości będę dyskretny – odpowiedział.

Wyszedłem z zamętem w głowie. Gdy opowiadałem na pytania inspektora, zachowałem względny spokój, ale przez cały czas czułem się bardzo nieswojo. A moje słowa, że sir Neville uścisnął mi rękę, nie były całkowitą prawdą. Zaczął wyciągać do mnie dłoń, ale w ostatniej chwili rozmyślił się i pokrył ten ruch kaszlem. Wtedy zorientowałem się, że nadal wątpi w moją niewinność.

Wróciłem do salonu, gdzie zastałem Gwen głośno protestującą na samą myśl o przeszukaniu jej rzeczy przez policję.

– Nie, mówię wam, nie pozwolę na to! – wykrzykiwała. – Traktuje się nas wszystkich jak pospolitych rzezimieszków, choć wszyscy wiemy, że to Simon to zrobił. Dlaczego mam pozwolić, aby obcy człowiek szperał w moich ubraniach?

– Wcale nie wiemy, że Simon to zrobił – powiedziała Rosamunda. – A skoro jesteś niewinna, policja oczywiście niczego nie znajdzie, prawda? – kontynuowała swym najbardziej przekonującym tonem. – Wtedy wyeliminują cię ze śledztwa i przestaną ci zawracać głowę. Zgódź się, moja złota, tak jak my wszyscy.

– No dobrze, ale wcale mi się to nie podoba – powiedziała Gwen gniewnie.

– Gdzie byłeś? – zapytała mnie Sylvia ukradkiem. – Przegapiłeś całą zabawę.

– Rozmawiałem z inspektorem Jamesonem – rzekłem ściszonym głosem. – Co się stało?

– Chodź na zewnątrz, to ci powiem.

Był szary, chłodny dzień, a nad parkiem wisiała nisko mgła.

– Sprawy wyglądają kiepsko dla MacMurraya – zauważyłem.

– Właśnie to chciałam powiedzieć – wpadła mi w słowo Sylvia.

– Dlaczego, co się stało?

– Gdy ty wyszedłeś, wrócił Hubert. Był jak oszołomiony i zanim Gwen zdążyła go powstrzymać, wyrzucił z siebie całą historię. Podobno policja odkryła, dlaczego Neville zamierzał go wydziedziczyć.

– Naprawdę?

– Tak – ciągnęła dalej. – Okazuje się, że przyjaciel Neville'a wziął go ostatnio na stronę i powiedział mu, że Hubert został wyrzucony z klubu za niestosowne zachowanie. Podobno miał coś wspólnego z nielegalnym hazardem czy prowadzeniem zakładów. Neville zasięgnął informacji na własną rękę, dowiedział się, że to prawda, i wyłożył Hubertowi kawę na ławę. Hubert przyznał się, powiedział, że była to tylko nieszkodliwa gra wśród przyjaciół i obiecał wrócić na dobrą drogę. Ale musiał chyba powrócić do starych zwyczajów, gdyż wkrótce potem w innym klubie pojawiło się podejrzenie, że prowadzi zakłady w spółce z człowiekiem o nazwisku Myerson, który podobno jest strasznym draniem, choć ja nigdy o nim nie słyszałam. Gdy Neville się dowiedział, wpadł w szał.

Aż gwizdnąłem ze zdziwienia.

– Niemożliwe! Clem Myerson? Musiałaś o nim przecież czytać w gazetach? Jest jednym z najbardziej znanych przestępców w Londynie. Podobno macza palce we wszystkim: broń palna, narkotyki, nielegalny hazard i jeszcze gorsze rzeczy. Część jego gangu jest już za kratkami, ale jego samego policja nie może tknąć. Mówi się, że słono płaci swoim ludziom za wzięcie winy na siebie i że rządzi nimi na pół perswazją, a na pół strachem. Ma jednak zamiłowanie do luksusu i często jest widywany z osobami o kiepskiej reputacji z wyższych sfer. Jeśli MacMurray zadawał się z Clemem Myersonem, nic dziwnego, że sir Neville postanowił go wydziedziczyć!

– Wielkie nieba! – rzekła Sylvia. – Tak czy inaczej, Hubert został oskarżony, że jest „wtyczką" Myersona w klubach i że umożliwia mu dostęp do dużej liczby bardzo bogatych ludzi.

– Skoro się do tego przyznał, dlaczego inspektor Jameson nie aresztował go od razu?

– Nie przyznał się do tego. Inspektor wyłożył mu, o co jest oskarżany, a on powiedział, że to wszystko nieprawda, choć oczywiście nie mógł zaprzeczyć, że jest o takie sprawki oskarżany. Twierdzi, że spotkał się z Myersonem kilka razy, ale nic nie wiedział o jego reputacji i że Neville się mylił. Mówi, że gdyby nie został zamordowany, byłby w stanie przekonać go o swej niewinności.

– Myślisz, że mówi prawdę?

Sylvia wzruszyła ramionami.

– Kto wie? Zawsze myślałam, że Hubert to wprawdzie osioł, ale kompletnie nieszkodliwy.

– Ale co z zabójstwem? Nie został aresztowany, więc prawdopodobnie nie byli w stanie znaleźć przeciwko niemu żadnych dowodów.

– Nie, nie został aresztowany… jeszcze – powiedziała. – Ale policja w tej chwili przeszukuje wszystkie nasze rzeczy. Ciekawe, czego szukają.

Powiedziałem jej o mojej wcześniejszej rozmowie z Angelą Marchmont, o nowej teorii policji dotyczącej okien i czasu popełnienia zabójstwa.

– Podejrzewam, że oglądają kolana naszych spodni i inne ubrania, że szukają śladów wspinania się – powiedziałem.

– W każdym razie to nie byłam ja – odparła Sylvia. – Nawiasem mówiąc, o czym inspektor Jameson chciał z tobą rozmawiać?

– Och, po prostu chciał mnie zapytać, czy znam jakieś powody, dla których ktoś mógłby chcieć zabić sir Neville'a – powiedziałem niedbale. – Oczywiście powiedziałem, że nie.

Sylvia spojrzała na mnie.

– Czy naprawdę myślisz, że to był Hubert? – zapytała.

– A kto inny?

Nie odpowiedziała.

– Jest najbardziej oczywistym podejrzanym. W końcu miał i motyw, i sposobność.

– Jeśli to, co mówisz, jest prawdą, to wszyscy mieliśmy sposobność – odparła.

– Ale chyba się zgodzisz, że nikt inny nie miał tak mocnego motywu. Sir Neville miał zamiar go wydziedziczyć, więc musiał działać szybko.

– Nie wiemy, czy nikt inny nie miał motywu. Wiemy tylko, że Hubert go miał. Jest wiele możliwych powodów do popełnienia zabójstwa. Pieniądze są tylko jednym z nich. Zabójca mógł działać z… czy ja wiem… miłości, zazdrości, strachu, a nawet czystej nienawiści.

– Prawda, ale w przypadku sir Neville'a pieniądze wydają się najbardziej oczywistym motywem. Myślę, że możemy wykluczyć miłość i zazdrość, a nie wiem, kto mógł się go obawiać lub nienawidzić go na tyle, aby go zabić.

– No ale ktoś go zabił.

– Wobec tego powiedz mi, kto według ciebie to zrobił?

– Nie wiem – odparła. – Ale nie podoba mi się to, Charlesie. Nie cierpię tego całego myszkowania i naradzania się po kątach, i przyglądania się ukradkiem moim znajomym, i zastanawiania się, który z nich jest mordercą. Żałuję…

– Tak?

Przez chwilę nic nie powiedziała, a następnie wybuchła:

– Żałuję, że nie odpuściliśmy sobie i że w ogóle zaczęliśmy

węszyć w gabinecie. Wtedy Neville mógłby zostać przyzwoicie pochowany, a my wszyscy moglibyśmy sobie dalej spokojnie żyć. Teraz nic już nigdy nie będzie takie samo.

– To by nic nie zmieniło – zaoponowałem. – Nie tylko my mieliśmy swoje podejrzenia. To lekarz wszczął alarm, pamiętasz, gdy przyjechał z panem Pomfreyem.

– Och, do diabła z nim, czy nie mógł zachować swoich podejrzeń dla siebie? – zapytała. – Widać było, że pan Pomfrey nie chciał nic mówić. To doktor Carter musiał wszystko popsuć.

Po nieprzyjemnej rozmowie z inspektorem Jamesonem zacząłem podzielać jej uczucia. Na początku aż za bardzo mi zależało, aby zabójca poniósł karę. Byłem zaskoczony, gdy Sylvia, pani Marchmont i prawnik wahali się przed wezwaniem policji. Ale oczywiście wtedy nie podejrzewałem, że przestępstwo zostało popełnione przez kogoś z domowników. Teraz zacząłem rozumieć ogrom tego, co się stało. Sylvia miała rację. Teraz nic już nigdy nie będzie takie samo.

Sylvię przeszedł dreszcz.

– Zimno mi – powiedziała. – Wracajmy do środka.

Wróciliśmy do domu w milczeniu. Sylvia była zachmurzona, chyba podobnie jak ja. Nie lubiłem tego człowieka, ale nie chciałem, aby Hubert MacMurray trafił na szubienicę za zabójstwo, a jego żona do więzienia za współudział. Tymczasem teraz wyglądało to na nieuniknione. Potrzebne były tylko dowody, a nie miałem wątpliwości, że policja wkrótce je znajdzie. W końcu okazało się, że dowody dostarczył im sam MacMurray.

Rozdział 14

W HOLU PRZYWITAŁA NAS ROZPROMIENIONA JOANNA.

— Słyszeliście dobrą nowinę? — zapytała bez tchu. — Znaleźli Simona! I nic mu nie jest!

Od razu wyraziliśmy stosowne zdziwienie i radość.

— Gdzie go znaleźli? — zapytała Sylvia.

— Najpierw znaleźli samochód. Stał na plaży w pobliżu Aldeburghu, fale się o niego rozbijały. Pomyśleli o najgorszym, ale okazało się, że ten osioł po prostu nie pomyślał, żeby zaparkować poza zasięgiem fal przypływu. Znaleźli go kawałek dalej. Siedział na piasku i wpatrywał się w morze. Jego matka mieszka w pobliżu, w takim domu opieki dla zubożałych kobiet. O ile wiem, całkiem już postradała zmysły, biedna staruszka. To właśnie naprowadziło ich na jego trop. W każdym razie musiał mieć jeden ze swoich ataków nerwowych, bo przez kilka godzin nie mogli z niego wydobyć ani słowa. Biedny Simon! Mam nadzieję, że policja dobrze go traktuje.

Uśmiechnąłem się i pomyślałem, jakie miękkie serce ma Joanna, choć jest tak szorstka w obejściu. Będzie z niej dobra żona dla Gale'a, gdy już ta straszna sprawa przejdzie do przeszłości.

– Czy wraca tutaj? – zapytałem.

– Tak. Rosamunda nalegała na to. Simon był bardzo skrępowany, że wywołał takie zamieszanie. Chciał uciec gdzieś i schować się przed światem, ale Rosamunda nie chciała nawet o tym słyszeć. Powiedziała, że Sissingham to jego dom i że potrzebuje opieki. To było naprawdę bardzo miłe z jej strony.

Powstrzymałem się od zauważenia, że inspektor Jameson prawdopodobnie również nalegał, aby Gale wrócił do Sissingham. Miał wprawdzie alibi na piętnaście minut między dziesiątą czterdzieści pięć a jedenastą wieczorem, ale przez cały pozostały okres aż do pierwszej trzydzieści był tak podejrzany jak wszyscy inni. Tutaj, w Sissingham, policji było znacznie łatwiej nas obserwować i czekać, aż ktoś zrobi fałszywy ruch.

Przeszukanie naszych rzeczy najwyraźniej zakończyło się fiaskiem, a przynajmniej niczego nikomu nie odebrano i nikt nie był już więcej przesłuchiwany. Co więcej, pojawiły się aluzje, że policja nie może rozpracować, jak zabójca wrócił do środka po zabójstwie. Według Joanny jeden ze służących podsłuchał, jak jeden policjant zgłaszał inspektorowi, że wszystkie okna na dole są albo niemożliwe do otwarcia, albo zbyt wysoko nad ziemią, aby dało się nimi łatwo wejść. Zacząłem się zastanawiać, czy zbrodniarz zostanie kiedykolwiek wykryty, gdyż za każdym razem, gdy otwierała się nowa droga śledztwa, natychmiast była zamykana.

Simon Gale wrócił pod wieczór w towarzystwie inspektora. Rosamunda ostrzegła nas wszystkich, aby nie robić zamieszania ani nie wspominać o jego ucieczce i większości z nas się to udało. Tylko Hubert MacMurray, jak można się było spodziewać, zaczął go klepać po plecach i robić uwagi w wątpliwym guście, aż Gale się wzdrygał i przy pierwszej sposobności odszedł pośpiesznie. Podobno poszedł do gabinetu, aby uporządkować papiery sir Neville'a i zakopać się w pracy.

Inspektor również pojawił się tylko na krótką chwilę.

Powiedział, że chce powiadomić lady Strickland o postępach w sprawie. Zbierał się już do odjazdu, gdy nagle się zatrzymał.

– Aha! – powiedział. – Prawie zapomniałem.

Sięgnął do kieszeni marynarki, wyjął z notatnika kilka skrawków papieru i rozłożył je na pobliskim stole. Gwen MacMurray wzięła jeden z nich.

– Ależ to nasza gra w „Słowo po słowie" – powiedziała. – Po co pan to zabrał?

– To część rutynowego śledztwa – odparł Jameson. – Skończyliśmy je już analizować.

Nie miałem pojęcia, czego można się dowiedzieć z analizy dziecinnej zabawy, ale uznałem, że inspektor musiał mieć swoje powody. Hubert MacMurray również wziął kartkę ze stołu, zaczął czytać, po czym parsknął głośnym śmiechem.

– A to dobre! Bardzo dobre – powiedział i sięgnął po drugą.

– Ależ bączku, już je czytałeś – zniecierpliwiła się jego żona.

– Nie, nie czytałem – odpowiedział. – Nie było mnie podczas tej gry, nie pamiętasz? Wyszedłem się przejść po tarasie. Szkoda, bo widzę, że było wesoło, nie?

Zauważyłem, że w tym momencie inspektor Jameson i Angela Marchmont obrócili głowy w stronę MacMurraya i przyjrzeli mu się z namysłem.

– Panie MacMurray, jak długo chodził pan po tarasie? – zapytał Jameson.

– Słucham? – zapytał MacMurray, odrywając wzrok od kartki trzymanej w ręku. – Och, nie wiem. Pół godziny, może więcej.

– Och tak – powiedziała Rosamunda. – Charles i ja wpadliśmy na ciebie, gdy wracaliśmy do salonu z gabinetu, prawda?

Usłyszałem, że Angela wydała z siebie cichutkie „och!"

Inspektor nic nie powiedział, tylko wyszedł.

Pół godziny później wrócił i zapytał Rosamundę, czy

mogłaby zamienić z nim dwa słowa w bawialni, gdyż przypomniał sobie coś, o co wcześniej chciał ją zapytać.

– Tak, oczywiście – odparła Rosamunda zaskoczona. Wstała i wyszła.

Kilka minut później wszedł Rogers i dyskretnie szepnął mi do ucha, że inspektor Jameson byłby wdzięczny, gdybym zechciał do nich przyjść. Zaskoczony od razu poszedłem do bawialni i zastałem tam Rosamundę naradzającą się z inspektorem.

– Och, Charlesie – powiedziała Rosamunda, kiedy mnie zobaczyła. – Inspektor Jameson zadał mi przedziwne pytanie, które dotyczy nas obojga, więc chciałam, aby cię tu zaprosił. Panie inspektorze – ciągnęła dalej, zwracając się do niego – proszę powtórzyć to, co pan mówił. To po prostu nie do wiary!

Miałem wrażenie, że inspektor woli inne metody przesłuchiwania świadków, ale uprzejmie przystał na jej prośbę.

– Panie Knox – powiedział. – Pytałem lady Strickland o wydarzenia, które miały miejsce tuż przed dziesiątą czterdzieści pięć, gdy wraz z panem poszła do gabinetu, aby przekonać sir Neville'a, aby wrócił do gości.

– Tak? – zapytałem.

– O ile wiem, wcześniej wszyscy graliście w „Słowo po słowie". Czy pamięta pan, o której zaczęliście zabawę?

– Obawiam się, że nie – odpowiedziałem. – Powinien pan zapytać pana Gale'a, on ma doskonałą pamięć do tego rodzaju rzeczy.

– Zawołać go? – zapytała Rosamunda pogodnie. Zanim inspektor zdążył się sprzeciwić, zadzwoniła po służbę i poprosiła, aby go wezwać.

– Och, panie Simonie – powiedziała, gdy wszedł do pokoju. – Inspektor wypytuje nas o tę noc, gdy zginął Neville, a ja mam taką fatalną pamięć, że potrzebuję pańskiej pomocy. Inspektor chce wiedzieć, o której zaczęliśmy grać w „Słowo po słowie". Może pan pamięta?

Gale zastanowił się przez chwilę.

– Myślę, że musiało to być na kilka minut przed dziesiątą, lady Strickland. Pamiętam, że spojrzałem na zegarek i pomyślałem, że mam trochę pracy do skończenia i że muszę zaraz się za nią wziąć.

Rosamunda odchyliła się na krześle z zadowoleniem.

– Widzi pan? – powiedziała. – Mówiłam, że pan Gale będzie pamiętał.

– Czy pamięta pan, kto w tym czasie przebywał w pokoju? – zapytał Jameson Simona. – To znaczy, kto brał udział w zabawie?

– Och, wszyscy – odparł Gale. – To znaczy wszyscy oprócz pana MacMurraya. On wyszedł z pokoju kilka minut wcześniej.

– Rozumiem – powiedział inspektor Jameson. – Dziękuję panu, panie Gale.

– Ale co to wszystko oznacza? – zapytała Rosamunda, gdy Gale wyszedł. – Dlaczego pyta pan, co działo się w tym czasie? Wiemy przecież, że Neville żył jeszcze wtedy, bo Charles i ja z nim rozmawialiśmy, prawda? – zwróciła się do mnie z prośbą o potwierdzenie.

W mojej głowie zaczęło lekko świtać.

– Prawda, zawołaliśmy do niego przez drzwi – powiedziałem ostrożnie, spoglądając na inspektora.

Kiwnął głową i sprawdził coś w swoim notatniku.

– Na dzień po śmierci sir Neville'a – rzekł – powiedziała mi pani, lady Strickland, że wraz z panem Knoxem poszła pani do gabinetu i że rozmawiała pani z sir Neville'em przez zamknięte drzwi, usiłując przekonać go, aby przyszedł przyłączyć się do zabawy. On odmówił, mówiąc, że ma pracę do skończenia. – Inspektor pochylił się do przodu. – Teraz chciałbym, aby państwo obydwoje mocno się zastanowili. Czy mają państwo całkowitą pewność, że to sir Neville państwu odpowiedział?

– Ależ oczywiście! – zawołała Rosamunda. – A któż inny? Charlesie, ty też go słyszałeś.

Potrząsnąłem głową.

– Prawdę mówiąc, ja chyba niczego nie słyszałem. Ty doszłaś pod drzwi trochę przede mną, więc ja nie usłyszałem, co było mówione. Te drzwi są bardzo grube i tłumią głos.

Rosamunda zastanowiła się.

– Tak, głos był mocno stłumiony, ale byłam pewna, że to Neville.

– A czy mógł to być na przykład pan MacMurray?

– Hubert? Nie rozumiem.

– Myślę, że ja tak – powiedziałem. – Myślę, że inspektor sugeruje, że w gabinecie był MacMurray naśladujący głos sir Neville'a.

– Och, teraz rozumiem – powiedziała Rosamunda. – Co za dziwny pomysł! Przecież to z pewnością oznaczałoby, że…

Przerwała.

– Nie jestem zbyt bystra – rzekła powoli – ale wydaje mi się, że chce pan przez to powiedzieć, że Hubert zabił Neville'a, gdy my wszyscy graliśmy w „Słowo po słowie", a następnie odpowiedział za niego, gdy rozmawialiśmy z nim przez drzwi. Czy to się zgadza?

– Myślę, że tak właśnie mogło być – odpowiedział łagodnie inspektor.

– Niemożliwe! – powiedziała Rosamunda. Zwróciła się do mnie i złapała mnie za rękę. Na jej twarzy malowało się przerażenie z nutą czegoś innego, być może ulgi, że wreszcie znaleziono rozwiązanie zagadki.

– Tak – ciągnął dalej Jameson. – Gdy pan MacMurray przyznał, że spacerował po tarasie w trakcie gry w „Słowo po słowie", ponownie zbadaliśmy miejsce zbrodni. Zaczyna wyglądać na to, że mógł państwa sprytnie podejść.

– Ale jak to zrobił?

– Myślę, że poszedł do gabinetu na krótko przed dziesiątą i został wpuszczony do środka przez sir Neville'a, albo przez drzwi z korytarza, albo przez drzwi tarasowe. Nie wiem, co się wtedy stało: czy doszło do kłótni, czy pan MacMurray poszedł do gabinetu z wyraźnym zamiarem zabicia pani męża. Ja sam uważam, że prawdopodobnie to pierwsze. Jakkolwiek by było, w pewnym momencie po kilku minutach znalazł się sam na sam ze zwłokami. Musiał myśleć szybko. Jego jedyną nadzieją było zainsccnizowanie miejsca wydarzeń tak, aby śmierć uznano za wypadek. Najpierw sprawdził, czy drzwi do gabinetu są zamknięte, po czym ułożył zwłoki tak, jak je znaleźliśmy, przewrócił pogrzebacze i dodał ostatni akcent: rozlał whisky po całym pokoju. Na swe nieszczęście posunął się za daleko, zwłaszcza gdy zdał sobie sprawę, że jego odciski palców będą na karafce i pośpiesznie wytarł ją do czysta. To wywołało poważne podejrzenia, bo gdyby to był wypadek, na karafce powinny być przynajmniej odciski palców sir Neville'a. Pan MacMurray musiał się przestraszyć, lady Strickland, gdy zapukała pani do drzwi, ale szybko postanowił to wykorzystać. Gdyby udało mu się przekonać panią, że sir Neville żył jeszcze i miał się dobrze o dziesiątej czterdzieści pięć i że rozmawiał z panią przez drzwi, wtedy miałby znakomite alibi. Udał głos sir Neville'a najlepiej jak mógł, po czym wyszedł szybko przez drzwi tarasowe, wycierając równocześnie klamkę. Następnie wszedł do domu przez drzwi boczne, a wewnątrz spotkał się z państwem, gdy wracali państwo do salonu.

Złapałem oddech, zaskoczony zuchwałością całego planu, ale pod wrażeniem jego prostoty. Oczywiście, że tak musiało być! Jak mogliśmy być tacy ślepi? Angela miała rację, gdy powiedziała, że zasugerowano nam, że zabójstwo miało miejsce o określonej porze, ale błędnie uznaliśmy, że musiało wobec tego nastąpić po jedenastej, gdy tymczasem zostało popełnione przed dziesiątą trzydzieści!

– Trudno mi w to uwierzyć – powiedziała blada jak ściana Rosamunda. – Ale skoro pan tak mówi, to chyba będę musiała. Czy zamierza pan aresztować Huberta?

– Najpierw go przesłuchamy – odparł Jameson. – Ale tak, lady Strickland, uważam, że mamy już wystarczające dowody na to, aby…

Przerwało mu głośne pukanie do drzwi, a następnie gwałtowne wtargnięcie samego Huberta MacMurraya.

– Eee... panie MacMurray – rozpoczął inspektor, zaskoczony.

MacMurray dziabnął go palcem.

– Słuchaj no pan, co to za bzdury słyszę, że to ja zabiłem Neville'a i że wykrzykiwałem coś do ludzi zza drzwi?! – wypalił.

Rozdział 15

Wbiliśmy w niego wzrok ze zdumieniem. Skąd, do diabła, mógł wiedzieć, o czym rozmawialiśmy?

MacMurray ogarnął nas spojrzeniem.

– To nieprawda, słowo daję! – oświadczył. – Sama myśl jest absurdalna!

Inspektor jako pierwszy doszedł do siebie.

– Obawiam się, że nie do końca pana rozumiem – powiedział grzecznie.

– Oho, nie udawaj pan, że nie wiesz pan o czym mówię. Właśnie rozmawiałem z Angelą, która mnie przestrzegła, że prawdopodobnie zaraz zostanę aresztowany i że powinienem sobie migiem znaleźć prawnika.

Więc stąd wiedział. Z twarzy Angeli Marchmont wyczytałem wcześniej, że jej coś zaświtało w głowie, gdy Hubert MacMurray przyznał, że przegapił grę w „Słowo po słowie". I ona, i Jameson musieli w tym samym momencie wyciągnąć takie same wnioski o drzwiach do gabinetu.

– W porządku – powiedział Jameson. – Tak, panie MacMurray, przyznaję, że są pewne pytania, które chciałbym panu zadać, chociaż, jak już zasugerowała pani Marchmont, być może wolałby pan odpowiedzieć na nie w obecności prawnika.

– Nie potrzebuję prawnika, do cholery! – wybuchł MacMurray. – Mówię panu, że jestem niewinny! Może i jesteście szczwani, ale na mnie tego nie zwalicie!

Usiadł z ponurą miną. Rosamunda i ja wstaliśmy i ruszyliśmy do wyjścia.

– Chwileczkę – powiedział MacMurray. – Chcę, abyście oboje zostali jako świadkowie. Nie chcę się dać wciągnąć w pułapkę i powiedzieć jakiegoś głupstwa. Potrzebuję kogoś, kto potwierdzi moje słowa. Proszę was – dodał po chwili.

Popatrzyliśmy po sobie ze skrępowaniem i ponownie usiedliśmy.

– Wal pan śmiało – powiedział do inspektora MacMurray.

– Panie MacMurray, przed chwilą w salonie powiedział pan, że nie było pana podczas zabawy w „Słowo po słowie", która zgodnie z zeznaniami różnych osób rozpoczęła się na krótko przed dziesiątą, a zakończyła około dziesiątej czterdzieści pięć. Według pana Gale'a, opuścił pan pokój na kilka minut przed rozpoczęciem gry. Wiemy, że wrócił pan dopiero po jej zakończeniu. Czy może mi pan powiedzieć, co pan robił przez ten czas?

– Nie wiem, o której wyszedłem z pokoju, ale sądzę, że jeśli Gale mówi, że tuż przed dziesiątą, to musiało tak być. Jak powiedziałem wcześniej, wyszedłem przejść się po tarasie.

– W taką zimną, wilgotną noc? Dość dziwny pomysł, nie uważa pan?

– Niespecjalnie. W salonie było za gorąco i za jasno, chciałem się przewietrzyć... Potrzebowałem chwili spokoju, aby się namyślić.

– Namyślić? Czy chciał pan pomyśleć o testamencie sir Neville'a?

MacMurray poczerwieniał.

– No cóż, tak, istotnie. Ale już mnie pan o to pytał i wyjaśniłem, że to kłamstwa o mojej współpracy z Myersonem. Chciałem się zastanowić, jak najlepiej podejść starego Neville'a, jak go przekonać, że się myli, i odzyskać jego przychylność. Proszę nie myśleć, że przez wyrachowanie, choć nie wstydzę się przyznać, że pozbawienie prawa do spadku było dla mnie ciosem. Ale wie pan, byłem też bardzo przywiązany do starego.

– Więc wyszedł pan na taras, aby się zastanowić. Może poszedł pan najpierw do gabinetu sir Neville'a?

– Nie, poszedłem prosto na zewnątrz.

– Czy w ogóle przeszedł pan koło gabinetu podczas spaceru po tarasie?

– Tak, kilkakrotnie. Spacerowałem w tę i z powrotem przez jakiś czas.

– Czy widział pan sir Neville'a przez szybę?

– Nie zaglądałem przez szybę. Poza tym w gabinecie było ciemno. Nic bym nie zobaczył nawet gdybym chciał.

– Czy wszedł pan do gabinetu przez drzwi tarasowe?

– Nie! Mówiłem już panu, wyszedłem na zewnątrz i przez chwilę spacerowałem w tę i z powrotem po tarasie. Wcale nie widziałem Neville'a.

– Panie MacMurray, na pewno pan rozumie, że jest pan teraz w bardzo niebezpiecznej sytuacji. Miał pan bardzo silny motyw zabójstwa, gdyż wiedział pan, że grozi panu wydziedziczenie. Ponadto sam pan przyznał, że przebywał pan w pobliżu gabinetu mniej więcej w czasie, gdy według nas przestępstwo musiało zostać popełnione. Dowody poszlakowe wskazują na pana winę. Ponadto, choć na klamce drzwi tarasowych nie było wyraźnych odcisków palców, na szybie znaleźliśmy odcisk pana ręki, w pozycji, która sugeruje, że oparł się pan ręką o jedno skrzydło, równocześnie próbując otworzyć drugie skrzydło drugą ręką.

To była niespodzianka; Jameson nic wcześniej nie wspomniał o tym fakcie. MacMurray, który wpatrywał się w ziemię, podniósł wzrok i spojrzał na inspektora.

– Oczywiście – kontynuował Jameson – mógł pan oprzeć

się ręką o szybę w dowolnym czasie, ale fakt, że wiemy już, że w krytycznym okresie przebywał pan w pobliżu gabinetu, wiele nam mówi. Może powiem panu, co według mnie się stało?

MacMurray nic nie powiedział, tylko nadal spoglądał na Jamesona.

– Myślę, że wyszedł pan na chwilę na taras. Myślał pan rozpaczliwie, jak przekonać sir Neville'a, aby pana nie wydziedziczał. Podszedł pan do drzwi tarasowych. Zatrzymał się pan i zajrzał do gabinetu. Wtedy przyszła panu do głowy myśl: trzeba kuć żelazo, póki gorące, prawda? Pan Pomfrey już przyjechał z nowym testamentem. Miał pan tylko kilka godzin na udobruchanie sir Neville'a. Pomyślał pan: teraz albo nigdy. Pociągnął pan za klamkę, ale drzwi były zamknięte na klucz, więc pan zapukał. Sir Strickland podszedł do drzwi, zobaczył, że to pan, i wpuścił pana do środka. Nie wiem, co stało się dalej. Sądzę, że próbował go pan przekonać, ale on był niewzruszony, więc zdecydował pan, że jedyne wyjście z sytuacji to zabójstwo. Sir Neville siedział przy biurku. Podniósł pan afrykańską statuetkę i uderzył nią sir Nevilla'a w głowę. On osunął się do przodu. Wtedy zabrał się pan do pracy: wytarł pan statuetkę i odłożył na miejsce, po czym przeciągnął pan zwłoki pod kominek i zaaranżował pokój tak, jak go zastaliśmy.

– To nieprawda! – wycedził MacMurray chrapliwym szeptem. – To kłamstwa! Dobra, przyznaję, że próbowałem otworzyć drzwi tarasowe, ale były zamknięte na klucz. Wtedy zajrzałem do środka przez szybę, ale w pokoju było ciemno i nic nie było widać, więc zrezygnowałem i wróciłem do środka. Nigdy bym nie zabił starego Neville'a! Nigdy, mówię panu!

Jego twarz nabrała zielonkawego odcienia, a ręce mu drżały.

Inspektor Jameson wstał.

– Panie MacMurray – powiedział. – Zatrzymuję pana pod zarzutem zabójstwa sir Neville'a Stricklanda. Mam obowiązek poinformować pana, że wszystko, co pan powie, może zostać spisane i wykorzystane jako dowód.

MacMurray wziął głęboki oddech i wyraźnie wziął się w garść. Wstał z krzesła.

– W porządku, oczywiście musi pan wypełnić swój obowiązek. Czy musi mi pan zakładać kajdanki?

– Nie, jeśli jest pan gotowy pójść ze mną spokojnie – odpowiedział inspektor.

Nie tylko nie zachowywał się jak surowy przedstawiciel prawa, ale wydawał się współczuć niedoli swej ofiary.

– Dziękuję – odrzekł MacMurray.

Ku mojemu zdziwieniu zachowywał się niemal z godnością.

Gdy wyszliśmy z bawialni, stanęliśmy twarz w twarz z nadbiegającą Gwen.

– Och, bączku, co oni z tobą robią? – zawołała.

MacMurray przystanął.

– Obawiam się, że aresztowali mnie za zabicie Neville'a, Gwen – powiedział.

Gwen krzyknęła.

– Nie! Nie mogą! Ja na to nie pozwolę! – zawołała.

– Spokojnie, staruszko – rzekł serdecznie jej mąż. – Zobaczysz, wrócę, nim się obejrzysz, gdy tylko się zorientują, że się mylą. Ale do tej pory musisz być dzielna przez wzgląd na mnie.

Nachylił się i pocałował ją, a następnie zwrócił się do inspektora.

– Idziemy? – zapytał.

Gwen wyszła za nimi z domu, szlochając. Zwróciłem się do Rosamundy.

– Wolałbym tego wszystkiego nie widzieć. Czuję się jak nikczemnik, jakbyśmy podglądali.

Rosamunda odwróciła twarz i nic nie odpowiedziała.

– Muszę iść naradzić się z kucharką co do kolacji – rzekła tylko i odeszła prędko.

Rozumiałem ją doskonale. Po napięciu, w jakim byliśmy przez ostatnią godzinę, chciała szukać schronienia w domowych sprawach.

Jakiś czas później strapiony wszedłem do salonu, gdzie zastałem Sylvię, Bobsa i Angelę Marchmont pogrążonych w ożywionej rozmowie.

– Cześć, stary. Widzę, że dopadli wreszcie Huberta, co? – powiedział Bobs. – Chodź no tu, opowiedz nam o wszystkim.

Opowiedziałem im, co się stało.

– Och, biedny Hubert – westchnęła Sylvia.

– Jak to „biedny Hubert"? – zapytał Bobs. – Jeśli człowiek ucieka się do zabójstwa i zostaje przyłapany, musi ponieść konsekwencje.

– Pytanie, czy to rzeczywiście on? – powiedziała Angela. – Dowody przeciwko niemu są bardzo marne.

– Ależ oczywiście, że to on! Wiem, że lubisz szperać i rozwiązywać tajemnice, Angelo, ale myślę, że tym razem przypisujesz zbyt duże znaczenie drobiazgom. Nie ma wątpliwości, że to on. Był na tarasie pod drzwiami do gabinetu we właściwym czasie, sam się do tego przyznał, i nie zaprzeczysz chyba, że miał najsilniejszy motyw. Oprócz tego faktem jest, że Simon widział go, jak w środku nocy próbował wejść do gabinetu.

– Co takiego? – zapytałem. – Gale widział go owej nocy?

– Tak – odpowiedziała Sylvia. – Powiedział, że obudził się i nagle uświadomił sobie, że przez pomyłkę zostawił kilka prywatnych dokumentów Neville'a w bibliotece, więc zszedł na dół, aby je wziąć i schować w bezpiecznym miejscu. Gdy zszedł na dół po schodach, spojrzał w głąb korytarzyka i zobaczył, że Hubert stoi pod drzwiami gabinetu i wygląda dość podejrzanie.

– Która to była godzina?

– Powiedział, że tuż po drugiej.

– Ale dlaczego, do diabła, nic wcześniej o tym nie wspomniał?

– Na początku nie zorientował się, jakie to ma znaczenie. A później zaczął mieć uczucie, że policja jest do niego źle nastawiona i chce z niego zrobić kozła ofiarnego, więc siedział cicho, bo nie chciał zwracać uwagi na fakt, że sam chodził po domu tej nocy, gdy zmarł Neville.

– To on ci to wszystko powiedział? – zapytałem zaskoczony.

Taka rozmowność wydała mi się nietypowa dla powściągliwego Simona.

– Nie, Joanna to z niego wyciągnęła i nam powiedziała. Zastanawia się, czy powiedzieć o tym inspektorowi Jamesonowi.

– Myślę, że będzie musiała. Jak nie ona to ktoś inny to zrobi. W każdym razie wygląda mi to na ostatni gwóźdź do trumny – powiedziałem.

– A może wręcz odwrotnie? – zastanowiła się Angela.

– Co takiego? – zapytałem.

– Dlaczego usiłował wejść w ten sposób do gabinetu?

– Czy to ma jakieś znaczenie? – skwitował Bobs. – Może czegoś zapomniał lub chciał jeszcze raz rzucić okiem na nowy testament. Może nawet chciał go zniszczyć.

– Ale musiał przecież wiedzieć, że drzwi do gabinetu są zamknięte na klucz, bo jeśli zabił Neville'a, musiał albo sprawdzić, czy drzwi są zamknięte, albo zamknąć je sam.

– Musiał o tym zapomnieć – powiedział Bobs.

– Wydaje się to raczej mało prawdopodobne, nawet jak na Huberta – odparła Angela. – Nie, myślę raczej, że nie wiedział, że Neville nie żyje, i próbował dostać się do gabinetu z własnych powodów. Może tak jak mówisz, Bobs, aby spojrzeć na testament.

– No cóż, nie wiem, dlaczego tam był – powiedział Bobs. – Ale sam fakt, że tam był jest podejrzany. Jestem pewien, że policja w taki czy inny sposób wyciągnie z niego prawdę.

Skłaniałem się ku zdaniu Bobsa. Każdy dowód, choć mały, składał się na większy obraz, który wskazywał na winę jednego człowieka. Uznałem, że Angela za bardzo się wgłębia i nadmiernie komplikuje sytuację, która w rzeczywistości jest dość prosta: Hubert MacMurray dowiedział się, że sir Neville planuje go wydziedziczyć i podjął bezlitosne kroki, aby temu zapobiec, po czym w pośpiechu zatarł ślady i nieudolnie usiłował upozorować wypadek. Przykra historia, ale po co szukać dalej, gdy odpowiedź stoi nam przed oczami?

Kolacja upłynęła w ponurej atmosferze. Zwłaszcza Gwen nie mogła przełknąć ani kęsa, tylko przez cały czas siedziała, patrząc przed siebie szklanym wzrokiem. Wyglądała okropnie: w jej makijażu widać było bruzdy od łez, a oczy miała czerwone. Na pewno bardzo ciężko przeżyła aresztowanie męża.

– Uszy do góry, Gwen – zagadnął ją w końcu Bobs. – Hubert wróci do ciebie, nim się obejrzysz, zobaczysz. Policja nic na niego nie ma.

Gwen skierowała na niego wzrok.

– Naprawdę tak myślisz? – zapytała tępo.

– Jestem tego pewien. A teraz zjedz coś jak grzeczna dziewczynka. Każda żona powinna dbać, aby zanadto nie schudnąć.

Gwen spojrzała w dół na swój talerz.

– Ale oni mówią, że mają dowody – powiedziała. – Mówią, że Hubert był jedyną osobą, która była w pobliżu gabinetu tego wieczora…

Przerwała i wyprostowała się, patrząc prosto przed siebie.

– Moja złota, nikt z nas nie wierzy, że Hubert miał z tym coś wspólnego – odezwała się Rosamunda. – Przestań się zamartwiać. Zadzwoniłam już do pana Pomfreya. On tam pojedzie i wszystko wyjaśni. To taki inteligentny człowiek. Wiem, że możemy na nim całkowicie polegać. Może ich przekona, że to był wypadek. Naprawdę myślę, że tak musiało być, mimo tego, co twierdzi policja.

– Nie! – wykrzyknęła Gwen tak głośno, że aż wszyscy podskoczyliśmy. – Nie udawaj. Nikt przecież w to nie wierzy – przebiegła spojrzeniem po nas wszystkich. – Widzę, jak wszyscy siedzicie po kątach, szepczecie sobie na ucho, kto według was to zrobił, pokazujecie palcami. A teraz policja uznała, że Hubert jest najbardziej podejrzany tylko dlatego, że wyszedł z pokoju na kilka minut w niewłaściwym momencie. Cóż, mylą się. Hubert tego nie zrobił. Nie mógł tego zrobić. To po prostu nie leży w jego naturze. Ale ja nie wierzę ani przez minutę, że to był wypadek – zwróciła się do Rosamundy. – Ty mówisz, że to był wypadek, ale wiesz, że tak nie było, prawda? – powiedziała ostro.

Rosamunda przez sekundę patrzyła na nią zaskoczona, po czym spuściła wzrok.

– Aha! – podsumowała Gwen. Miała błysk w oku, a wyraz jej twarzy zdawał się sugerować, że wygrała bitwę. Wyprostowała się.

– Wiem, że wy wszyscy myślicie, że nie dbam o Huberta ani o nikogo innego poza sobą samą, ale to nieprawda – powiedziała zaciekle. – On jest moim mężem i nie pozwolę, aby go powiesili, słyszycie? Powiem temu policjantowi... Powiem mu...

Zanim skończyła, straciła resztki panowania nad sobą, wybuchła płaczem i niemal wybiegła z pokoju. Rosamunda ogarnęła nas wzrokiem ze zmartwioną miną.

– O rany! – wykrzyknęła. – Może powinnam za nią pójść. Boję się, że zrobi jakieś głupstwo. Nie jest dzisiaj sobą.

Przeprosiła nas i pośpiesznie wyszła za Gwen z pokoju.

– A niech mnie! – powiedział Bobs. – Wygląda na to, że Gwen jednak ma serce pod tym pancerzem.

Gdy reszta z nas przeszła do salonu, zastaliśmy Rosamundę samą.

– Gdzie jest Gwen? – zapytała Joanna.

– Nakłoniłam ją, aby się położyła – odpowiedziała. – Biedaczka, naprawdę wpadła w desperację po aresztowaniu Huberta. Powiedziałam jej, że oczywiście zrobimy wszystko, co w naszej mocy, aby mu pomóc, ale nie jestem pewna, czy słuchała.

– Czy to rozsądne, Rosamundo? – zapytała Joanna. – To znaczy, nie jestem pewna, czy powinnaś ją nakłaniać do myślenia, że Hubert się wywinie. W końcu jest w raczej kiepskiej sytuacji.

Rosamunda nie odpowiedziała, tylko wstała i podeszła do okna. Wyjrzała w ciemność z zatroskaną miną na twarzy.

– Czyli wierzysz, że Hubert jest winny? – zapytała pani Marchmont Joannę.

Joanna jakby się zawstydziła.

– To oczywiście paskudna myśl, że ktoś bliski zrobił coś takiego, ale…

– Jego wyjaśnienie, co robił na tarasie, było raczej mało wiarygodne – powiedziałem. – Najwyraźniej spodziewał się, że Jameson uwierzy, że wyszedł się przewietrzyć. Ale tej nocy było okropnie zimno, więc czemu, na litość boską, miałby wychodzić na zewnątrz, żeby pozbierać myśli, skoro mógł to zrobić w oranżerii lub podobnym miejscu, nie wiem. No i była jeszcze kwestia odcisku dłoni na szybie w drzwiach tarasowych.

– Jak on to wyjaśnił? – zapytała Angela.

– Że pociągnął za klamkę, ale drzwi były zaryglowane. Twierdzi, że zajrzał przez szybę, ale w środku było ciemno i nic nie było widać.

– Niezbyt przekonujące wyjaśnienie, zgadzam się – powiedział trzeźwo Bobs. – No cóż, muszę powiedzieć, że wygląda na to, że to koniec starego Huberta.

– Och, nie mów tak! – przeraziła się Sylvia.

– Popatrz na fakty, dziewczyno. Kto miał najlepszy powód, aby zabić Neville'a? Kto był jedyną osobą, która w krytycznym czasie wałęsała się pod drzwiami? I kto był na tyle głupi, że zostawił wszędzie odciski dłoni?

– Odcisk dłoni to żaden dowód – odparła Sylvia. – Wszystkie te rzeczy to żadne dowody.

– Ale dodane do kupy, wskazują bardzo wyraźnie na jedną

osobę — zripostował jej brat. — Prawda, Angelo? To ty jesteś wśród nas genialnym detektywem. Co ty myślisz?

Ale Angela zamyśliła się nad czymś i najwyraźniej nie usłyszała.

— Przepraszam, Bobs, co powiedziałeś? — ocknęła się wreszcie.

— Pytałem, czy według ciebie wszystkie dowody wskazują na winę Huberta.

Pani Marchmont zastanowiła się.

— Z pewnością na to wygląda — oświadczyła w końcu. — Ale myślałam o tym, co właśnie powiedział pan Knox.

— Ja? — zapytałem. — O MacMurrayu?

— Tak. Coś mi przyszło do głowy, ale już umknęło. Obawiam się, że to symptom starzenia się mózgu — powiedziała z ironicznym uśmiechem. — Nie szkodzi, może do mnie wróci. Pewnie i tak było nieważne.

Popatrzyłem na nią z ciekawością.

— Nie wydaje się pani przekonana o winie MacMurraya — zauważyłem. — Uważa pani, że nie powinien zostać aresztowany?

— Nie, tak bym nie powiedziała — odparła. — Ale po wydarzeniach z ostatnich kilku dni mam zamęt w głowie i po prostu nie wiem, co myśleć. Inspektor Jameson to bardzo kompetentny człowiek. Oczywiście, biorąc pod uwagę okoliczności, musiał aresztować Huberta.

Nic więcej nie chciała dodać na ten temat, tylko zasugerowała grę w karty i resztę wieczoru spędziliśmy na tej spokojnej rozrywce.

Rozdział 16

Następnego ranka, w chwili gdy Bobs i ja nakładaliśmy sobie na talerze cynaderki, do jadalni wpadła Joanna z przerażonym wyrazem twarzy.

— Co się dzieje? — zapytał Bobs.

— Gwen się nie daje obudzić! — wykrzyknęła Joanna. — Jej pokojówka wpadła w histerię. Posłałam po lekarza. Och, mam nadzieję, że nie jest za późno.

— Co takiego?! — zawołaliśmy jednocześnie Bobs i ja.

Zgodnie wybiegliśmy z jadalni i podążyliśmy za Joanną na górę do pokoju MacMurrayów, gdzie zastaliśmy elegancką pokojówkę załamującą ręce i płaczącą głośno oraz Angelę Marchmont nachyloną nad łóżkiem i trzymającą nieprzytomną Gwen za nadgarstek.

— Czy żyje? — zapytał Bobs.

— Myślę, że tak... ledwo ledwo — odpowiedziała Angela. — Ale ma bardzo słaby puls. Mam nadzieję, że lekarz zaraz przyjedzie.

Rozejrzała się po pokoju, zatrzymując wzrok na szklaneczce stojącej na stoliku przy łóżku. Nachyliła się i powąchała.

— Chyba brandy — oświadczyła.

Podszedłem, aby podnieść szklankę i ją obejrzeć, ale szybko potrząsnęła głową.

– Myślę, że lepiej tego nie dotykać – powiedziała.

Twarz miała zastygłą jak maska, niemal groźną.

Przypomniały mi się słowa Rosamundy z poprzedniego wieczoru. „Boję się, że zrobi jakieś głupstwo”, powiedziała. Czy podejrzewała, że może do tego dojść? Że Gwen, wstrząśnięta aresztowaniem Huberta i przerażona, że jej rola w spisku może wyjść na światło dzienne, zdecyduje się na najprostszą drogę wyjścia?

Właśnie wtedy do pokoju weszła Rosamunda.

– Ona nie... umarła? – zapytała niemal ze strachem.

– Nie – odpowiedziała Angela. – Ale myślę, że sytuacja jest krytyczna.

– Pozwól mi się nią zająć, a ty idź na śniadanie – powiedziała Rosamunda.

Angela potrząsnęła głową.

– Och, ale ja nalegam. Ona jest przecież moim gościem.

– Nie, kochanie – odparła zdecydowanie Angela. – Zostanę z nią do przybycia lekarza. Ty idź na dół z panem Knoxem i Joanną i czekaj na doktora Cartera.

Rosamunda, choć niechętnie, musiała się zgodzić.

– Przypuszczałaś, że może do tego dojść, prawda? – zagadnąłem Rosamundę, gdy schodziliśmy po schodach. – Powiedziałaś, że może zrobić jakieś głupstwo w tym stanie umysłu. Wtedy nie wziąłem tego poważnie, ale wygląda na to, że miałaś rację.

– Och tak, jakie to straszne! – odparła. – Myślałam, że zachowuje się dziwnie, ale nie sądziłam, że naprawdę spróbuje się zabić. Musiała się do tego posunąć z desperacji.

Wkrótce potem przyjechał doktor Carter i został zaprowadzony do pokoju Gwen. My wszyscy siedzieliśmy w bawialni w stanie niepokoju i napięcia. W końcu dołączyła do nas Angela Marchmont.

– No i? – zapytała Rosamunda.

Angela potrząsnęła głową.

– Obawiam się, że nie wygląda to najlepiej – powiedziała.
– Nadal jest nieprzytomna, a puls ma jeszcze słabszy. Doktor uważa, że może być bliska końca.

Przez chwilę zszokowani siedzieliśmy w milczeniu.

– Czy… czy w ogóle się obudzi? – zapytała niepewnie Rosamunda.

– Nie. W tej chwili jest w głębokiej śpiączce. Jej pokojówka z nią jest i robi wszystko, co może, aby jej było wygodnie. Biedna Gwen nie zostanie sama nawet na sekundę.

– Czy lekarz powiedział, co wzięła? – zapytała Sylvia.

– Uważa, że to prawdopodobnie weronal – odparła Angela. – Na jej toalecie stała mała buteleczka, w której odrobinę go zostało. Czy ktoś wie, czy brała go regularnie?

– Tak – powiedziała Rosamunda. – Mówiła mi, że od kilku miesięcy źle sypia.

– Skąd wzięła to brandy?

– Ja jej dałam – wyjaśniła Rosamunda. – Była kompletnie wykończona po wczorajszych wydarzeniach, więc nalałam jej szklaneczkę. Wypiła odrobinę, po czym powiedziała, że weźmie resztę ze sobą do sypialni.

– Więc musiała dodać weronal w swoim pokoju – powiedziałem. – Ciekawe, czy naprawdę chciała skończyć z sobą, czy to był wypadek.

– Możliwe, że nigdy się nie dowiemy – odparła Angela.

– Biedna Gwen – odezwała się Sylvia. Miała w oczach łzy.
– Ktoś będzie musiał powiedzieć Hubertowi.

– Czy trzeba mu powiedzieć? – zapytała Joanna. – To znaczy, może powinniśmy poczekać. – Nie powiedziała, na co.

Rozpoczęła się dyskusja na ten temat. Tymczasem Rosamunda opuściła pokój. Myśląc, że może chcieć się komuś wygadać, poszedłem za nią i znalazłem ją w oranżerii, gdzie z roztargnieniem obrywała liście z wyjątkowo brzydkiej aspidistry. Pomyślałem, jak pięknie wygląda, nawet po takiej tragedii, ze swą porcelanową cerą pięknie oprawioną rudozłotymi włosami. Podniosła na mnie oczy i uśmiechnęła się uśmiechem, którym obdarzała mnie w dawnych czasach, gdy myślałem, że jej uśmiechy są tylko dla mnie.

– Drogi Charlesie – powiedziała. – W ciągu ostatnich kilku dni byłeś mi taką przyjazną duszą. Nie wiem, co zrobiłabym bez ciebie.

Wziąłem ją za rękę.

– Ogromnie się cieszę, jeśli myślisz, że posłużyłem ci pomocą – powiedziałem. – Choć naprawdę nie widzę, jak można było zachować się inaczej.

Spojrzała mi w oczy i natychmiast poczułem się tak, jakby ostatnie osiem lat rozpłynęło się w nicość.

– Czemu nie chciałaś za mnie wyjść, Rosamundo? – zapytałem.

Uśmiechnęła się. Wiedziała, że jej władza nad mną nigdy nie ustała, oczywiście, że wiedziała.

– Och, Charlesie – odparła. – Nam nigdy by się nie ułożyło.

– Ale myślałem, że byliśmy w sobie zakochani.

– Byliśmy, ale byliśmy też młodzi, głupi i tak strasznie biedni. Och, wiem, mówią, że miłość wszystko zwycięża, ale czy to prawda? Czy zwycięża zimno i zdarte ubrania, i głód, i nędzę?

– Czyli nie wierzyłaś we mnie? Nie wierzyłaś, że kiedykolwiek zdobędę majątek.

– Ależ wierzyłam. Jak najbardziej w ciebie wierzyłam. Ale nie mogłam pojechać z tobą do Afryki, wiesz przecież, a czekać tu w Anglii, klepiąc biedę, z nadzieją na lepszą przyszłość... tego też nie mogłam zrobić. Byłam słaba, Charlesie, lepiej ci było beze mnie.

Nadal trzymałem ją za rękę. Najwyraźniej straciłem głowę.

– A teraz?

– A teraz co?

– Czy nadal jest mi lepiej bez ciebie?

Spoglądała na mnie przez wieczność, oddychając szybko.

– Ależ tak – szepnęła.

– Nie wierzę ci – odparłem szorstko, po czym wziąłem ją w ramiona i pocałowałem. Przez jedną długą sekundę odwzajemniła mój pocałunek, po czym odepchnęła mnie.

– Przestań! – wykrzyknęła. – Nie rozumiesz? Teraz już na to za późno. Nawet gdyby nie było Neville'a, przecież chyba rozumiesz, że sytuacja się zmieniła. Nie było cię przez osiem lat. Przecież to praktycznie pół życia.

– Nie dla mnie. Dla mnie jesteś taka sama jak zawsze.

Potrząsnęła głową.

– Nie – odpowiedziała. – To nieprawda. Nigdy nie byłam… taka, jak myślałeś. Rosamunda, którą kochałeś, była doskonałym tworem twojej wyobraźni, a nie człowiekiem. A ja… ja jestem prawdziwym człowiekiem, z wadami i niedoskonałościami, tak jak każdy inny. Nie chcę być kochana przez kogoś, kto oczekuje, że będę boginią. Tylko bym cię zawiodła, nie rozumiesz?

– Ale… ten pocałunek, Rosamundo. Dlaczego pocałowałaś mnie tak, skoro nie czujesz do mnie tego, co ja czuję do ciebie?

Spuściła oczy, ale nie zaprzeczyła, że odwzajemniła mój pocałunek.

– Może to była nostalgia. Może próbowałam sobie wyobrazić, jaka byłam osiem lat temu, przed tym wszystkim. Przed Neville'em. Przed…

– Przed czym?

– Przed niczym. Przykro mi, Charlesie. Nigdy nie chciałam, abyś… to znaczy, myślałam, że jesteśmy przyjaciółmi.

– Ja też – powiedziałem.

– Nie, mój złoty – odparła łagodnie. – To nie może być taka przyjaźń. Wiesz przecież.

– Nie wiem – odpowiedziałem.

Uśmiechnęła się smutno, odwróciła i wyszła z pokoju.

– Rosamundo! – zawołałem za nią z desperacją. Zacząłem

za nią biec, ale zatrzymałem się, gdy wpadłem na Sylvię. Przeprosiłem ją z roztargnieniem, a ona uśmiechnęła się sztucznie.

– O czym rozmawiałeś z Rosamundą? – zapytała nienaturalnie pogodnym głosem.

– Ja... o niczym szczególnym – odpowiedziałem zaskoczony.

– Rozumiem – rzekła.

– Sylvio, ja...

– Naprawdę, nic nie szkodzi – powiedziała wciąż tym samym wysokim głosem. Ściągnęła wargi i odbiegła.

– Sylvio! – wykrzyknąłem.

Czy podsłuchała moją rozmowę z Rosamundą? W głowie miałem zamęt i nie mogłem zebrać myśli. Co ja zrobiłem? Czy zachowałem się jak kompletny głupiec? Rosamunda zawsze miała na mnie taki wpływ. Postanowiłem znaleźć chłodne, ciche miejsce, żeby usiąść i zebrać myśli. Udałem się do biblioteki. Była pusta, ale ktoś najwyraźniej był tam przede mną, gdyż na biurku leżała gazeta i kilka innych kartek. Spojrzałem bezmyślnie na gazetę, która była otwarta na stronach giełdowych, ale szybko odrzuciłem ją na bok. Następnie mój wzrok padł na skrawek papieru, na którym ktoś nabazgrał kilka słów. Przysunąłem go do siebie i przeczytałem ze zdziwieniem. Była to lista, ale dla mnie nie miała żadnego sensu. Brzmiała następująco:

Dlaczego ciemno?
Ramiona
Pies
Klucze

– Co do diaska...? – mruknąłem do siebie. Nadal gapiłem się na nią ze zdumieniem, gdy do pokoju weszła Angela

Marchmont. Zatrzymała się, gdy zobaczyła kartkę w mojej dłoni.

– Och! – zawołała zmieszana.

– Czy to należy do pani? – powiedziałem zakłopotany. – Przepraszam, ale nie mogłem tego nie zauważyć. – Wyciągnąłem do niej kartkę.

– Tak, to moje – odparła. – To tylko moje małe pomysły, które sobie notowałam przed śniadaniem. Uważam, że biblioteka to dobre miejsce na zebranie myśli.

– Istotnie. To oczywiście nie moja sprawa – zawahałem się – ale czy mogę zapytać... Czy dobrze rozumiem tę tajemniczą listę? Czy nadal zastanawia się pani nad zabójstwem sir Neville'a? Czy to znaczy, że nie wierzy pani, że MacMurray go zamordował? Wczoraj wydawała się pani wątpić w jego winę.

Przez chwilę bawiła się pierścionkami na palcach.

– Gdybym tylko wiedziała, co zrobić – powiedziała wreszcie niemal do siebie. – Tak, panie Knox, po wydarzeniach, do których doszło dziś rano, jestem pewna, że Hubert nie mógł tego zrobić.

– Wydarzeniach? Chodzi pani o panią MacMurray? – zapytałem zaskoczony. – Ale przecież jej próba popełnienia samobójstwa tylko potwierdza, że oboje maczali w tym palce?

– Ale czemu miałaby popełniać samobójstwo? Rzeczywiście są silne dowody poszlakowe przeciwko Hubertowi, ale przeciwko Gwen nie ma żadnych. Policja ani przez chwilę nie sugerowała, że ona miała z tym coś wspólnego. Czemu więc miałaby się zabijać?

– Utrata równowagi wywołana aresztowaniem męża?

Potrząsnęła głową.

– Nie, obawiam się, że to żadne wyjaśnienie. Hubert został aresztowany, ale kto wie, czy zostanie skazany, czy nawet postawiony przed sądem? Do tej pory może się wydarzyć tysiąc rzeczy. Nie ma konkretnych dowodów jego winy i mam wrażenie, że nasz bystry inspektor o tym wie. Prawdę mówiąc, nie zdziwiłabym się, gdyby aresztował go tylko dlatego, żeby go przestraszyć i skłonić do przyznania się do winy. Gwen miała mnóstwo powodów, aby się zamartwiać, ale ani jednego, aby popełniać samobójstwo.

– Czyli uważa pani, że to nie było samobójstwo, tylko próba zabójstwa.

Kiwnęła głową.

– Ale czemu ktoś miałby chcieć ją zabić? Myśli pani, że ona coś wiedziała?

– Tak, wydaje mi się, że to jedyny logiczny wniosek. Myślę, że musiała wiedzieć lub podejrzewać, kim naprawdę jest morderca.

– Zeszłej nocy wybiegła z jadalni, wołając, że powie o czymś inspektorowi – wykrzyknąłem, przypominając sobie nagle. – Zastanawiam się, czy to zaalarmowało mordercę i zmusiło go do działania.

– Tak, też się nad tym zastanawiałam – odpowiedziała.

Czułem się coraz bardziej zdezorientowany.

– Ale kto to był? – rzekłem. – Wszystkie osoby są po kolei eliminowane. Niedługo nikt nie zostanie i będę musiał zacząć podejrzewać samego siebie!

Angela uśmiechnęła się ironicznie.

– Tak, zaczyna na to wyglądać, prawda? Problemem jest brak dowodów. Nawet jeśli podejrzewamy, kto to zrobił, nie mamy dowodów.

Popatrzyłem na nią z ciekawością.

– Rozumiem, że wie pani, kto to jest – powiedziałem.

Nie odpowiedziała wprost, tylko podniosła swoją listę i zaczęła ją rwać na małe kawałki.

– Wcześniej chciałam pana o coś zapytać. Chodzi mi o noc zabójstwa Neville'a – rzekła wreszcie.

– Słucham – odpowiedziałem.

– Chciałabym, żeby mi pan dokładniej opowiedział, co się stało, gdy poszedł pan z Rosamundą do gabinetu Neville'a i usłyszał zza drzwi coś, co wziął pan za jego głos. Policja uważa, że to był Hubert, ale jeśli moja teoria jest prawdziwa, on nie miał z tym nic wspólnego.

– Więc kto to mógł być? – rzekłem. – Wszyscy inni byli w salonie. Oczywiście, chyba że był to sam sir Neville, jak pierwotnie myśleliśmy.

Byłem zaintrygowany: czyżby Angela wróciła do wcześniejszej teorii, że zbrodnia została popełniona po dziesiątej czterdzieści pięć?

– Proszę spróbować przypomnieć sobie sam głos, panie Knox – powiedziała Angela. – Jak pan myśli, kto to był?

– Niestety, jak już mówiłem inspektorowi, nie pamiętam, abym cokolwiek słyszał. Na pewno nie potrafię powiedzieć, kto się odezwał. Słuchałem tylko jednej części rozmowy, tylko słów Rosamundy, rozumie pani. Nie słyszałem osoby po drugiej stronie drzwi.

– Nic a nic?

– Obawiam się, że nic a nic.

– Ach! – powiedziała. Jej twarz przybrała dziwny wyraz.

– Przykro mi, że nie mogę bardziej pomóc – powiedziałem.

– Wręcz przeciwnie, bardzo mi pan pomógł – odparła ze smutkiem.

Obserwowałem, jak kilkakrotnie zabębniła palcami o biurko.

– Trudno powiedzieć, co zrobić – oświadczyła w końcu. – Ale myślę, że zamienię dwa słowa z Rosamundą. Może ona mi pomoże.

– Myśli pani, że będzie w stanie powiedzieć, kto się odezwał z drugiej strony drzwi? Nie wydaje mi się, aby ona pamiętała więcej niż ja.

– No cóż, zobaczymy – powiedziała.

Wyszła, mijając Bobsa w drzwiach.

– Cześć, stary – powiedział. – Ale afera, co?

– Chodzi ci o Gwen?

– Tak. Dziwne, że próbowała się zabić po aresztowaniu swojego starego, nie uważasz?

– Prawdę mówiąc – odpowiedziałem – pani Marchmont właśnie mi powiedziała coś niewiarygodnego.

Przedstawiłem mu jej teorię. Bobs gwizdnął przeciągle.

– Coś takiego! – wykrzyknął. – To zmienia postać rzeczy, co? Jeśli to prawda, to wróciliśmy do punktu wyjścia.

– Na to wygląda. Myślę, że Angela podejrzewa, kto to zrobił. Ale nie chciała mi powiedzieć. A ty masz jakiś pomysł?

Bobs wzruszył ramionami.

– Niestety nie mam pojęcia. Byłem pewien, że to Gale, ale wygląda na to, że się myliłem. Jestem pewien, że policja wcześniej czy później złapie winowajcę.

Ku memu zdziwieniu, wydawał się niemal obojętny. Podniósł gazetę, przewrócił stronę, po czym ponownie ją odłożył. Najwyraźniej był myślami gdzie indziej.

– Coś się trapi, stary? – zapytałem.

Otrząsnął się z wysiłkiem.

– Eee, co? Och nie, nie – odpowiedział. – Po prostu o czymś myślałem, to wszystko. Właściwie zastanawiałem się, kiedy policja pozwoli nam wyjechać.

– Ale myślałem, że Rosamunda chce, abyśmy wszyscy zostali.

Skrzywił się.

– Tak, do diabła! No właśnie. Łatwo jej powiedzieć, żeby zostać, ale czuję się przez to jak łajdak. Mówiłem jej, ale ona nie chce słuchać.

– O czym ty mówisz?

– No cóż, wydaje mi się to niesmaczne, krążyć wokół kobiety, gdy jej mąż właśnie zmarł. Człowiek wygląda jak sęp, nie uważasz?

– Nie jestem pewien, czy cię dobrze rozumiem.

– Jedna sprawa, gdy facet żyje i wszyscy akceptują sytuację jak cywilizowani ludzie, a całkiem inna, gdy leży zimny w kostnicy, a ludzie się rozglądają wokoło, na kogo można by tu zwalić winę.

Spojrzałem na zakłopotaną twarz Bobsa i w głowie zaczęła mi świtać straszna myśl.

– Bobs, czy chcesz przez to powiedzieć, że ty... ty i Rosamunda... – przerwałem, gdyż zabrakło mi słów.

Bobs spojrzał na mnie z uśmiechem niedowierzania.

– Wielkie nieba – rzekł. – Nie chcesz mi chyba powiedzieć, że nie wiedziałeś?

Rozdział 17

Usiadłem oszołomiony. Ależ byłem idiotą! Jak mogłem być tak ślepy? Przez głowę przewinęło mi się tysiąc scenek z ostatnich kilku dni: tajemnicza rozmowa podczas kolacji; promienny wygląd Rosamundy, gdy wróciła z Bobsem ze spaceru; fotografia w gazecie – znaczenie tych wszystkich rzeczy stało się nagle całkowicie jasne. Czy wszyscy wiedzieli oprócz mnie? Oczywiście Sylvia musiała wiedzieć. Było to nieuniknione – Bobs był jej bratem, a Rosamunda koleżanką. Sir Neville najwyraźniej wiedział i akceptował sytuację. Inni prawdopodobnie podejrzewali, o ile nie wiedzieli na pewno. Nagle zalała mnie fala ciepła na wspomnienie o moim własnym potwornym błędzie sprzed zaledwie kilku minut. Poczułem, jak krew uderza mi do głowy. Najwyraźniej już popsułem wszystko z Sylvią, a teraz może Rosamunda powie jeszcze Bobsowi, co się stało? Czy będą się razem śmiać i żartować z tego, jak poczciwy stary Charles po raz kolejny zrobił z siebie durnia? Pomyślałem, że teraz rozumiem zagadkowe uwagi Sylvii z naszego pierwszego wieczoru tutaj. Wtedy poczułem się urażony, ale teraz wyglądało na to, że miała rację – byłem beznadziejnie, głupio, absurdalnie naiwny. Jakim błędem był przyjazd do Sissingham! Przyjechałem tu i świadomie wystawiłem się na wpływ Rosamundy, przekonawszy wcześniej siebie samego, że jestem zbyt stary i doświadczony w sprawach tego świata, aby znów się na to nabrać. Jak bardzo się myliłem!

Bobs patrzył na mnie z niewinnym uśmiechem. Dołożyłem starań, aby odpowiedzieć.

– Nie – odparłem. – Muszę przyznać, że ta wiadomość jest dla mnie zupełną niespodzianką.

– Zadziwiasz mnie – powiedział. – Mam nadzieję, że ci to nie przeszkadza, stary. Wiem, że kiedyś byłeś z nią zaręczony, ale oczywiście to było tak dawno temu, a Rosamunda tak bardzo chciała cię znów zobaczyć, gdy jej powiedziałem, że wróciłeś do Anglii, że pomyślałem, że lepiej cię tu przywieźć. Oczywiście weekend nie wypadł zgodnie z planem, co? Biedny stary zramolały Neville. Trudno go nie żałować. Nudny i niechciany za życia, a prędko zapomniany po śmierci.

Nie podobał mi się sposób, w jaki mówił o zmarłym i twarz mi pociemniała. Roześmiał się.

– Dobry stary Charles! – powiedział ciepło. – Zawsze stawałeś po stronie przegranego. W porządku, już nie będę obrażać twoich uczuć. Powiem tylko, że był bardzo szanowany i będzie krótko opłakiwany.

– Czy zamierzasz ożenić się z Rosamundą? – zapytałem wbrew samemu sobie.

– Tak sądzę – odparł niedbale. – Bóg jeden wie, ile czasu spędziła, próbując przekonać Neville'a, żeby dał jej rozwód. Źle by to wyglądało, gdybym ją teraz porzucił.

– A więc sir Neville nie chciał dać jej rozwodu?

– Och, zgodził się, ale odwlekał raz z jednego powodu, raz z drugiego. Podobno wydawało mu się, że koledzy z klubu będą na niego krzywo patrzeć, jeśli rozstanie się z żoną. Jeśli o mnie chodzi, to nie wiem, dlaczego nie chwycił byka za rogi i nie skończył z tym jak najszybciej, gdy tylko zorientował się, że jest zdecydowana postawić na swoim. Jest mnóstwo ludzi, których taka rzecz guzik obchodzi. Jeśli ci spokój w życiu miły, Charlesie, nigdy nie stawaj między kobietą a jej widzimisię. Ale musisz przyznać, że ona jest nadzwyczajna, co? Już ją widzę, jak patrzy z góry na wszystkich, gdy odziedziczę tytuł. Będzie się czuć jak ryba w wodzie, odgrywając wielką damę i witając wielkich i wspaniałych tego świata w Bucklands. To o wiele bardziej w „jej stylu" niż siedzenie tu na prowincji w towarzystwie podstarzałego męża i nadąsanej nastolatki.

Poczułem ukłucie bólu. Była to aż nazbyt nieprzyjemna prawda. Widziałem teraz, że nawet jako zamożny człowiek nie mogłem dać Rosamundzie tego, czego naprawdę chciała. Nigdy nie będę mieć sławy, prestiżu, podziwu innych. Bobs wręcz przeciwnie. Byłby idealnym mężem: bogaty i przystojny, najbardziej lubił pokazywać się w towarzystwie, bywać w modnych miejscach i pojawiać się w kronikach towarzyskich gazet. No i oczywiście po śmierci starszego brata miał teraz odziedziczyć tytuł wicehrabiego wraz ze wspaniałą wiejską rezydencją i domem na placu Grosvenor. Musiałem przyznać, że stanowił o wiele atrakcyjniejszą perspektywę niż ja: szarak z okrytym hańbą ojcem, po procesie o zabójstwo, praktycznie lepiej się czujący w bezlitosnym upale Afryki Południowej niż w ojczystym kraju.

– W każdym razie widzisz – ciągnął dalej Bobs – dlaczego w tej chwili sytuacja jest nieco niezręczna. Widzisz, jak to wygląda. Młody pretendent przyjeżdża na weekend i jak na zawołanie stary król opuszcza ten ziemski padół w tajemniczych i podejrzanych okolicznościach. Starsze damy i inne osoby o większej skłonności do moralizowania mogą zacząć pytać, jaka była moja rola w tym wszystkim, nie sądzisz? Gdyby chodziło o kogoś innego, sam bym się zastanawiał. Pryncypał też pewnie zacznie się czepiać. Wątpię, czy byłby zadowolony ze skandalu, gdybym ożenił się z rozwódką, ale to byłoby nic w porównaniu z oskarżeniem o morderstwo wiszącym nad głową jego jedynego żyjącego syna. Na jego miejscu pewnie bym mnie wydziedziczył na rzecz Sylvii.

Mówił żartobliwym tonem, ale głęboka bruzda na czole sugerowała, że bardziej się martwił, niż chciał przyznać.

– Ale dlaczego policja miałaby uznać, że jesteś prawdopodobnym podejrzanym? – zapytałem.

– Motyw, drogi kolego, motyw – powiedział wprost. – Chciałem ożenić się z Rosamundą i Neville stał nam na drodze, oni tak to będą widzieć.

– Ale mówiłeś, że sir Neville wyraził zgodę na rozwód.

– Teoretycznie tak, ale mówię ci, że odkładał go i odkładał. Prawdę mówiąc, odkładał go od tak dawna, że nie zdziwiłbym się, gdyby w końcu zmienił zdanie. Powiedzą, że zacząłem się niecierpliwić i postanowiłem działać.

– Przecież masz alibi – nadmieniłem.

– Tak mówią – odparł. – Ale opiera się na słowie służącego. Może zapłaciłem mu ładną sumkę, aby potwierdził moją historyjkę i uratował mi skórę. Albo może wiedziałem o nim coś niekorzystnego i zagroziłem, że ujawnię tajemnicę, jeśli mi nie pomoże.

Gdy tak mówił, w oku miał dziwny błysk, a w jego całym zachowaniu było coś, co nie do końca rozumiałem. Czemu tak bardzo chciał się znaleźć wśród osób podejrzanych o zabicie sir Neville'a?

– Myślę, że martwisz się niepotrzebnie – powiedziałem. – Dla mnie całkiem jasne jest, co powinieneś zrobić. Rosamunda cię w tej chwili potrzebuje. Gdybyś teraz uciekł do miasta i zostawił ją samą, to byłby cios poniżej pasa.

Roześmiał się niewesoło.

– Cios poniżej pasa? Wiem z całą pewnością, że ona dokładnie tak by zrobiła, gdyby nasze role się odwróciły. Gdyby chodziło o jej własną skórę, nigdy nie byłaby taka głupia, żeby siedzieć na miejscu i pozwolić się wmieszać w skandal.

Nie mogłem uwierzyć własnym uszom.

– Jak możesz tak obrażać Rosamundę? – zapytałem z gniewem.

– Bo znam ją dobrze. Prawie tak dobrze, jak siebie samego. Jesteśmy jak dwa groszki w jednym strąku, Charlesie. Jak myślisz, dlaczego tak dobrze się dogadujemy? Bo się nawzajem rozumiemy, ona i ja.

Coraz bardziej nie podobał mi się kierunek, jaki obrała nasza rozmowa.

– Myślę, że rozumiesz ją mniej, niż ci się wydaje – powiedziałem sztywno. – Pamiętaj, że była kiedyś moją narzeczoną, a ja w ogóle jej nie rozpoznaję w obrazie, który ty malujesz.

Bobs wzruszył ramionami.

– Niech ci będzie – powiedział. – W każdym razie myślę, że masz rację, że powinienem na razie zostać w Sissingham. – Wstał i poklepał mnie po ramieniu. – Nie myśl, że Rosamunda to delikatna kruszyna, która nie potrafi o siebie zadbać, Charles – dodał. – Ona jest twarda. Co więcej, musi być twarda.

Wyszedł i zostawił mnie sam na sam z moimi myślami, które były jak najdalsze od przyjemnych. Czułem równocześnie przerażenie, gniew, oszołomienie i wstyd. Och, jak chciałem cofnąć czas i odkręcić to, co zrobiłem tego ranka! Lub najlepiej w ogóle nie przyjeżdżać do Sissingham. Doprowadziło to tylko do niedoli i cierpienia dla mnie i dla innych. Byłem wściekły na Bobsa: nie tylko odebrał mi kobietę, którą kiedyś… nie, nadal kochałem, równocześnie robiąc ze mnie głupca, ale mówił o niej w nonszalancki sposób, który obrażał mnie i wyrządzał jej wielką krzywdę. A jednak ona wybrała tego człowieka! Czy będzie z nim szczęśliwa? Czułem, że zostałem oszukany i zdradzony przez przyjaciela z dzieciństwa, który dopiero teraz pokazał swoje prawdziwe oblicze.

Oczywiście zawsze wiedziałem, że Bobs czasami miewa moralnie wątpliwe poglądy na różne sprawy, ale zwykle przypisywałem to jego wrodzonej beztrosce. Ani przez chwilę nie myślałem, że byłby w stanie zrobić coś naprawdę złego. Nie rozpoznawałem go. Czy to właśnie to Sylvia miała na myśli, gdy mówiła, że mogę się przekonać, że w ciągu ośmiu lat mojej nieobecności ludzie zmienili się nie do poznania? Może była mądrzejsza, niż myślałem. Poczułem ukłucie żalu na myśl, że Rosamunda do tego stopnia zaufała Bobsowi i tak się na niego zdała. Obiecał ożenić się z nią, gdy uwolni się od sir Neville'a, ale czy mogła polegać na jego słowie? Podjęła ogromne ryzyko – ryzyko publicznej hańby związanej z długą sprawą rozwodową bez gwarancji, że na końcu będzie na nią czekał mąż. Wydało mi się to strasznie niepewne. Bo co Bobs mógł zyskać z małżeństwa z rozwódką? Był panem własnego losu, ale nie dało się zaprzeczyć, że jego rodzina musiała być przeciwna temu związkowi. Przecież był przeznaczony na lorda. Nie obyłoby się też zapewne bez publicznej dezaprobaty: na przykład gazety miałyby z pewnością wiele do powiedzenia na ten temat.

Ze wstydem przyznaję, że w tym momencie przyszła mi do głowy pewna podstępna myśl – myśl, którą natychmiast odrzuciłem, ale przedtem aż za wyraźnie zobaczyłem, o ile łagodniejsza byłaby reakcja opinii publicznej na małżeństwo syna wicehrabiego z wdową niż z rozwódką. Zdecydowanie odepchnąłem tę myśl. Mój najstarszy przyjaciel bardzo mnie rozczarował, ale tego nie chciałem o nim myśleć.

Wyprostowałem się. Wiedziałem już, co muszę zrobić. Muszę naprawić relacje z Rosamundą i odbudować naszą przyjaźń sprzed mojej porannej gafy, aby gdy nadejdzie odpowiednia pora – a nie miałem wątpliwości, że taka pora nadejdzie – wiedziała, że może zwrócić się do mnie o pomoc i wsparcie. Uznałem, że najlepszym rozwiązaniem będzie napisanie do niej listu.

Po podjęciu tej decyzji natychmiast poczułem się lepiej. Powinienem przeprosić za swoją niezręczność i pożegnać się, aby uniknąć zakłopotania po obu stronach, ale jednocześnie wyraźnie dać jej do zrozumienia, że zawsze będę do jej dyspozycji w razie potrzeby. Następnie powinienem wyjechać, wywołując jak najmniejsze zamieszanie, gotowy do powrotu, gdy będzie to konieczne. Wziąłem papier i długopis, przez chwilę namyślałem się, po czym napisałem następujące słowa:

Najdroższa Rosamundo!

Piszę w nadziei, że wybaczysz mi moje postępowanie, choć trudno byłoby winić Cię, gdybyś uznała je za niewybaczalne. Uwierz mi, że nigdy, nawet w najśmielszych marzeniach, nie ośmieliłbym się postąpić w ten sposób, gdybym w głębi duszy nie był przekonany, że moje miejsce jest przy Twoim boku. Teraz, po zastanowieniu się, wyraźnie widzę swój błąd — nie powinienem był założyć, że jedyną przeszkodą stojącą na naszej drodze jest Twój mąż. Nie wziąłem pod uwagę Twoich własnych uczuć, za co Cię najmocniej przepraszam.

Teraz pozostaje mi tylko uwolnić Cię od swej niepożądanej obecności, choć oczywiście nie może to całkowicie zadośćuczynić Ci za mój błąd. Mam nadzieję, że kiedy mnie nie będzie, spoglądając wstecz na wydarzenia z ostatnich kilku dni, pomyślisz o mnie ciepło i przyjaźnie.

Twój zawsze oddany sługa
  Charles

PRZECZYTAŁEM CAŁY LIST PONOWNIE I UZNAŁEM, że jest krótki, ale do rzeczy. Nigdy nie umiałem wyrażać swych myśli na piśmie, więc uznałem, że lepiej się streszczać, niż plątać w długich, rozwlekłych zdaniach, które mogą źle brzmieć i utrudnić mi osiągnięcie celu.

Właśnie zapieczętowałem kopertę, gdy zadzwonił gong na obiad, więc postanowiłem dopiero po posiłku doręczyć list i wyjechać. Ku mojej uldze Rosamunda nie pojawiła się przy stole, przekazała nam tylko wiadomość, że boli ją głowa i zamierza odpoczywać w swoim pokoju przez godzinkę lub dwie. Angela Marchmont przyszła spóźniona, gdyż właśnie czuwała przy pani MacMurray. Powiedziała, że w stanie Gwen nie ma żadnej poprawy: wciąż jest nieprzytomna i pod opieką swej pokojówki i doktora Cartera. Podczas posiłku pani Marchmont mówiła niewiele. Jej twarz przybrała dziwnie mroczny wyraz, a od czasu do czasu przebłyskiwał na niej smutek. Natomiast Bobs był w świetnym humorze, co uznałem za wysoce niestosowne, biorąc po uwagę obecność w domu umierającej kobiety. Powiedział, że chce wybrać się na wycieczkę, bo jest tak ładny, słoneczny dzień. Zaproponował, że zabierze Sylvię, Joannę i Simona Gale'a na przejażdżkę samochodem po okolicy.

– Maszynę trzeba przewietrzyć – oświadczył. – A i ja mam dość siedzenia w domu całymi dniami. No i nigdy nie przeprosiłem pana, panie Gale, za to zepchnięcie z drogi tuż po naszym przyjeździe. Musi mi się pan dać przewieźć prawdziwym autem. Daję słowo, że ta stara kupa złomu Neville'a nie dorasta mu do pięt.

Gale wyglądał na nieco zaniepokojonego, czemu trudno się było dziwić.

– Nie jestem pewien, że… – zaczął.

– Och, pojedźmy, Simonie – poprosiła Joanna. – Jest taki piękny dzień. Wyrwanie się z domu dobrze nam zrobi. Chciałabym na kilka godzin zapomnieć o smutkach. Jestem pewna, że ty też.

– Co za wspaniały pomysł – zgodziła się Sylvia. – I proszę się nie martwić, że to Bobs będzie prowadzić, panie Simonie. Obiecuję zadbać, aby jechał bezpiecznie i abyśmy wrócili do domu cali i zdrowi.

– Po raz kolejny, droga siostrzyczko, widzę jak nadzieja w twoich oczach wygrywa z doświadczeniem – zaczął Bobs, ale przerwał na ostrzegawcze spojrzenie Sylvii, gdyż Gale zaczął blednąć. – W porządku, obiecuję, że będę się zachowywać, jakbym wiózł starą ciotkę do kościoła – zakończył spiesznie.

– Och, pojedźmy, Simonie – poprosiła Joanna.

W końcu Gale dał się przekonać, że wsiadając do samochodu z Bobsem, nie naraża się na śmiertelne niebezpieczeństwo i po chwili zamieszania wyruszyli ochoczo. Angela Marchmont zniknęła – zakładam, że wróciła czuwać przy Gwen MacMurray. Byłem z tego zadowolony, bo wyglądało na to, że uda mi się wyjechać bez większego rozgłosu. Postanowiłem, że pójdę na stację ścieżką przez pola i później wyślę po bagaże, unikając w ten sposób wszelkich niezręcznych pożegnań i zachowując przynajmniej pewną godność.

Poszedłem na górę i nie bez obaw przepchnąłem swój list przez szparę pod drzwiami Rosamundy, po czym udałem się do swojego pokoju spakować rzeczy. W domu panowała cisza i pozorna pustka, a ja poczułem nagłą potrzebę jak najszybszego wyjazdu. Po spakowaniu rozejrzałem się, żeby upewnić się, że niczego nie zapomniałem, i wtedy przypomniałem sobie, że przed obiadem zostawiłem w bibliotece swoje pióro. Należało jeszcze do mojego ojca i było jedną z nielicznych pamiątek, które po nim miałem, więc nie chciałem go stracić. Gdy szedłem korytarzem w kierunku schodów, wydało mi się, że usłyszałem odgłos cicho otwieranych drzwi. Obróciłem się, ale nic nie ujrzałem. Może się przesłyszałem.

Zbiegłem na dół i wszedłem do biblioteki, gdzie na biurku odnalazłem swoje pióro. Włożyłem je do kieszeni i już miałem wyjść, gdy otworzyły się drzwi i ktoś wszedł do środka. Była to Rosamunda.

Rozdział 18

– CZEŚĆ – powiedziałem niezręcznie.

Nie odpowiedziała, tylko stała oparta plecami o drzwi, obserwując mnie przymrużonymi oczami, jakby coś obliczała.

– Angela mówi, że Hubert wcale nie zamordował Neville'a i że wkrótce zostanie zwolniony – odezwała się w końcu. – Czy to prawda?

– Nie wiem – odparłem. – Wydawała się całkowicie pewna, że jest niewinny, ale nie wiem, dlaczego uważa, że zostanie zwolniony. Przecież to zależy od policji.

– A ty myślisz, że to on go zamordował?

– Już nie wiem, co myśleć – odpowiedziałem szczerze. – Najpierw myśleliśmy, że to wypadek, potem Gale wziął i się wygłupił, potem MacMurray został aresztowany. A teraz Angela najwyraźniej myśli, że Gwen wcale nie próbowała się zabić, tylko została przez kogoś otruta, co oznacza, że nasz tajemniczy morderca nadal jest na wolności. Wydaje mi się, że wszyscy nadal jesteśmy podejrzani.

– Ale nie mogą nikogo aresztować bez dowodów, prawda? Na tym polega kłopot… że nie ma dowodów – powiedziała.

Skinąłem głową.

– Na to wygląda – powiedziałem. – Myślę, że Hubert

MacMurray został aresztowany praktycznie na podstawie jednego odcisku dłoni i słabego alibi, ale oczywiście każdy przyzwoity obrońca powie, że nie wiadomo, kiedy ten odcisk dłoni zrobił. Mógł się oprzeć o szybę w dowolnym czasie. Nie da się udowodnić, że zrobił to w noc morderstwa. Mam wrażenie, że policja zatrzymała go w nadziei, że się przyzna, ale jeśli nie wyświadczy im tej uprzejmości, nie mają podstaw, żeby postawić go przed sądem. Zaczynam myśleć, że nigdy nie poznamy prawdy i że wszyscy pozostaniemy podejrzani do końca życia. To jest nie do zniesienia.

– Tak. Gdybym tylko mogła zostawić to wszystko za sobą i zacząć od nowa – wyszeptała niemal sama do siebie.

Jej słowa przypomniały mi o wcześniejszych zwierzeniach Bobsa i serce we mnie zamarło. Przypomniałem sobie, że ona i Bobs planują już przecież wspólną przyszłość, a ja ponownie muszę odejść na dalszy plan, pominięty i zapomniany.

– Gdyby tylko istniał jakiś dowód, gdyby ktoś przyznał się do winy, nie byłoby już żadnych wątpliwości – ciągnęła głośniej.

– Raczej nie – odparłem, zastanawiając się, do czego zmierza.

Rosamunda odsunęła się od drzwi i ruszyła w kierunku biurka, badając moją twarz wzrokiem, jakby próbowała coś w niej wyczytać. Czułem coraz większą niepewność. W końcu najwyraźniej podjęła decyzję.

Odwróciła się, a jej następne słowa zaskoczyły mnie.

– Czy policja wie, że byłeś oskarżony o morderstwo w Afryce Południowej? – zapytała, podnosząc książkę z półki i leniwie przerzucając jej kartki.

Na to niespodziewane pytanie zaparło mi dech w piersiach i przez chwilę nie byłem w stanie odpowiedzieć.

– Jak… skąd… – wymamrotałem w końcu.

– Skąd o tym wiem? – zapytała. – O to chcesz zapytać, prawda? Oczywiście od Neville'a.

– Powiedział ci o tym?

– Cóż, niezupełnie – odpowiedziała. – Uznasz, że takie zachowanie nie przystoi, ale któregoś dnia grzebałam sobie w jego biurku i znalazłam telegram. Twoje nazwisko rzuciło mi się w oczy i nim się zdążyłam opanować, przeczytałam całość! Nieładnie zrobiłam, co? – otworzyła szeroko oczy i uśmiechnęła się swym najbardziej czarującym uśmiechem.

Wyglądała na wyraźnie zadowoloną z siebie.

– No więc – ciągnęła dalej – czy inspektor wie o tym?

– Tak – odrzekłem w końcu.

– Czyli zapytał cię o to – powiedziała. – Co powiedział? Czy nie sądził, że to podejrzane? Wiesz, fakt, że w domu doszło do morderstwa i że jeden z gości już kiedyś był oskarżony o zabicie kogoś innego?

Wzdrygnąłem się. Czy to możliwe, że Rosamunda uważała mnie za zdolnego do zabicia jej męża? Otworzyłem usta, aby zaprotestować, ale nie zwróciła na to uwagi.

– No i oczywiście miałeś bardzo silny motyw – powiedziała skromnie spuszczając oczy. – W końcu sam mi tak powiedziałeś.

– Rosamundo! – wykrzyknąłem.

– Trudno byłoby ich winić, gdyby uznali, że ty to zrobiłeś, prawda? Zwłaszcza gdyby pojawiły się inne dowody.

– Jakie inne dowody?

Podeszła do mnie i położyła mi dłoń na ramieniu.

– Ależ Charlesie, przede mną nie musisz udawać – powiedziała przekonująco. – Wiesz, co powie policja. Powiedzą, że nadal mnie kochałeś, więc postanowiłeś usunąć sobie Neville'a z drogi. Poszedłeś do gabinetu, zdzieliłeś go w głowę i zaaranżowałeś jego ciało tak, żeby wyglądało na to, że przypadkowo upadł i się uderzył. Ja oczywiście nic o tym nie wiedziałam. Byłabym przerażona, gdybym podejrzewała, że planujesz coś takiego. Biedny Neville! Widzę teraz, że to była moja wina, że pozwoliłam ci myśleć… cóż, być może czasami zwodzę trochę mężczyzn. To jest paskudny zwyczaj, wiem, ale tak lubię, gdy się komuś podobam. Czy uwierzysz mi, Charlesie, gdy powiem, że wcale tego nie planowałam?

Nagle poczułem, że nogi mam jak z waty. Nie mogłem uwierzyć własnym uszom.

– Nie wierzysz chyba we własne słowa – powiedziałem, gdy wreszcie odzyskałem głos. – Nie myślisz chyba, że zabiłem sir Neville'a. Ty, spośród wszystkich ludzi.

– Może i nie. Ale to nieważne, co ja myślę, prawda? Wystarczy, jeśli policja uzna, że jesteś winny i znajdzie jakieś dowody.

– Ależ to niedorzeczne. Nie ma żadnych dowodów.

– Och, nigdy nie wiadomo, co uda im się znaleźć – odpowiedziała niejasno.

– Poza tym mam alibi – dodałem bardziej stanowczo. – Tak jak i ty.

– Tak, mam alibi, prawda? – powiedziała, jakby to była nowość. – Ale zastanawiam się, jak szybko policja zauważy swój błąd, gdy już uznają, że Hubert jest niewinny.

– Co za błąd?

– Ależ porę zabójstwa oczywiście! Gdy zrozumieją, że Hubert tego nie zrobił, zdadzą sobie sprawę, że mylą się co do pory. Wtedy zwrócą uwagę na ciebie i na mnie, Charlesie.

– Obawiam się, że nie rozumiem.

Westchnęła zniecierpliwiona.

– Jaki ty czasami jesteś niedomyślny! Jeśli to nie Hubert podszywał się pod Neville'a w gabinecie o dziesiątej czterdzieści pięć, to kto to był? Nad tym się będą zastanawiać.

– Och, nie wiem. To tajemnica, bo wiemy, gdzie wtedy były wszystkie inne osoby.

– Tak, dokładnie, wiemy, gdzie były pozostałe osoby. W tym czasie wszyscy byli w salonie. Policja o tym wie.

– No i co z tego?

– To z tego, głuptasie, że ty i ja będziemy następnymi podejrzanymi. Nie rozumiesz? Mają tylko nasze słowo na potwierdzenie, że ktoś w ogóle odezwał się do nas zza drzwi.

Jeśli na chwilę założysz, że pomyliliśmy się lub skłamaliśmy, a policja właśnie tak zrobi, to nie ma żadnego dowodu, że Neville żył jeszcze o dziesiątej czterdzieści pięć. Mógł umrzeć znacznie wcześniej, właściwie w dowolnym momencie po dziewiątej, gdy poszedł do gabinetu. A kto z nas ma alibi na ten okres?

– Och – powiedziałem zaskoczony tym nowym punktem widzenia. – Teraz rozumiem, o co ci chodzi. Nie pamiętam dokładnie, co robiłem, ale jestem pewien, że przynajmniej raz wyszedłem z salonu. Inne osoby chyba też. Policja będzie musiała ponownie przyjrzeć się wszystkim alibi.

Rosamunda potrząsnęła głową.

– Przyjrzą się tylko naszym – powiedziała. – Nie rozumiesz? Z jakiego powodu mielibyśmy kłamać o głosie zza drzwi, gdybyśmy byli niewinni?

– Ależ Rosamundo, to absurd. Najwyraźniej się pomyliłaś. Przecież na pewno potrafisz przekonać inspektora, co słyszałaś zza drzwi. Wiemy już, że ja nic nie słyszałem, ale ty przecież nie mogłaś aż tak się pomylić.

Rosamunda przyjrzała mi się z politowaniem.

– Mój drogi głuptasie, oczywiście, że się nie pomyliłam – powiedziała. – Jeszcze tego nie rozgryzłeś? Nie było żadnego głosu po drugiej stronie drzwi.

Zmierzyłem ją spojrzeniem.

– Ale powiedziałaś…

– Wiem, co powiedziałam, ale to nie była prawda. Skłamałam. Myślałam, że już dawno to sobie uświadomiłeś, ale najwyraźniej nie. – Zaczęła się śmiać. – Wiedziałam, że to ryzykowne, ale nawet nie śniłam, że tak cudownie się dasz oszukać. Dziękuję, mój złoty, że tak niewinnie mnie chroniłeś. Bardzo mi pomogłeś.

– Bardzo pomogłem? – powtórzyłem głupio. W głowie zaczęło mi się kręcić.

– Oczywiście. Gdybyś mnie nie poparł, byłabym teraz główną podejrzaną, a to byłby taki ambaras. Możliwe nawet, że byłabym w więzieniu, a sam wiesz, że to byłoby nie do zniesienia.

– Ależ Rosamundo, nawet gdybym nie potwierdził twoich słów, policja z pewnością nie podejrzewałaby cię przecież o zabójstwo.

– No cóż, byliby strasznymi głupcami, gdyby mnie nie podejrzewali – powiedziała. – Bo to ja go zabiłam.

Nastąpiła chwila ciszy, po czym roześmiałem się z niedowierzaniem.

– Nie powinnaś żartować w taki sposób – powiedziałem. – Policja się tu kręci, ktoś cię może usłyszeć i potraktować poważnie.

Rosamunda przyjrzała mi się z namysłem.

– Wiesz, Charlesie, zawsze podejrzewałam, że jesteś ślepy, jeśli o mnie chodzi, i teraz widzę, że miałam rację. Zastanawiam się, co musiałabym zrobić, abyś o mnie źle pomyślał.

– O czym ty mówisz?

– Mówię o tym, mój złoty, że albo ty jesteś potwornie głupi, albo ja byłam strasznie sprytna. A jakoś wątpię w to drugie.

– Nieładnie tak mówić – powiedziałem urażony.

– Naprawdę? Po prostu mówię, co myślę. Próbuję ci powiedzieć prawdę, a ty mi nie chcesz uwierzyć.

– Oczywiście, że ci nie wierzę – oświadczyłem.

Wydęła usta.

– Ale ja chcę ci o tym opowiedzieć. Już od kilku dni chcę z kimś o tym porozmawiać, ale nie mam z kim. Bobs zrobiłby mi awanturę, a wszyscy inni poszliby prosto na policję. Wiem, że mogę ci zaufać, że nikomu nie powiesz.

– Bobs zrobiłby ci awanturę? – Przez chwilę moją uwagę przyciągnęło jego imię.

– Tak, oczywiście – powiedziała. – Wiem, że w przeszłości miewał różne wyskoki, ale chyba nawet on nie przyjąłby wiadomości o morderstwie spokojnie.

– Rosamundo, dlaczego mi nie powiedziałaś o sobie i Bobsie?

– Przepraszam, mój złoty, ale myślałam, że wszyscy wiedzą. Byłam pewna, że Bobs ci musiał powiedzieć.

– Nie powiedział. Nie do dzisiaj w każdym razie. A ty pozwoliłaś mi zrobić z siebie głupca – dodałem gorzko.

– Być może, ale zrobiłeś to znakomicie – odpowiedziała ze śmiechem.

Mnie nie było do śmiechu. Czułem się przygnębiony i upokorzony. Chciałem tylko jak najszybciej wyjechać.

– Muszę iść – powiedziałem.

– Ale jeszcze nie powiedziałam ci, jak zabiłam Neville'a – odparła.

Spojrzałem na nią jak rażony piorunem. Czy to mogła być prawda?

– Myślałem, że żartowałaś – powiedziałem.

– Oczywiście, że nie żartowałam. Co za dziwaczny pomysł! Muszę jednak powiedzieć, że poszło mi dość dobrze, biorąc pod uwagę okoliczności.

– Ale jak mogłaś to zrobić? Kiedy? Nawet jeśli sir Neville został zabity przed dziesiątą czterdzieści pięć, jestem pewien, że nikt z nas nie opuszczał pokoju na dłużej niż kilka minut. Tak, pamiętam doskonale… tańczyłaś wtedy ze wszystkimi.

– Tak, ale to było później. Zabiłam go wcześniej.

Spojrzałem na Rosamundę, która nie wydawała się wcale przejęta ogromem swych słów i ogarnęło mnie dziwne poczucie odrealnienia.

– Może lepiej opowiedz mi, co się stało – rzekłem powoli.

Rozdział 19

Rosamunda od razu się rozjaśniła.

− Wspaniale! Od czego tu zacząć? − zastanowiła się. − Może od samego początku, gdy ty wyjechałeś do Afryki, a ja wyszłam za Neville'a. Uwierz mi, że kochałam cię przez pewien czas, gdy byliśmy zaręczeni. Naprawdę, mój złoty. Ale równocześnie nie mogłam *znieść* biedy, no i wtedy poznałam Neville'a, który zakochał się we mnie, a był bogaty, więc pomyślałam: czemu nie? Przez tak długi czas było mi tak ciężko… pomyślałam, że zasługuję na odrobinę szczęścia, więc zgodziłam się, gdy poprosił mnie o rękę. Przez pierwszy rok lub dwa była świetna zabawa, bo mieliśmy dom w mieście, były imprezy i bale, i wiele wspaniałych rozrywek, i mogłam się widywać z przyjaciółmi, gdy tylko chciałam. Neville był oczywiście strasznie nadęty, ale na początku nie stawał mi na drodze, nie przeszkadzało mu, gdy ja wychodziłam, a on zostawał w domu, więc świetnie się bawiłam i byłam bardzo szczęśliwa. Ale potem wszystko zaczęło się zmieniać. Neville zaczął mówić o podatkach i wydatkach, i akcjach, i wszystkich tych nudnych rzeczach, których nigdy nie rozumiałam, i kręcić nosem, gdy pokazywałam mu swoją książeczkę czekową. Miał mnóstwo pieniędzy, sam słyszałeś, jak pan Pomfrey tak mówił,

194

ale nie cierpiał ich wydawać na zbytki. Zaczął napomykać, że powinnam troszkę mniej wydawać. Z czasem wspominał o tym coraz częściej. Ale jak można wydawać mniej w Londynie, gdzie jest tyle rozrywek? Chciał, abym prowadziła tańsze życie, ale ja po prostu nie umiałam. Miałam duży krąg przyjaciół i znajomych, którzy wszyscy żyli w pewnym stylu. Tańsze życie oznaczałoby całkowite odcięcie się od nich wszystkich, a tego po prostu nie mogłabym znieść. W końcu Neville powiedział, że zamierza sprzedać dom w Londynie i przeprowadzić się na stałe do Sissingham, na to pustkowie. Nigdy zbytnio nie lubił Londynu i myślę, że chciał mnie zabrać poza granice pokusy. Wcześniej przyjeżdżaliśmy tu na weekendy w sezonie łowieckim i wtedy wszystko było ładnie, pięknie. Zapraszaliśmy dużo gości i bawiliśmy się tak dobrze, jak w mieście. Tymczasem mieszkanie tu na stałe było nudne jak flaki z olejem. Tyle naprawdę ważnych osób zapomniało o mnie, gdy zagrzebaliśmy się na wsi, że często musieliśmy zadowalać się starymi pułkownikami i żonami pastorów z zatęchłej prowincji, gdy chcieliśmy zorganizować przyjęcie. Och, czasami jeździłam do Londynu i zatrzymywałam się u przyjaciół, ale to nie było to samo, bo nie mogłam już sama przyjmować gości. Nie brzmi to dobrze, ale ja tak lubię być w centrum uwagi. Chciałam, aby pisano o mnie w rubrykach towarzyskich gazet. Na pewno prędko bym tu oszalała, gdyby nie Bobs i Sylvia. Zwłaszcza Bobs. Ale o tym już wiesz. Zaczęło się, gdy jeszcze mieszkaliśmy w mieście. Na początku chcieliśmy się tylko trochę zabawić, ale gdy przestało mi się układać z Neville'em, zaangażowaliśmy się poważniej. Zaczął mnie namawiać, żebym poprosiła Neville'a o rozwód. Powiedział, że pół świata i tak wie, co się dzieje, więc Neville nie może się sprzeciwiać i że postąpi przyzwoicie, bo to dżentelmen. Wtedy pobierzemy się i będę mogła wrócić do Londynu, do mojego dawnego życia. Moi znajomi to nie są ludzie, którym przeszkadzałoby towarzystwo rozwódki, a poza tym Bobs ma tak wysoką pozycję towarzyską, że większość ludzi miałaby na tyle rozsądku, aby o tym zapomnieć. Na początku śmiałam się z niego, ale po jakimś czasie zaczęłam się zastanawiać: czemu miałabym tego nie zrobić? Może wyda ci się to dziwne, ale naprawdę uważam, że Neville mnie oszukał, gdy ożenił się ze mną. W końcu wiedział, z jaką osobą się żeni i choć nie rozmawialiśmy o tym otwarcie, zrozumiałe było, że powinien pozwolić mi robić, co mi się podoba i bawić się, ile zechcę. A tymczasem po zaledwie kilku latach chciał, abym przestała się bawić i osiadła na zupełnym odludziu. Więc w końcu zebrałam się na odwagę i powiedziałam o tym Neville'owi. Oczywiście nie przyjął tego z zadowoleniem, ale spodziewał się tego, więc ogólnie rzecz biorąc, poszło mi łatwiej, niż myślałam. Zgodził się na rozwód, ale powiedział, że chce wybrać odpowiedni moment, że w chwili obecnej na przeszkodzie stoją różne trudności. Nie pamiętam dokładnie jakie, coś związanego z interesami. Zawsze chodziło o coś związanego z interesami.

– I w końcu nie dał ci rozwodu – wtrąciłem, gdyż przerwała.

– Nie – odparła. – Zawsze był jakiś powód, dla którego to był niewłaściwy moment. Po prostu odkładał to i odkładał, a ja coraz bardziej się niecierpliwiłam. Chciałam wyrwać się stąd jak najszybciej, tym bardziej, że oczywiście nie mogłam się spodziewać, że Bobs będzie na mnie czekać wiecznie. W każdym razie kilka dni temu postanowiłam wziąć sprawy w swoje ręce. Widzisz, uzgodniliśmy, że Neville postąpi przyzwoicie i weźmie na siebie winę. Ale ponieważ najwyraźniej nie chciał tego zrobić, zdecydowałam się mu powiedzieć, że jeśli on się boi, ja jestem gotowa przyznać się do wszystkiego i sama zeznawać w sądzie.

– Powiedziałaś o tym Bobsowi? – zapytałem.

– Oczywiście, że nie! Nigdy by się na to nie zgodził. Nie spodziewałam się też, aby Neville się zgodził. Myślałam tylko, że może go to skłonić do działania. Zatem owego wieczora, w kilka minut po wyjściu Neville'a z salonu, poszłam za nim do gabinetu.

Ponownie przerwała, a ja wstrzymałem oddech, czekając na jej następne słowa.

– Drzwi były zamknięte na klucz, więc zapukałam i powiedziałam, że chcę z nim pomówić. On zaczął gderać, ale wpuścił mnie do środka. Właśnie coś pisał, więc usiadł z powrotem przy biurku. Zapytałam go, kiedy zamierza mi dać ten obiecany rozwód. Powiedziałam, że to nie w porządku, że każe mi tyle czekać. Miałam zamiar powiedzieć mu, że jestem gotowa wziąć winę na siebie, gdy mi przerwał i oświadczył, że przemyślał sprawę i zmienił zdanie. Zdecydował, żeby jednak nie dać mi rozwodu. Powiedział, że zgodził się niechętnie, gdy go poprosiłam, i tylko dlatego, że nie chciał sprawiać mi przykrości, ale im więcej o tym myśli, tym bardziej nie chce być zamieszany w taki skandal. Przykro mu, że będę niezadowolona, ale sumienie nie pozwala mu tego zrobić. – Przerwała na moment. – No cóż, mój złoty, wyobrażasz sobie chyba, jakim szokiem były dla mnie te słowa! Kazał mi czekać przez tyle lat, po czym złamał obietnicę właśnie wtedy, gdy myślałam, że wreszcie musi coś z tym zrobić. Zaczęłam protestować, ale od razu zorientowałam się, że podjął decyzję. A gdy Neville podjął jakąś decyzję, nie można było nic na to poradzić, był uparty jak osioł. – Westchnęła gniewnie. – Nie jestem pewna, co było dalej – kontynuowała – ale wiem, że podniosłam jedną z tych ohydnych afrykańskich pamiątek, które tak lubił. Ktoś odłożył ją na złe miejsce, pewnie służąca podczas wycierania kurzy. Stałam tuż za nim, bezmyślnie patrząc na jego pisaninę. Pamiętam, że pomyślałam sobie, że właśnie jednym słowem zrujnował mi życie. Wtedy zaczęłam się zastanawiać, co by było, gdybym lekko stuknęła go w głowę. To byłby taki wspaniały sposób na pozbycie się go. Naprawdę, mój złoty, ani przez chwilę nie miałam zamiaru rzeczywiście tego zrobić, ale nim się obejrzałam, a już wywrócił się na biurko, całkiem martwy! Przez kilka minut miałam nadzieję, że tylko stracił przytomność, co już byłoby wystarczająco okropne. Ale miał paskudne wklęśnięcie w głowie, a gdy chciałam go podnieść, zsunął się na bok i spadł z krzesła na podłogę. Wtedy zrozumiałam, że już się nie obudzi. Oczywiście kiedy uświadomiłam sobie, co zrobiłam, wpadłam w panikę. Myślałam tylko o tym, że zaprzepaściłam wszystko z Bobsem i że pewnie zostanę powieszona jak pospolita morderczyni. Moim pierwszym odruchem było jak najszybsze opuszczenie gabinetu w nadziei, że nikt nie zauważył mojej nieobecności w salonie. Nie mogłam już na niego patrzeć, więc zgasiłam lampę i uciekłam, zabierając klucz i zamykając drzwi za sobą. Miałam nadzieję, że nikt nie będzie chciał przeszkadzać Neville'owi w pracy, więc będę mieć czas na zastanowienie się, co robić. Najrozsądniejszy wydał mi się powrót do salonu i zabawianie wszystkich tak, aby nikt mnie nie podejrzewał ani nie myślał o nieobecność Neville'a. Och, Charlesie, możesz sobie chyba wyobrazić, jak się tego wieczora czułam! Ja rozpaczliwie usiłowałam zabawiać gości i udawać, że wszystko jest w porządku, a tymczasem Neville leżał martwy w gabinecie, zabity moją ręką! Strasznie się bałam, że Simon postanowi pójść i poprosić Neville'a o podpisanie jakiegoś dokumentu albo że Joanna będzie coś od niego chcieć, albo że… że coś się stanie i zostanie znaleziony od razu. Wtedy oczywiście byłoby całkowicie jasne, że to ja go zabiłam. Ale gdy się trochę uspokoiłam, zaczęłam myśleć trzeźwiej. Wiedziałam, że wcześniej czy później muszę wrócić do gabinetu… Wiem, że policja zna teraz różne pomysłowe metody, a na tej afrykańskiej rzeźbie musiało być pełno moich odcisków palców… Zaczęłam się zastanawiać się, czy da się tak wszystko zaaranżować, aby śmierć Neville'a wyglądała na wypadek. Pomyślałam o kominku i uznałam, że przy odrobinie wysiłku będę w stanie powoli przeciągnąć go przez pokój. Wtedy zorientowałam się, że będzie to wyglądać przekonująco tylko wtedy, jeśli uda mi się przekonać wszystkich, że zamknął się w gabinecie na klucz. Ale jak mogłam to zrobić? Musiałabym zostawić klucz w zamku od wewnątrz, w przeciwnym razie wszyscy uznają, że ktoś go zabił i wyszedł. Jedyne inne wejście to drzwi tarasowe, ale drzwi wejściowe do domu miały być zamknięte o jedenastej, a przecież do tej pory na pewno nie zdążyłabym zrobić wszystkiego, co musiałam zrobić, bo wszyscy zastanawialiby się, gdzie jestem. Przez kilka minut myślałam nawet, że wrócę do gabinetu w środku nocy, a potem wyjdę przez drzwi tarasowe, zamknę je na klucz od zewnątrz i wkradnę się do domu dopiero wcześnie następnego ranka, ale oczywiście to był absurdalny pomysł, który na pewno zakończyłby się wykryciem. Wtedy nagle przypomniałam sobie, że Neville ma zapasowy pęk kluczy do domu schowany w szufladzie biurka, a klucz do szuflady trzyma w kieszeni. Oczywiście! Oznaczało to, że mogłam zejść na dół, gdy wszyscy pójdą spać, upozorować wypadek, wyjść przez drzwi tarasowe i wejść z powrotem do domu przez drzwi boczne. Wiedziałam, że będę później musiała odłożyć zapasowe klucze z powrotem do szuflady, na wypadek, gdyby ktoś sobie o nich przypomniał, ale byłam pewna, że poradzę sobie z tym bez większych trudności. Gdy już o tym pomyślałam, zaczęłam lżej oddychać, a nawet puszyć się trochę, że jestem taka inteligentna. Czy uwierzysz, Charlesie, że podczas naszej gry w „Słowo po słowie" ja łamałam sobie głowę, planując najlepszy sposób zakamuflowania morderstwa? Ale gdy przypomniałam sobie klucze, zaczęłam się bawić tak dobrze jak wszyscy inni. To była taka niedorzeczna zabawa, prawda? Oczywiście Joanna niemal wszystko popsuła, gdy zasugerowała, żeby pójść po Neville'a. Przez chwilę nie wiedziałam, co robić. Później przyszło mi do głowy, że to doskonała okazja, aby jeszcze bardziej zmylić trop. Przecież musiałam tylko pójść do gabinetu z jakimś świadkiem i udać, że rozmawiam z Neville'em przez drzwi, aby przekonać wszystkich, że żył i miał się dobrze jeszcze za piętnaście jedenasta. Jeśli później nie wyjdę z salonu aż do zamknięcia wszystkich drzwi wejściowych, będę mieć alibi, gdyby ktoś zaczął się zbyt mocno przyglądać historyjce o wypadku. Warto było zaryzykować, pomyślałam, pod warunkiem, że mam pewność przekonania mojego świadka.

– I wybrałaś na świadka mnie, bo uznałaś, że najłatwiej mnie nabrać – powiedziałem gorzko. – Czyżby naprawdę wszyscy uważali mnie za takiego idiotę?

Spojrzała na mnie życzliwie.

– Wcale nie jesteś idiotą, Charlesie – odpowiedziała. – Tylko nie masz najmniejszej tendencji do podejrzliwości. Wiedziałam, że łatwo mi będzie cię przekonać, że Neville naprawdę mi odpowiedział.

Oczywiście miała rację. Wiedziała, że byłem tak zaślepiony i oczarowany nią, że uwierzyłbym jej, nawet gdyby mi powiedziała, że zza drzwi gabinetu trąbi do nas słoń. Poczułem mdłości.

– Mów dalej – powiedziałem, bo cóż innego mogłem powiedzieć.

– No cóż, wiesz, co było dalej. Zawołałam do Neville'a przez drzwi i udałam, że odpowiedział, po czym wróciliśmy do salonu, wpadając po drodze na Huberta. Cholerny Hubert! – wybuchła nagle. – Dlaczego do diabła wybrał akurat ten moment na przechadzki po tarasie, zwracając na siebie uwagę i wywołując wątpliwości co do pory śmierci? Gdyby tego nie zrobił, policja ostatecznie doszłaby do wniosku, że jednak musiał to być wypadek lub że zabił go jakiś tajemniczy intruz. Tymczasem zaczęli wysuwać różne pomysłowe teorie, że Hubert udawał Neville'a, no i go aresztowali.

– Pomyślałbym, że byłaś zadowolona – skomentowałem.

– Oczywiście, że nie byłam zadowolona! Czy naprawdę uważasz mnie za takiego potwora? Trik polegał na tym, aby nie rzucić podejrzeń na nikogo. Gdy inspektor powiedział mi, co według niego się stało, byłam przerażona, ale nie widziałam żadnej drogi wyjścia, poza przyznaniem się do winy. Po prostu niczego nie mogłam na to poradzić.

– Chcesz powiedzieć, że zostawiłaś go na pastwę losu.

– Och, na pewno by się wykręcił, jestem pewna – odparła.

– Przecież sam powiedziałeś, że policja przyznała, że nie mają dowodów na poparcie swych podejrzeń. Tak czy owak, gdzie ja skończyłam?

– Właśnie wróciliśmy do salonu z MacMurrayem – powiedziałem, czując się tak, jakbym po omacku brnął przez największy koszmar.

– Och tak. Cóż, wszyscy udali się do swoich sypialni, ale ja oczywiście nie poszłam spać. Siedziałam i czekałam do drugiej w nocy. Wtedy uznałam, że droga wolna i cicho przekradłam się na dół, do gabinetu. Miałam cichą nadzieję, że wymyśliłam sobie to wszystko, ale nie, leżał tam dalej, na podłodze przy biurku. Na szczęście nie było żadnej krwi. Najpierw przeciągnęłam go pod kominek. Był tak okropnie ciężki, że miałam wrażenie, że ramiona wyskoczą mi ze stawów. Następnie przewróciłam pogrzebacze, aby wyglądało na to, że Neville to zrobił, upadając. Nalałam też whisky do szklaneczki, po czym wzięłam ją przez chusteczkę i ułożyłam wywróconą obok ciała. Stałam przy drzwiach i właśnie zaczęłam wycierać swe odciski palców z klucza, gdy stało się coś strasznego. Ktoś zastukał do drzwi i pociągnął za klamkę. Przysięgam, mój złoty, że mało nie umarłam ze strachu. Po prostu zamarłam w bezruchu i czekałam, dziękując opatrzności, że nie zapomniałam zamknąć drzwi na klucz. Ktoś ponownie zapukał i cicho powiedział „Neville", więc wiedziałam, że nikt mnie nie zobaczył i że ta osoba myśli, że światło pod drzwiami oznacza, że Neville jeszcze pracuje.

– To musiał być MacMurray – powiedziałem.

– Tak, Simon go widział, prawda? Wtedy nie miałam pojęcia, kto to jest, ale najadłam się strachu. Nasłuchiwałam tylko, wstrzymując oddech, i wkrótce usłyszałam oddalające się kroki. Nawet wtedy odczekałam jeszcze całe wieki, nim odważyłam się zacząć oddychać i wrócić do roboty.

– Miałam w planie robić wszystko ostrożnie i spokojnie, ale przez tę chwilę trwogi chyba straciłam głowę. W przeciwnym razie na pewno nie popełniłabym aż tylu błędów. Na przykład nagle wpadłam na myśl, że jedna rozlana szklanka whisky nie wystarczy, aby przekonać wszystkich, że Neville przewrócił się, bo był pijany, więc w panice rozlałam alkohol po całym pokoju, zamiast podnieść karafkę przez chusteczkę, wziąć na zewnątrz i wylać ostrożnie na trawę, żeby wyglądało na to, że dużo wypił. Nie jestem pewna, co mnie do tego skłoniło. Przypuszczam, że wpadł mi do głowy szalony pomysł, że cały pokój powinien cuchnąć whisky. I bardzo głupio zrobiłam, że później wytarłam starannie karafkę, teraz już to rozumiem.

– Co jeszcze? Ach tak, musiałam wyczyścić tę afrykańską rzeźbę. Podniosłam ją i zauważyłam, że przyczepiło się do niej kilka włosków, więc starannie ją otarłam o skraj półki nad kominkiem, żeby wyglądało na to, że Neville rozbił o nią głowę. Oczywiście, Angela mówi, że leżał w niewłaściwej pozycji i nie mógł przypadkowo upaść w taki sposób, ale tego nie wiedziałam. Następnym razem będę o wiele bardziej ostrożna. Gdy byłam pewna, że wszystko przekonująco zaaranżowałam, wzięłam klucz do biurka z kieszeni Neville'a, wyjęłam z szuflady klucze do domu i ponownie ją zamknęłam, na wypadek, gdyby ktoś przypomniał sobie o zapasowych kluczach, zanim odłożę je na miejsce. Potem otworzyłam drzwi tarasowe i wyszłam tą drogą na zewnątrz, wycierając po sobie klamkę. Przekradłam się tarasem do bocznych drzwi i weszłam przez nie z powrotem do domu, zamykając je za sobą na klucz. Dopiero gdy bezpiecznie wróciłam do swojego pokoju, zdałam sobie sprawę, że nie zamknęłam drzwi tarasowych, ale nie przejęłam się tym zbytnio, byłam pewna, że nikt nie zauważy, no i zawsze mogłam je zamknąć następnego ranka, przy odkładaniu kluczy na miejsce. Tej nocy nie zmrużyłam oka, jak się pewnie domyślasz. Przeleżałam całą noc, spodziewając się, że zaraz ktoś odkryje, co się stało i podniesie alarm, choć oczywiście było to absurdalne. Dopiero rano usłyszałam wrzawę i musiałam się wziąć w garść, aby odegrać swoją rolę. Pan Pomfrey mi powiedział, co się stało. Był bardzo życzliwy, ale nie mogłam sobie pozwolić na poczucie winy, najważniejsze było, aby nie wzbudzić żadnych podejrzeń. Udałam, że potrzebuję moment na przyswojenie tej wiadomości, a potem byłam bardzo spokojna i dystyngowana, i powiedziałam mu, że chciałabym zobaczyć Neville'a sam na sam przed przybyciem lekarza. Był temu niechętny, ale musiał się zgodzić, bo wtedy nie wątpił jeszcze, że to był wypadek. Gdy tylko weszłam do gabinetu, podbiegłam do biurka, otworzyłam szufladę i odłożyłam klucze na miejsce. Miałam je zawinięte w chusteczkę. Potem zamknęłam szufladę, a klucz do szuflady odłożyłam z powrotem w kieszeni Neville'a. Widzę teraz, że wycieranie kluczy było błędem, tak jak wycieranie karafki, ale nikt nie podejrzewał, że tak to zostało zrobione, więc to nie miało znaczenia. Był jeden okropny moment, gdy inspektor zaczął pytać o drugi zestaw kluczy, a mnie serce zaczęło walić, ale ku mojej uldze nie kontynuował. Miałam już podbiec do drzwi tarasowych i je zamknąć, gdy weszła Joanna w strasznym stanie i nie mogłam tego zrobić. Najpierw się przestraszyłam, ale po zastanowieniu uznałam, że w najgorszym przypadku, jeśli ktoś zauważy, że są otwarte, wszyscy uznają, że nie zostały zamknięte przez przypadek lub że ktoś wszedł z zewnątrz. Nikt nie pomyśli, że to ktoś z domowników, gdyż wszystkie wejścia zostały zamknięte o jedenastej.

— A jednak ktoś zauważył, że drzwi były otwarte — stwierdziłem.

— Tak... Angela — odpowiedziała Rosamunda. — Czemu musiała o tym wspominać? O wiele lepiej byłoby, gdyby nic nie mówiła.

— Myślę, że ona też uważa, że tak byłoby lepiej — odparłem. — Pamiętam, że coś takiego zasugerowała, ale Sylvia i ja z nią byliśmy, gdy to odkryła, a wkrótce potem przyszli pan Pomfrey i lekarz, i już było za późno na zatuszowanie sprawy.

— Czemu do diabła zapomniałam je zamknąć na klucz po wyjściu? — wybuchła Rosamunda z irytacją. — Wtedy wszystko byłoby w porządku. Neville byłby spokojnie zamknięty w gabinecie i nikomu by się nawet nie śniło, że w jego śmierci było coś podejrzanego. Zostałaby uznana za wypadek i nikt nie miałby żadnego powodu, aby się temu bliżej przyglądać.

Wbrew samemu sobie musiałem się z nią zgodzić. Angela miała rację, gdy powiedziała, że zbrodnia była niezaplanowana, ale okazała się niemal doskonała. Dzięki szybkiemu myśleniu Rosamundy uznaliśmy, że została popełniona między dziesiątą czterdzieści pięć a jedenastą, i wszyscy głowiliśmy się, jak można było ją popełnić w tak krótkim czasie. Nikomu nie przyszło do głowy, że było to niemożliwe i że morderca musiał skierować nas na fałszywy trop i wrócić na miejsce zbrodni później. Z pewnością genialnym pomysłem było zabranie drugiego pęku kluczy z szuflady biurka i odłożenie go następnego dnia. Gdyby był czas na zamknięcie drzwi tarasowych, wszyscy bez wahania przyjęlibyśmy teorię o wypadku i nikt nie zauważyłby, że miejsce zdarzenia wygląda mało przekonująco. Cała rzecz była genialna w swej prostocie – lub byłaby, gdyby nie nocna wizyta Huberta MacMurraya w gabinecie oraz wtargnięcie Joanny następnego ranka.

– Ale Rosamundo, co z Gwen? – zapytałem. – Czy to byłaś ty?

Przez sekundę patrzyła na mnie nierozumiejącym wzrokiem.

– Ach, tak, to też byłam ja. Taka szkoda, naprawdę nie chciałam tego robić, ale nie miałam wyboru. Widzisz, ona widziała, jak wchodzę do gabinetu po kolacji.

– Powiedziała ci o tym?

– Tak. Na początku nie zorientowała się, co widziała, więc nic nie powiedziała. Dopiero później zdała sobie z tego sprawę i powiedziała mi o tym. Wyszło trochę niezręcznie, bo powiedziałam policji, że nawet się nie zbliżałam do gabinetu tego wieczoru i że poszłam tam dopiero z tobą. Nie słyszałeś, jak o tym wspominała wczoraj podczas kolacji? Przeraziłam się, że wyłoży mi kawę na ławę na oczach was wszystkich, ale na szczęście tego nie zrobiła.

– Oskarżyła cię, gdy poszłaś za nią do salonu, tak?

– Tak. Jakoś wydedukowała, że skoro Hubert nie miał nic wspólnego z głosem zza drzwi, to ty i ja musieliśmy kłamać, czyli Neville mógł zostać zabity wcześniej. Ponieważ widziała, jak wchodziłam do gabinetu, dodała dwa do dwóch i doszła do wniosku, że to ja musiałam to zrobić. Nawiasem mówiąc, mój złoty – ciągnęła dalej – jeśli ktoś taki jak Gwen potrafi to wydedukować, policja na pewno nie będzie daleko w tyle.

– Co jej powiedziałaś?

– A co mogłam jej powiedzieć? Zaprzeczyłam wszystkiemu jak najbardziej czarująco. Powiedziałam, że mam dowód, kto jest sprawcą, ale nie mogę jej powiedzieć, dopóki nie porozmawiam z inspektorem Jamesonem, bo obawiam się, że lokalna policja chce za wszelką cenę obarczyć winą Huberta, ponieważ on jest łatwym celem, i że nie ufam im, że nie będą manipulować dowodami. Oczywiście była to historyjka na piasku pisana, ale byłam w kropce i niczego lepszego nie udało mi się wymyślić, a Gwen poczuła taką ulgę na myśl o zwolnieniu Huberta, że połknęła haczyk bez zastanowienia. Powiedziałam, że powiem jej o wszystkim następnego dnia, a w międzyczasie powinna pójść się położyć. Przypomniałam sobie, że kiedyś mówiła mi, że bierze weronal. Na szczęście miałam go przy sobie. Wiesz, lekarz dał mi go po śmierci Neville'a. Nalałam jej szklaneczkę brandy i wsypałam go do niej, a ona wzięła ją i poszła spać jak baranek.

– Podjęłaś duże ryzyko. Co by było, gdyby ci się nie powiodło?

– Na pewno coś bym wymyśliła. Wiesz, że nie miałam nic do stracenia. Groziła, że powie policji. Choć gdyby Hubert nie został aresztowany, jestem pewna, że próbowałaby mnie tylko szantażować. To osoba tego pokroju.

W tym momencie dotarło do mnie, że mówi prawdę i poczułem, że serce mi pęka. Bobs, Sylvia, nawet sama Rosamunda – wszyscy mieli rację. Teraz nareszcie musiałem spojrzeć prawdzie w oczy. Przez ponad osiem lat pielęgnowałem obraz Rosamundy, który był całkowicie fałszywy. Nie była aniołem, którego widziałem oczami wyobraźni: w rzeczywistości okazało się być wręcz przeciwnie. Czy nie wiedziałem zawsze, że nigdy nie zniosłaby życia w ubóstwie i szarości? Porzuciła mnie beztrosko dla bogatego człowieka, którego nie kochała, a ja nie tylko pozwoliłem jej na to, ale jeszcze przez długie lata uważałem jej zasadniczy egoizm za coś atrakcyjnego, za element jej uroku. Ależ byłem głupcem! A teraz siedziała tu, opowiadając mi niefrasobliwie, że zamordowała męża, bo się nudziła, a on nie chciał dać jej wolności i możliwości poślubienia innego, jeszcze bogatszego człowieka.

Rosamunda przyglądała mi się spokojnie.

– Bardzo zbladłeś – powiedziała. – Czy bardzo cię zszokowałam?

Przełknąłem ślinę.

– Ja... muszę przyznać, że czuję się mocno wstrząśnięty – udało mi się w końcu wydukać. Nagle przyszła mi do głowy pewna myśl. – Ale dlaczego mi to wszystko opowiadasz, Rosamundo? Czego ode mnie chcesz? Przecież nie możesz oczekiwać, że zachowam to w tajemnicy. Możesz polegać na mojej dyskrecji we wszystkich innych sprawach, ale to... to za wiele.

– Tak, spodziewałam się, że tak powiesz – odrzekła. – I wiedziałam, że nie zechcesz zachować tego dla siebie, ale nie obawiaj się, nikt się nigdy nie dowie. Już ja o to zadbam.

W głowie miałem mętlik i początkowo nie zrozumiałem, co ma na myśli.

– Więc dlaczego mi o tym opowiedziałaś? – powtórzyłem.

– Och, Charlesie, wiesz, że nigdy nie umiałam zachować tajemnicy, a tu nagle miałam tajemnicę, którą koniecznie trzeba zachować! Chciałam komuś powiedzieć i wybrałam ciebie.

Przy tych słowach wyjęła z kieszeni kartkę i rozłożyła ją. Wyciągnęła ją w moją stronę i rozpoznałem liścik, który napisałem wcześniej – miałem wrażenie, że wieki temu.

– Nawiasem mówiąc, co chciałeś przez to powiedzieć? – zapytała.

– To, co widzisz – odpowiedziałem, chociaż nie byłem w ogóle pewny, czy to prawda. Czy myślała, że oferta przyjaźni, którą złożyłem w liście, obejmowała zachowanie w tajemnicy informacji o morderstwie?

– Ale co dokładnie napisałeś?

Poczułem się niepewnie.

– Nie rozumiem. Napisałem, że przykro mi z powodu mojego dzisiejszego błędu i że opuszczam ten dom, aby zaoszczędzić wszystkim dalszego zakłopotania. Prawdę mówiąc, wszedłem do biblioteki tylko po swoje pióro, po czym miałem zamiar natychmiast wyjechać.

– Ach tak – kiwnęła głową.

– Dlaczego pytasz?

Roześmiała się.

– Pomyślisz, że to absurdalne, Charlesie – powiedziała – ale gdy przeczytałam twój liścik, odniosłam wrażenie, że masz zamiar zrobić coś głupiego.

– Co, do diaska? Czy masz na myśli samobójstwo? – byłem zaskoczony.

– Ależ tak! – spojrzała na kartkę. – „Teraz pozostaje mi tylko uwolnić Cię od swej niepożądanej obecności” – przeczytała. – „Mam nadzieję, że kiedy mnie nie będzie pomyślisz o mnie ciepło”. Musisz przyznać, że brzmi to tak, jakbyś miał zamiar ze sobą skończyć.

Roześmiałem się z niedowierzaniem na myśl, że moje proste słowa mogły zostać odebrane w taki sposób.

– Oczywiście, że nie miałem zamiaru ze sobą skończyć – powiedziałem. – Dlaczego miałbym to zrobić?

– Tak, wydało mi się to dziwne. Pomyślałam, że może jesteś tak zrozpaczony, że mnie utraciłeś, że nie chcesz już dłużej żyć, ale prawdę mówiąc, nie wierzyłam, że to możliwe. Wiem, że jestem zarozumiała, mój złoty, ale nawet ja nie oczekuję, że mężczyźni będą się dla mnie zabijać. Ale…

Zawahała się.

– Tak? – zachęciłem ją.

– No cóż, przyszło mi do głowy, że twoje samobójstwo byłoby mi bardzo na rękę.

Rozdział 20

Poczułem się, jakby mi zmroziło krew w żyłach.

– O czym ty mówisz? – zapytałem.

– Nie rozumiesz? Tak ładnie powiązałoby wszystkie wątki. Wszyscy sądziliby, że to ty zabiłeś Neville'a, po czym ogarnęły cię wyrzuty sumienia i wybrałeś najłatwiejsze wyjście! A ten liścik byłby ostatecznym dowodem.

– To śmieszne – wykrztusiłem. Głos zamierał mi w gardle.

– Och, ależ nie! – odparła. – To taki piękny plan, nie uważasz? Nikt nie zaprzeczy, że jesteś doskonałym podejrzanym, zwłaszcza że już w przeszłości stanąłeś przed sądem oskarżony o zabójstwo. Wszyscy wiedzą, że kiedyś byliśmy zaręczeni i że nadal mnie kochasz. Pomyślą, że chciałeś pozbyć się Neville'a, żeby znowu być ze mną. Więc go zabiłeś, a potem przyszedłeś ze mną do gabinetu i udałeś, że słyszysz jego głos zza drzwi, abyśmy wszyscy myśleli, że nadal żyje. Potem przekradłeś się na dół w środku nocy i tak wszystko zaaranżowałeś, aby wyglądało na wypadek. Kilka dni później ja odrzuciłam twoje zaloty, a ty zabiłeś się z rozpaczy i poczucia winy. Och, brzmi idealnie!

Roześmiała się i klasnęła w ręce.

Nie mogłem uwierzyć własnym uszom. Rosamunda

właśnie przyznała się do zabicia męża, a teraz przekręcała opis wydarzeń tak, aby zrzucić podejrzenia na mnie!

Nagle przypomniałem sobie coś i pokręciłem głową.

– To się nie uda – odparłem. – Już powiedziałaś policji, że słyszałaś głos sir Neville'a zza drzwi gabinetu. Ja im powiedziałem, że nic nie słyszałem.

Machnęła ręką lekceważąco.

– Już o tym pomyślałam. Powiem im, że musiałam się mylić i że po prostu powtarzałam słowa, które powiedział według ciebie. Wtedy oczywiście nie miałam powodu, aby ci nie wierzyć, ale zaczęłam cię podejrzewać, gdy zmieniłeś wersję wydarzeń i zacząłeś mówić, że nic nie słyszałeś.

– No dobrze, ale jak wróciłem do domu po wyjściu przez drzwi tarasowe?

– Och, na pewno coś wymyślimy. Może zostałeś na zewnątrz przez całą noc, po czym wkradłeś się do środka następnego ranka, tak jak ja planowałam. A może jest trzeci klucz, o którym nie wiemy. Jestem pewna, że coś da się zorganizować.

– Nie bądź śmieszna, Rosamundo. Niczego nie będziemy organizować. Nie zamierzam się przyznawać do zabicia sir Neville'a. Sama myśl jest absurdalna!

– Wiesz, że Angela wie – powiedziała, jakby mnie nie słyszała. – Przyszła do mnie przed obiadem i powiedziała, że Hubert ma zostać zwolniony i że nadszedł czas, aby położyć kres tej farsie raz na zawsze, zanim komukolwiek innemu stanie się krzywda. Chciała przekonać mnie, żebym się przyznała do winy. Powiedziała, że najprawdopodobniej potraktują mnie łagodnie, ale ja nie widzę takiej możliwości.

– Czy od początku wiedziała, że to ty?

– Nie wydaje mi się. Miała swoje podejrzenia, ale nabrała pewności, dopiero gdy otrułam Gwen. Widzisz, ona wiedziała o weronalu, który dostałam od doktora Cartera.

– Co jej powiedziałaś?

– Oczywiście wszystkiemu zaprzeczyłam i musiała mnie w

końcu zostawić w spokoju. Chciałam się zastanowić, co teraz zrobić. Wiedziałam, że nie aresztują mnie, nawet jeśli podejrzewają, że to ja. Widzisz, nadal nie ma dowodów. Dopóki ich nie znajdą, nie mogą nikogo aresztować. Poszłam do swojego pokoju, aby to przemyśleć. Wydawało mi się, że najlepiej byłoby, gdyby policja odjechała, pozostawiając zagadkę nierozwiązaną. Byłoby to niesatysfakcjonujące, ale przynajmniej wszyscy bylibyśmy na wolności, a to jest najważniejsze.

– Więc dlaczego przyszłaś mi o wszystkim powiedzieć, Rosamundo? Przecież sama mówisz, że zagadka najprawdopodobniej pozostałaby nierozwiązana, gdybyś zachowała całą tajemnicę dla siebie.

– Bo napisałeś mi ten liścik – wyjaśniła. – Gdy tylko go przeczytałam, wiedziałam, że to odpowiedź na wszystkie moje modlitwy. Przecież to rozwiązuje wszystko.

– Obawiam się, że nie rozumiem.

– Nie pamiętasz, co napisałeś? Przyjrzyj się.

Podała mi kartkę, a ja spojrzałem na nią, nie pojmując.

– „Piszę w nadziei, że wybaczysz mi moje postępowanie, choć trudno byłoby winić cię, gdybyś uznała je za niewybaczalne" – przeczytała. – Nie rozumiesz? Praktycznie się przyznałeś do zabicia Neville'a. Przynajmniej tak to odbierze policja.

Roześmiałem się z niedowierzaniem.

– To absurdalne! Nie to miałem na myśli – powiedziałem, ale przeszył mnie dreszcz przerażenia. Czy to mogła być prawda? Czy moja próba przeproszenia za me wcześniejsze niezręczne zaloty może zostać zinterpretowana jako przyznanie się do czegoś znacznie poważniejszego?

– To wcale nie jest absurdalne. Ja wiem, co miałeś na myśli, ale ten list jest tak cudownie ogólnikowy, że równie dobrze może zostać odczytany jako przyznanie się do winy. Och, Charlesie, nie uwierzysz, jak się ucieszyłam, gdy go przeczytałam!

Patrzyłem na nią oszołomiony. Słowa, które napisałem

zaledwie tego ranka, były wciąż świeże w mojej pamięci. Miała rację. Myślałem, że ją proszę o wybaczenie za jedną rzecz, ale każdy czytający, a nieznający sytuacji, mógł to łatwo zinterpretować w zupełnie inny sposób – faktycznie jako przyznanie się do zabójstwa.

– Najwyraźniej zapomniałaś o jednej rzeczy – powiedziałem. – To ja napisałem ten list i mogę dokładnie wyjaśnić, co miałem na myśli.

Wtedy uśmiechnęła się do mnie – a był to straszny, piękny uśmiech.

– Ależ tak – odparła. – Ale ciebie tu nie będzie, więc nie będziesz mógł niczego wyjaśnić, prawda? Na pewno już sobie z tego zdajesz sprawę.

Spojrzałem na nią i zobaczyłem, że wyjęła z kieszeni mały przedmiot, który oglądała z obojętnym zainteresowaniem. Błyszczał w popołudniowym świetle i był tak mały, że na początku myślałem, że to dziecięca zabawka.

– Piękny drobiazg, prawda? – zapytała, gdy zauważyła moje spojrzenie. – Neville dał mi go kilka lat temu. Nie wiem, dlaczego u licha myślał, że potrzebuję pistolet. Ale okazuje się, że nigdy nie wiadomo, kiedy taka rzecz może się przydać.

– Czy... masz zamiar mnie zastrzelić? – wydukałem w końcu.

– Oczywiście, że nie mam zamiaru cię zastrzelić! – odparła, szeroko otwierając oczy. – Jesteś jednym z moich najstarszych i najdroższych przyjaciół. Jak mogłabym coś takiego zrobić? Ale... – przerwała, jakby szukając właściwych słów. – Byłabym tak bardzo, bardzo szczęśliwa, gdybyś oddał mi tę wielką przysługę... największą możliwą przysługę, prawdę mówiąc.

Podeszła do mnie powoli, patrząc mi w oczy. Światło słoneczne wpadało przez okno, zamieniając jej rudozłote włosy w płomień i rozświetlając jej nieskazitelną cerę. W owej chwili, gdy zatrzymała się przede mną, była tak piękna, że aż zaparło mi dech w piersiach. Wzięła mnie za rękę i zaczęła mówić, a gdy mówiła, wydawało mi się, że mam w uszach szum, jakby swoimi słowami rzucała na mnie czar, urzekała, hipnotyzowała.

– Jak mam dalej żyć – mówiła – ze świadomością, że kobieta, którą kocham, jest nieosiągalna, kochana i posiadana przez innego? Jak chwalebnie byłoby oddać za nią życie, za nią i za najlepszego przyjaciela, którego kocham od dziecka! Nigdy nie miała zamiaru zabić męża, oczywiście, że nie. To był ogromny błąd, za który będzie musiała tak czy inaczej zapłacić życiem, chyba że ja zdobędę się na odwagę i wielkoduszność i przyjdę jej na ratunek. W ciągu ostatnich ośmiu lat udowodniłem, że jestem śmiały i pomysłowy. Pojechałem do Afryki i osiągnąłem tam powodzenie i bogactwo. Ale mój charakter był tam nieodwracalnie zbrukany przez hańbę, jaką był proces o morderstwo, a zresztą po co miałbym tam wracać? Przecież to spieczone słońcem, jałowe miejsce, pozbawione życia i nieciekawe. Ale nie znajdę też dla siebie miejsca w Anglii, gdzie wszystko będzie mi przypominać o kobiecie, którą straciłem, gdzie będę zmuszony znosić współczujące spojrzenia przyjaciół, choćby nie wiem jak bardzo starali się je ukrywać. Nie, o wiele lepiej już teraz z tym wszystkim skończyć, ze świadomością, że pozostawiam za sobą wielkie szczęście i ulgę. Przecież z pewnością lepiej jest umrzeć i zostawić po sobie wspaniałe wspomnienia niż żyć w ciągłym cieniu cierpienia i podejrzeń?

Nie potrafię w pełni opisać wpływu wywieranego na mnie przez jej słowa ani dlaczego tak na mnie działały, ale w jakiś tajemniczy sposób rzuciła na mnie urok i omamiła tak, że przyjmowałem jej słowa za prawdę. Naprawdę wierzyłem jej, gdy mówiła, że moje życie nie ma żadnej wartości, poza tym, że mogę oddać je za nią. Jak mogłem myśleć inaczej? Jak mogłem myśleć, że kiedykolwiek będzie moja? Tak bardzo mnie przerastała. Jej przeznaczeniem były wielkie rzeczy, które tylko ja mogłem jej umożliwić. Wyprostowałem się nieco. Moje przeznaczenie stało się dla mnie jasne. Zostałem wezwany do Sissingham, aby złożyć najwyższą ofiarę i uratować od okropnego losu ukochaną kobietę.

Poczułem, że łagodnie wciska mi coś do ręki. Spojrzałem w dół i zobaczyłem jej mały pistolet. Chłonąłem ją oczami, a ona mówiła dalej, wprowadzając mnie w stan hipnotycznego transu. Już nie słyszałem jej słów, ale nie miało to znaczenia, bo nie byłem już panem samego siebie. Poczułem, że kiwam głową na zgodę. Natychmiast zacząłem odczuwać najdziwniejsze uczucie odpływania, niemal jakby mój duch odłączył się od ciała i oglądał całą scenę z góry. Z tego nowego punktu obserwacyjnego zobaczyłem, jak Rosamunda wskazuje, żebym usiadł przy biurku. Moja cielesna powłoka posłuchała z oszołomionym wyrazem twarzy. Rosamunda zachęciła mnie gestem. Czy wyobrażałem to sobie, czy rzeczywiście miała w oku błysk okrutnego triumfu? Mój duch, uwolniony z kajdan, chciał ostrzec krzykiem moje siedzące niżej ciało, ale nie wydał z siebie żadnego głosu. Patrzyłem bezradnie, jak moja ziemska powłoka powoli podnosi pistolet do skroni i przygotowuje się do naciśnięcia spustu.

Przez jedną długą sekundę panowała straszna cisza, a czas jakby stanął w miejscu – po czym nagle wybuchł hałas i zamęt. Ktoś podbił mi rękę do góry i stanowczym ruchem wyjął pistolet z dłoni. Rozległ się wrzask, a pokój nagle zapełnił się ludźmi i podniesionymi głosami. Ja znów zostałem sam, przykuty do miejsca i niezdolny do działania, podczas gdy Rosamunda, krzycząc głośno, zmagała się z inspektorem Jamesonem i drugim policjantem, a Angela Marchmont daremnie próbowała przekonać ją, aby zachowała spokój.

Nie pamiętam, co było dalej, bo straciłem przytomność.

Rozdział 21

GDY DOSZEDŁEM DO SIEBIE, leżałem w łóżku, a obok stał doktor Carter.

– Aha, tu cię mamy! – powiedział jowialnie. – Ale nas pan nastraszył.

Chwycił mnie za nadgarstek i zmierzył puls.

– Tak, tak, jeszcze coś z pana będzie. Łyczek brandy i odpoczynek w łóżku i stanie pan na nogi.

– Co się stało? – zapytałem.

– Nie potrafię powiedzieć dokładniej – odpowiedział. – Wiem tylko, że było jakieś zamieszanie z policją. Angela Marchmont posłała po mnie, powiedziała, że ktoś się źle poczuł, więc przyjechałem. Proszę to wziąć.

Wziąłem szklankę, którą mi podał, ale nie wypiłem.

– Gdzie są wszyscy inni? Czy widział pan lady Strickland? Albo inspektora Jamesona?

– Nie, gdy przyjechałem, była tu tylko pani Marchmont. Czy kogoś aresztowali? Kto to był? Widzę, że mi pan nie powie. Bez wątpienia dowiem się we właściwym czasie. Cóż, na mnie pora. Proszę leżeć w łóżku do jutra. Dowiem się, jak mnie pan nie posłucha.

Wyszedł, żegnając się wesoło, a ja zostałem z oczami

wbitymi w sufit, sam na sam z mrocznymi myślami. Popołudnie stopniowo przeszło w noc. Po jakimś czasie zasnąłem.

Gdy następnego ranka się obudziłem, czułem się nieco lepiej i wręcz zastanawiałem się, czy wymyśliłem sobie wydarzenia z poprzedniego dnia. Wstałem i ubrałem się, a potem zszedłem ostrożnie po schodach, gdyż nie chciałem napotkać gromady ludzi domagających się informacji. Jedyną osobą w salonie była jednak Angela. Jedno spojrzenie na jej twarz wystarczyło, abym zrozumiał, że niczego sobie nie wymyśliłem.

– Och, panie Knox – powiedziała. – Mam nadzieję, że czuje się pan lepiej.

Oczy miała zaczerwienione, ale poza tym była tak spokojna i opanowana jak zwykle.

– Tak, dziękuję. Gdzie są wszyscy inni?

– Joanna uznała, że najlepiej będzie pojechać na następną wspólną wycieczkę. Wrócą po południu.

– A Rosamunda? – zapytałem.

– Policja ją zabrała – odpowiedziała cicho.

– Jak... W jakim była stanie?

– Och, dość spokojna, gdy już pogodziła się z tym, że z tej sytuacji nie ma wyjścia. Mimo tego wątpię, aby w więzieniu było jej wygodnie. Będę musiała ją odwiedzić, gdy tylko mi pozwolą.

Równie dobrze mogła mówić o chorej ciotce, która została wzięta do szpitala. Musiała sobie to uświadomić, gdyż nagle wykrzyknęła w nietypowy dla siebie sposób:

– Och, panie Knox, panie Charlesie, co ja zrobiłam? Czuję, że to kompletnie moja wina. To ja zaczęłam węszyć. Gdybym się nie wtrącała, nie doszłoby do tego!

Nagle uświadomiłem sobie całą potworność postępowania Rosamundy i jak zrobiła głupców z nas wszystkich w pościgu za własnymi samolubnymi pragnieniami. Poczułem przypływ gniewu, który szybko ustąpił na widok niepocieszonej miny Angeli.

– Oczywiście, że to nie pani wina. Nie była pani jedyną osobą, która podejrzewała, że śmierć sir Neville'a nie była wynikiem wypadku. Gdyby pani zachowała milczenie, doktor Carter podniósłby alarm. Jeśli kogoś musimy winić, to chyba mnie i moją głupią wiarę w każde słowo Rosamundy, przez którą stawiałem tylko przeszkody w drodze śledztwa. Przez cały ten czas jedna osoba za drugą próbowała mi powiedzieć wyjątkowo uprzejmie, że jestem idiotą. Teraz okazuje się, że mieli rację – zakończyłem gorzko.

Angela uśmiechnęła się lekko.

– Może powinniśmy przyznać, że oboje w taki czy inny sposób zachowaliśmy się jak idioci – powiedziała.

Ale ja nie mogłem zdobyć się na uśmiech.

– Gdybym tylko przejrzał Rosamundę wcześniej, może udałoby się uratować przynajmniej jedno życie – powiedziałem.

– O kim pan mówi?

– O pani MacMurray oczywiście.

– Och tak, Gwen. Cóż, sądzę, że mogę już panu powiedzieć. Nie musi się pan o nią martwić, panie Charlesie. Nic jej nie będzie. Przebudziła się wczoraj i czuje się kiepsko, ale już nic jej nie grozi. Hubert jest przy niej.

– Ale myślałem, że zostało jej tylko kilka godzin życia.

Angela zrobiła przepraszającą minę.

– To nie była zupełna prawda. Gdy tylko zorientowałam się, że to prawdopodobnie była próba zabójstwa, a nie samobójstwa, powiedziałam lekarzowi i wspólnie postanowiliśmy udawać, że jest w gorszym stanie, niż była faktycznie. Nie chcieliśmy, aby morderca podjął kolejną próbę zabicia jej, więc powiedzieliśmy wszystkim, że jest nieprzytomna i nie ma nadziei, że się przebudzi. Doktor i pokojówka czuwali też przy niej na zmianę, aby była bezpieczna.

– Oczywiście! Gdy ją znaleziono, Rosamunda chciała zostać z nią i pozwolić pani pójść na śniadanie, ale nie zgodziła się pani. Czy to wtedy się pani zorientowała?

Angela spuściła głowę.

– Więc nie ma pani sobie nic do zarzucenia. Winna jest tylko Rosamunda. Natomiast pani... pani uratowała życie. A nawet dwa życia. Uratowała pani również moje. Nie potrafię wyrazić, jak wielki wstyd i zażenowanie czuję z powodu tego, do czego mnie niemal namówiła, ale tym bardziej nie wiem, jak pani dziękować, że przybyła pani na czas i temu zapobiegła.

Nim zdążyła odpowiedzieć, do pokoju wszedł inspektor Jameson.

– A, panie Knox, widzę, że odzyskał pan siły. Czy raczyliby państwo dołączyć do mnie na kilka minut w bawialni? Mam do państwa kilka pytań, a ze względu na wczorajsze wydarzenia wolałbym je zadać przed powrotem państwa przyjaciół.

W jego zachowaniu nie brakowało współczucia.

– Oczywiście – odparła Angela. Już całkiem odzyskała panowanie nad sobą.

– Droga pani Marchmont – rozpoczął inspektor, gdy usiedliśmy – to pani bystrości zawdzięczamy zatrzymanie lady Strickland, a pan Knox swe życie, więc byłbym wdzięczny, gdyby opisała mi pani, co się stało.

– W porządku – powiedziała Angela, która wyraźnie spodziewała się takiego pytania. – Co chciałby pan wiedzieć, inspektorze?

– Przede wszystkim co sprawiło, że zaczęła pani podejrzewać lady Strickland?

Angela westchnęła.

– To był taki drobiazg. Coś, co Hubert powiedział, gdy go pan wypytywał, co robił na tarasie tej nocy. Powiedział, że zajrzał przez okno, ale w gabinecie panowała ciemność. Gdyby to on był mordercą, moglibyśmy spokojnie odrzucić jego słowa jako kłamstwo, ale co, jeśli mówił prawdę? Wszyscy zakładaliśmy, że Neville jeszcze wtedy żył, ale w takim razie, dlaczego miałby siedzieć w ciemności? Istniała tylko jedna możliwość: że już nie żył, a morderca zgasił lampę, prawdopodobnie po to, żeby ciało nie było widoczne z zewnątrz, gdyby komuś przyszło do głowy zajrzeć przez drzwi tarasowe. Ale jeśli już nie żył, jak Rosamunda i Charles mogli usłyszeć jego głos zza drzwi gabinetu o dziesiątej czterdzieści pięć? Naturalnie nie mogli. Stąd oczywisty wniosek, że skłamali, aby nas przekonać, że Neville zginął dopiero później. Ale dlaczego mieliby tak robić? Wniosek był jasny.

– Podejrzewała więc pani, że byliśmy w zmowie? – zapytałem.

– Obawiam się, że na początku tak – wyjaśniła Angela. – Ale nie trwało to długo, gdyż szybko przypomniałam sobie, co powiedział pan owego popołudnia, gdy wszyscy byliśmy w gabinecie. Był pan tak zdecydowany, że należy wezwać policję, że wydało mi się mało prawdopodobne, aby maczał pan w tym palce. Oczywiście mógł to być pomysłowy blef, ale z tego, co widziałam, wydawało mi się, że brakuje panu.... jak to ująć? Uznałam, że brakuje panu niezbędnej do tego perfidii.

– Potraktuję to jako komplement – powiedziałem.

– Jak najbardziej – zapewniła mnie. – W każdym razie nigdy nie byłam przekonana o winie Huberta i nabrałam pewności, że jest niewinny, gdy usłyszałam o jego próbie wejścia do gabinetu w środku nocy. Dlatego też, skoro upierał się, że w gabinecie panowała ciemność, musiałam z ociąganiem uznać, że Rosamunda albo sama to zrobiła, albo przynajmniej musiała za tym stać. Może się pan zdziwi, że podejrzewałam swą własną kuzynkę, do której byłam tak przywiązana w dzieciństwie, ale ja po prostu znam Rosamundę i choć bardzo ją kocham, nigdy nie byłam ślepa na jej wady. Jako dziecko była śliczna i błyskotliwa, ale miała skłonność do samolubstwa i bezwzględności, którą normalnie dobrze ukrywała, pod warunkiem, że nikt nie krzyżował jej planów. Ale czasami widać było przebłyski ciemniejszej strony jej charakteru. Pamiętam, jak raz jej ukochany piesek musiał zostać uśpiony, gdyż tak go zbiła, gdy jej nie słuchał.

– Pamiętam, jak opowiadała pani tę historię – wtrąciłem. – Ale mówiła pani, że stało się to w Nowym Jorku. Nie miałem pojęcia, że chodzi o Rosamundę.

– Tak, zmieniłam miejsce, ale to o niej mówiłam – odparła Angela. – Rozumie pan więc, że przynajmniej w moich oczach możliwość, że to ona zabiła Neville'a nie była tak niewiarygodna, jak mogłoby się wydawać. A wskazywał na nią jeszcze jeden dowód. Neville był potężnie zbudowanym, ciężkim mężczyzną. Przeciągnięcie jego ciała przez pokój nie mogło być łatwym zadaniem. I rzeczywiście, gdy się zastanowiłam, przypomniałam sobie, że dzień później Rosamunda skarżyła się na sztywność i ból mięśni. To był drobiazg, ale wiele mówiący. Jak można się domyślić, moje przemyślenia na ten temat były wyjątkowo przykre, ale nie widziałam żadnego innego rozwiązania. Moja teoria miała jednak słabe punkty. Przede wszystkimi nie widziałam, kiedy zbrodnia mogła zostać popełniona. Łamałam głowę, usiłując przypomnieć sobie, co wszyscy robiliśmy tego wieczoru. O ile pamiętałam, poza owymi kilkoma minutami, gdy poszliście razem do gabinetu, Rosamunda była nieobecna w pokoju tylko raz, krótko po kolacji, ale nie na tak długo, aby zabić Neville'a i upozorować wypadek. A pan ani razu nie wychodził z pokoju na długo, co było kolejnym punktem przemawiającym za pana niewinnością. Przez jakiś czas myślałam, że muszę się mylić, gdyż po prostu nie mogłam zrozumieć, jak mogła to zrobić, ale wtedy zastanowiłam się nad faktem, że w gabinecie panowała ciemność i nagle uświadomiłam sobie, co to musi oznaczać.

– Nie do końca rozumiem – odezwał się inspektor, gdy Angela przerwała.

– Otóż musiało to oznaczać, że odbyło się to w dwóch etapach: zabójstwo i aranżacja miejsca zabójstwa. Im więcej o tym myślałam, tym bardziej byłam pewna, że nikt nie mógł załatwić tego wszystkiego wczesnym wieczorem, zanim wszyscy poszliśmy spać. Natomiast zakładając, że zabójczynią była Rosamunda, mogła zabić Neville'a tuż po kolacji, gdy wyszła na krótką chwilę z salonu, zgasić światło, aby zbrodnia nie została odkryta zbyt wcześnie, po czym wrócić do gabinetu później, gdy wszyscy poszliśmy spać. Wtedy miałaby dużo czasu na upozorowanie wypadku. Trudność z tą teorią to problem, nad którym głowimy się od kilku dni: jak weszła z powrotem do domu? Nadal tego jeszcze nie rozwiązałam. Wiem, że w biurku Neville'a jest drugi pęk kluczy. Rosamunda mogła bez trudności zabrać klucz do biurka z kieszeni Neville i wyjąć klucze do domu z szuflady, co rozwiązuje zagadkę, jak wróciła do domu. Ale gdy policja przeszukała gabinet, klucze były nadal w szufladzie, więc być może był jeszcze jeden pęk kluczy, o którym nic nie wiemy.

– Nie – odezwałem się. – Wzięła klucze z biurka sir Neville'a, tak jak pani mówi. Następnego poranka, gdy znaleziono jego zwłoki, zażyczyła sobie zobaczyć go sam na sam i szybko odłożyła je do szuflady. Planowała też zamknąć na klucz drzwi tarasowe, bo zapomniała to zrobić w nocy, ale akurat wtedy Joanna wpadła do gabinetu, więc musiały pozostać otwarte.

– Ach! Tak, oczywiście – powiedziała. – Powinnam była o tym pomyśleć. A zatem tak to wyglądało. Gdy Hubert został zatrzymany, nie zmrużyłam oka przez całą noc, rozważając wyjątkowo niemiły fakt, że moja własna kuzynka prawdopodobnie jest morderczynią. Następnego ranka odkryliśmy, że z Gwen jest niedobrze i wtedy wiedziałam, że muszę działać. Od razu zadzwoniłam do pana, inspektorze.

– Tak. Przyjechaliśmy w samą porę i złapaliśmy lady Strickland akurat wtedy, gdy przygotowywała się do ostatniego aktu. Pan Knox ma pani za co dziękować.

– Wiem – powiedziałem. – Czy zgadła pani, że ona coś takiego planuje?

– Ależ skąd – odparła Angela. – To był zupełny przypadek. Gdy inspektor przyjechał, postanowiliśmy się naradzić w bibliotece. Gdy otworzyłam drzwi, zobaczyliśmy przed sobą niewiarygodny widok. W ciągu paru sekund zorientowaliśmy się, że nie ma ani chwili do stracenia. Wie pan, co było dalej.

Poczułem, że się czerwienię. Czy kiedykolwiek zapomnę o wydarzeniach z ostatnich kilku dni? Poczułem ogromne pragnienie, aby jak najszybciej wyjechać z kraju na długie wakacje.

Moi towarzysze taktownie zmienili temat.

– Bardzo mi przykro z tego powodu – powiedział inspektor. – Ale na pewno rozumie pani, że nie miałem wyboru i musiałem aresztować pani kuzynkę.

– Och, oczywiście – powiedziała Angela. – Nie można pozwolić, aby morderstwo uszło komuś na sucho, niezależnie od tego, jak bardzo to zmartwi jej rodzinę. Żałuję tylko, że tak wolno wyciągałam wnioski. W przeciwnym razie biedną Gwen ominęłyby wszystkie te przejścia.

– Była pani szybsza ode mnie – odpowiedział inspektor. – Mam poczucie, że w tej sprawie nie pokazałem się z najlepszej strony. Ale wolę, aby amator pokazał mi, jak to się robi, niż powiesić niewinnego człowieka, więc proszę przyjąć moje podziękowania.

– Czyżby zatem przyznała się do winy?

– Tak, wczoraj po południu udzieliła długich wyjaśnień i wyznała wszystko. Był przy tym jej prawnik, pan Pomfrey. Myślałem, że dostanie apopleksji.

– Jak… W jakim ona jest stanie? – zapytała Angela.

Jameson zastanowił się przez moment.

– Skruszona i czarująca. Tak bym to opisał – powiedział. – Pogodziła się z tym, że wszystko się wydało, ale skłania się ku nadziei, że sąd spojrzy na jej historię przez pryzmat uczuć i potraktuje ją ulgowo, biorąc pod uwagę jej młodość i urodę oraz brak szczęścia w małżeństwie.

– Mam nadzieję, że nie zamierza odmalować Neville'a jako okrutnego męża – powiedziała Angela. – Ona go nie kochała, ale on zawsze zachowywał się jak dżentelmen, no i wiedziała przecież, jaki jest, gdy za niego wychodziła.

– Tak – powiedziałem. – To całkowita prawda.

Biedny sir Neville. Wątpiłem, aby jego charakter wyszedł z

rozprawy bez szwanku. Jeśli Rosamunda chciała uniknąć szubienicy, jej jedyną nadzieją było przedstawienie go w jak najgorszym świetle. A nawet wtedy trudno było powiedzieć, jak wyjaśni swą próbę usunięcia Gwen. No i była jeszcze kwestia usiłowania zrzucenia całej winy na mnie. Nie było wątpliwości, że planowała również moją śmierć. Podczas porannej toalety tego dnia znalazłem w swej torbie małą butelkę weronalu, którą musiała tam umieścić, zanim poszła za mną do biblioteki. Miałem pewność, że gdyby nie udało jej się przekonać mnie do samobójstwa, wzięłaby sprawy we własne ręce i sama użyłaby pistoletu przeciwko mnie. Przeszły mnie ciarki i po raz kolejny poczułem odrazę do własnej głupoty.

– Z drugiej strony – ciągnęła Angela – przynajmniej Hubert został oczyszczony z zarzutów, a Gwen podobno odzyskuje siły. Czy naprawdę wierzył pan w jego winę, inspektorze?

– Dowody z pewnością na to wskazywały – powiedział Jameson. – Intuicja, oparta na wieloletnim doświadczeniu, mówiła mi, że to nie jest człowiek takiego pokroju, ale nie można pozwolić, aby intuicja wchodziła w drogę faktom. Gdybym tak robił, nie zaszedłbym daleko w pracy. Nie, pan MacMurray miał silny motyw i był w pobliżu gabinetu w czasie, który pierwotnie uznaliśmy za czas popełnienia zabójstwa. Był też odcisk jego dłoni na szybie, co sugerowało, że próbował wejść do gabinetu przez drzwi tarasowe. Jak pani mówi, jeden punkt na jego korzyść to fakt, że próbował dostać się do gabinetu w środku nocy, ale o tym dowiedziałem się dopiero wczoraj. Nie wiem, co sąd przysięgłych mógłby o tym pomyśleć. Przekradanie się po domu w środku nocy rzadko wywołuje dobre wrażenie, więc bezwzględny oskarżyciel bez wątpienia umiałby to wykorzystać. Oprócz tego był jego związek z Clemem Myersonem, którego boi się cały Londyn. To musiało wyjść na światło dzienne. Tak – podsumował – myślę, że pan MacMurray może sobie pogratulować, że wyszedł z tego bez szwanku.

Podobnie jak Bobs, pomyślałem, ale nic nie powiedziałem. Nie wiedziałem, czy Angela i inspektor wiedzą o ich romansie, a nie chciałem wpakować przyjaciela w żadne kłopoty.

– Niemądra, niemądra Rosamunda – powiedziała smutno Angela. – Czemu musiała to zrobić?

Sam nie potrafiłem tego zrozumieć. Dlaczego nie potrafiła zadowolić się swym losem, skoro wylosowała takie dobre karty w życiu? Skąd narodziło się jej przekonanie, że powinna mieć wszystko, czego zapragnie, nawet jeśli oznacza to usunięcie ludzi, którzy stoją na jej drodze? Na to pytanie mogła odpowiedzieć tylko Rosamunda, która była w tej chwili pod kluczem, odkrywając – być może po raz pierwszy w życiu – co to znaczy ponieść konsekwencje swoich czynów.

– Myślę, że po tym wszystkim powinnam wyjechać na jakiś czas i przemyśleć swoje grzechy – powiedziała Angela. – Podobno Lazurowe Wybrzeże jest bardzo przyjemne w zimie. Słyszałam, że jeździ tam pociąg.

– Podobno – powiedział inspektor. – Ale proszę nie myśleć, że ma pani w związku z tą sprawą grzechy do przemyślenia. Gdyby nie pani, dwie osoby mogły zginąć, a niewinny człowiek mógł zostać powieszony.

– Możliwe, ale nie mogę się oprzeć wrażeniu, że powinnam była nie mieszać się i oprzeć chęci węszenia. Gdybym tak zrobiła, być może doktor Carter i pan Pomfrey doszliby do wniosku, że nie ma dowodów na nic innego niż wypadek.

– Ale wtedy Rosamundzie uszłoby na sucho morderstwo – powiedziałem.

Angela otworzyła usta, aby coś powiedzieć, ale zmieniła zdanie. Zastanowiłem się, czy chciała powiedzieć to, co ja myślałem: czy miałoby to jakiekolwiek znaczenie? Co by było, gdyby Rosamundzie uszło na sucho przestępstwo? Gdyby nikt nie wzbudził podejrzeń, prawdopodobnie po odpowiedniej przerwie wyszłaby za mąż za Bobsa, dzięki czemu zrealizowałaby swoje marzenia i nikomu by już nie zagrażała. Hubert i

Gwen odziedziczyliby wymarzone pieniądze, Angela nie musiałaby żyć ze świadomością, że jej kuzynka jest morderczynią, a ja... ja dyskretnie usunąłbym się na bok, aby w samotności lizać rany, a moje złudzenia pozostałyby nienaruszone.

Otrząsnąłem się. Zbrodni nie można puścić płazem tylko dlatego, że tak byłoby wygodniej. Siły prawa nie mogły podlegać kaprysom rodziny i przyjaciół zbrodniarza. Musiały być wprawiane w ruch, aby naprawiać zło. Poza tym, gdyby Rosamunda tym razem dopięła celu, pewnego dnia mogła ponownie uznać, że ktoś uniemożliwia jej osiągnięcie czegoś, co uważała za sobie przynależne. Z ostatnich wydarzeń wynikało, że nie ma szacunku dla ludzkiego życia. Czy zabiłaby ponownie? Nigdy się nie dowiemy.

– No cóż, na mnie pora – powiedział inspektor. – Raz jeszcze dziękuję za pomoc, pani Marchmont. Niech nie będzie pani dla siebie zbyt surowa.

– Dziękuję – odparła Angela. – Postaram się posłuchać pańskiej rady.

Razem opuścili pokój, zostawiając mnie sam na sam z własnymi przykrymi przemyśleniami.

„Angela może wybaczy sobie z czasem, ale ja chyba nigdy nie otrząsnę się z odrazy do własnej osoby", myślałem.

Rozdział 22

BYŁ MROŹNY, słoneczny dzień na początku stycznia, gdy ponownie stanąłem na nabrzeżu w Southampton, chłonąc otaczającą mnie wrzawę i zgiełk. Pomimo wszystkich niedawnych wydarzeń z zaskoczeniem poczułem lekkie ukłucie żalu na myśl o ponownym opuszczeniu Anglii. Nie miałem pojęcia, jak długo mnie nie będzie – może kilka miesięcy, a może lat – i czułem smutek na myśl o tak szybkim porzuceniu zaplanowanego nowego życia w rodzinnym kraju.

Ostatnie tygodnie były trudne. Wydarzeń nie udało się utrzymać w tajemnicy i cała Anglia aż wrzała od plotek o sensacyjnych wypadkach w Sissingham Hall. Gazetom może raz na sto lat trafia się taka historia – zabicie utytułowanego męża przez młodą i piękną żonę – dlatego wszystkim głównym bohaterom życie zaczęli mocno utrudniać reporterzy z cieszącej się wielkim powodzeniem brukowej prasy. Gwen i Hubert MacMurray najwyraźniej rozkoszowali się tym zainteresowaniem: ich twarze uśmiechały się do mnie szeroko ze stron gazet. Natomiast ja spędziłem ostatnich kilka tygodni, kryjąc się za rogami i w bramach, usiłując uniknąć eleganckich, młodych mężczyzn z notatnikami w ręku. Nie mogłem tak żyć, gdy najbardziej pragnąłem lizać rany w ukryciu i samotności, więc uznałem, że nie mam innego wyjścia i muszę wrócić do Afryki Południowej i na jakiś czas zagrzebać się w interesach. Mogłem zastanowić się nad powrotem do Anglii, gdy wrzawa ucichnie, a inna historia zastąpi tragedię w Sissingham na językach opinii publicznej.

Na chwilę przystanąłem, zamyślony, po czym otrząsnąłem się i przygotowałem do wejścia na pokład, przypominając sobie równocześnie serdeczne powitanie, które w tym miejscu otrzymałem od mojego najdroższego przyjaciela. Wydawało się, że to było wieki temu. Rzeczą, której żałowałem bardziej niż czegokolwiek innego, była utrata tej przyjaźni. Bobs nie odzywał się do mnie od wyjazdu z Sissingham, tylko Angela Marchmont napisała mi, że wrócił do Bucklands i stara się nie zwracać na siebie uwagi. Jak dotąd gazety nie dowiedziały się o jego romansie z Rosamundą, więc wyglądało na to, że Bobs, największy szczęściarz pod słońcem, znów igrał z ogniem, ale się nie poparzył. Gdyby ta plotka kiedykolwiek się rozeszła, wyrządziłaby nieodwracalną szkodę jego reputacji. Niefrasobliwie mówił o wpływie, jaki małżeństwo z Rosamundą wywarłoby na jego rodzinę, która należała do najstarszych i najszacowniejszych w kraju, ale z pewnością musiał wiedzieć, jaki skandal mógł wywołać i ile bólu sprawić. Nie wierzyłem, że aż do tego stopnia nie dba o uczucia swoich rodziców. Myślałem, aby do niego napisać i już nawet usiadłem z długopisem nad kartką, ale w końcu nie potrafiłem wymyślić niczego, co nie pogorszyłoby sytuacji. Obaj kochaliśmy tę samą kobietę i obaj zostaliśmy przez nią zdradzeni. Co jeszcze można było powiedzieć? Poza tym była jeszcze Sylvia. Bardzo mi się podobała, ale Rosamunda zawsze stała między nami i ona o tym wiedziała. Co powiedziałaby o mojej korespondencji z Bobsem na ten temat? Nie, najlepiej dla wszystkich zainteresowanych będzie, jeśli dyskretnie wyjadę.

– Tutaj jesteś, stary – odezwał się głos za moimi plecami. – Nad czym tak dumasz? Statek zaraz odpływa, musimy się pospieszyć, bo się spóźnimy.

Z radości serce zabiło mi mocniej.

– Bobs! – zawołałem, odwracając się. – Co ty tu robisz, do diaska? Sylvia!

– Witaj, Charlesie – powiedziała Sylvia.

Oboje stali przed mną. Sylvia wygląda poważniej niż zwykle i być może nieco schudła od naszego ostatniego spotkania, natomiast twarz Bobsa nosiła normalny wyraz nieposkromionej wesołości. Nastąpił moment krępującej ciszy, po czym Bobs uśmiechnął się i klepnął mnie po plecach.

– Krótka chwila niezręcznej ciszy w rozmowie, co? Chyba trudno się dziwić, biorąc pod uwagę ostatnie wydarzenia. Ale trzeba przebaczyć i zapomnieć, nie? Dzięki Bogu, nic gorszego z tego nie wynikło.

Te słowa od razu podniosły mnie na duchu, a na mojej twarzy pojawił się uśmiech. Złapałem przyjaciela za rękę i serdecznie ją ścisnąłem.

– Bobs, nie umiem wyrazić… – przerwałem, gdyż zabrakło mi słów.

– Spokojnie – powiedział. – Nie sądziłeś chyba, że pozwolimy ci odpłynąć samemu, co? Przecież już udowodniłeś ponad wszelką wątpliwość, że gdy tylko jesteś zdany sam na siebie, natychmiast pakujesz się w kłopoty.

Potrząsnąłem głową.

– Nie wiem, jak możesz z tego żartować, Bobs – rzekłem. – Zwłaszcza po…

Przerwałem, a on spoważniał.

– Przepraszam, Charles. To nie pora na żarty. Ale wiesz, że nigdy nie należałem do osób, które lubią dumać nad nieprzyjemnymi aspektami przeszłości. Przeżuwanie starych spraw niczego nie zmieni, prawda? Co się stało, to się nie odstanie i tak dalej.

– Chciałbym też tak potrafić – odparłem. – Może mam zbyt wielką skłonność do rozmyślań, ale w tym przypadku nie wiem, jak można zrobić inaczej. Biedna Rosamunda.

Twarz Bobsa pociemniała, a Sylvia pochyliła głowę i

wszyscy pomyśleliśmy o ostatnim akcie dramatu, w którym tak niechętnie odegraliśmy swą rolę.

Powinienem był wiedzieć, że Rosamunda nigdy nie przystanie na życie w niewoli ani tym bardziej na śmierć na szubienicy. Gdy zorientowała się, że gra skończona, uznała, że ma tylko jedno wyjście. Wybrała swoją własną drogę i zakończyła własne życie w więzieniu, za pomocą weronalu, który doktor Carter tak uprzejmie jej dał, a który w jakiś sposób udało jej się przemycić do celi. Wiadomość ta była ciosem, ale po wcześniejszych wydarzeniach byłem praktycznie znieczulony na ból. I być może tak było najlepiej, gdyż oszczędziła nam udziału w rozprawie, która niewielu z nas pokazałaby w korzystnym świetle. Byłem jednak zbyt rozgoryczony, aby myśleć, że zrobiła to z tego powodu. Nie, byłem pewien, że myśl o oszczędzeniu przyjaciołom publicznego wstydu nigdy nie przyszła jej do głowy. Myślała tylko o uratowaniu się przed trudną sytuacją. Kochana, piękna, okropna Rosamunda. Pamięć o niej na zawsze będzie dla mnie niewypowiedzianie bolesna. Chciałem jak najszybciej wyjechać i uniknąć dalszych wzmianek jej imienia, które w ciągu ostatnich kilku tygodni było na ustach wszystkich.

– Musimy iść, Charles – powiedział Bobs. – Właśnie dali sygnał, wszyscy na pokład.

– No cóż, do widzenia – powiedziałem, wyciągając rękę.

– O czym ty mówisz? Do widzenia? Ty ośla głowo, nie wydedukowałeś jeszcze, że jadę z tobą?

– Jedziesz ze mną? – powtórzyłem głupio.

– Oczywiście! Myślałem, że wiesz. Ojciec chce, żebym pojechał i sam zobaczył, jak sprawy stoją w tej twojej słynnej kopalni. Między nami mówiąc, myślę, że tak naprawdę chce mnie wysłać za granicę, żebym tu znowu nie wpadł w złe towarzystwo. Muszę mu chyba przyznać rację, po ostatnich kilku tygodniach.

Zobaczyłem, jak Sylvia uśmiecha się mimo woli i po raz pierwszy od wielu tygodni poczułem płomyk nadziei. Kto jak kto, ale Bobs zawsze umiał mnie rozweselić. Jednak nie straciłem swego najstarszego przyjaciela. Przyszłość nie była tak ponura, jak sobie wyobrażałem. Może kiedyś nawet uda mi się zapomnieć.

– Mój drogi przyjacielu… – zacząłem.

– Och, nie ma czasu na te bzdury – powiedział pośpiesznie. – Hej! Ty tam! – ruszył za tragarzem.

Spojrzałem za nim, po czym zwróciłem się do Sylvii.

– Nie, ja nie jadę – powiedziała w odpowiedzi na moje niewypowiedziane pytanie. – Ale napiszę… jeśli chcesz.

– Bardzo się ucieszę – odparłem szczerze. – Sylvio…

– Bardzo mi przykro z powodu tego, co się stało – rzekła szybko. – I chcę, żebyś wiedział, że nie jestem na ciebie zła. Myślę, że nie mogę cię winić. Rosamunda zawsze była gwiazdą. Wiedziałam o tym. Wszyscy o tym wiedzieliśmy.

– Tym większy ze mnie głupiec, że dałem się oślepić – powiedziałem. – Czy uwierzysz mi, jeśli powiem, że to było krótkie zaślepienie, chwila szaleństwa?

– Nie – uśmiechnęła się smutno, a ja zamilkłem.

Oczywiście miała rację. Byłbym nie w porządku, gdybym próbował ją przekonywać.

Wzmożony zgiełk wokół nas powiedział nam, że pora iść.

– Czy przyjedziesz z wizytą? – zapytałem.

Teraz, gdy już przyszła na to pora, żegnałem się niechętnie.

– Myślę, że tak. Matka i ojciec planują pojechać i sądzę, że zgodzą się mnie zabrać – odpowiedziała, po czym wstrząsnął nią dreszcz. – Zrobię wszystko, żeby uciec przed tym przeraźliwym zimnem. Cóż, żegnaj.

Wyciągnęła dłoń, a ja podniosłem ją do ust i ucałowałem, po czym odwróciłem się i ruszyłem w stronę Bobsa, który czekał przy wejściu na pomost.

– A więc wszyscy na pokład! – powiedział. – Ostrzegam cię już teraz, nie wiem nic o twoich interesach. Liczę, że mnie wszystkiego nauczysz.

Obejrzałem się. Sylvia nadal stała w tym samym miejscu. Jej włosy lśniły w słabym zimowym słońcu. Pomachała nam, obróciła się na pięcie i odeszła. Poczułem, że już nie mogę się doczekać, kiedy ponownie ją zobaczę.

– Idziemy? – powiedziałem do Bobsa, a następnie odwróciliśmy się i razem weszliśmy na pokład.

———

clarabenson.com/zapisz-sie-na-moj-newsletter